迦陵著作集

词学新诠

[加拿大] 葉嘉瑩 著

北京大学出版社

图书在版编目(CIP)数据

词学新诠/(加)叶嘉莹著. — 2版. —北京：北京大学出版社，2014.10
(迦陵著作集)
ISBN 978-7-301-24337-4

Ⅰ.①词… Ⅱ.①叶… Ⅲ.①词（文学）—文学研究—中国
Ⅳ.①I207.23

中国版本图书馆 CIP 数据核字(2014)第 118435 号

书　　名	词学新诠（第二版） CIXUE XINQUAN（DI ER-BAN）
著作责任者	[加拿大]叶嘉莹　著
责任编辑	徐丹丽
标准书号	ISBN 978-7-301-24337-4
出版发行	北京大学出版社
地　　址	北京市海淀区成府路 205 号　100871
网　　址	http://www.pup.cn　新浪微博：@北京大学出版社
电子信箱	pkuwsz@126.com
电　　话	邮购部 010-62752015　发行部 010-62750672 编辑部 010-62752022
印 刷 者	北京中科印刷有限公司
经 销 者	新华书店 965 毫米×1300 毫米　16 开本　14.25 印张　179 千字 2008 年 4 月第 1 版 2014 年 10 月第 2 版　2021 年 1 月第 3 次印刷
定　　价	52.00 元（精装）

未经许可，不得以任何方式复制或抄袭本书之部分或全部内容。
版权所有，侵权必究
举报电话：010-62752024　电子信箱：fd@pup.pku.edu.cn
图书如有印装质量问题，请与出版部联系，电话：010-62756370

《迦陵著作集》总序

北大出版社最近将出版一系列我多年来所写的论说诗词的文稿,而题名为《迦陵著作集》。前两种是我的两册专著,第一册是《杜甫秋兴八首集说》,此书原为20世纪60年代中期我在台湾各大学讲授"杜甫诗"专书课程时所撰写。当时为了说明杜甫诗歌之集大成的成就,曾利用了整整一个暑假的时间走访了台湾各大图书馆,共辑录得自宋迄清的杜诗注本三十五家,不同之版本四十九种。因那时各图书馆尚无复印扫描等设备,而且我所搜辑的又都是被列为珍藏之善本,不许外借,因此所有资料都由我个人亲笔之所抄录。此书卷首曾列有引用书目,对当时所曾引用之四十九种杜诗分别作了版本的说明,又对此《秋兴》八诗作了"编年""解题""章法及大旨"的各种说明。至于所谓集说,则是将此八诗各分别为四联,以每一联为单位,按各种不同版本详加征引后做了详尽的按语,又在全书之开端写了一篇题为《论杜甫七律之演进及其承先启后之成就》的长文,对中国古典诗歌中七律一体之形成与演进及杜甫之七律一体在其生活各阶段中之不同的成就,都作了详尽的论述。此书于1966年由台湾中华丛书编审委员会出版。其后我于1981年4月应邀赴四川成都参加在草堂举行的杜甫学会首次年会,与会友人听说我曾写有此书,遂劝我将大陆所流传的历代杜诗注本一并收入。于是我就又在大陆搜集了当日台湾所未见的注本十八种,增入前书重加改写。计共收有不同之注本五十三家,不同之版本七十种,于1988年由上海古籍出版社出版,计时与台湾之首次出版此书盖已有整整二十年之久。如今北大出版社又将重印此书,则距离上海古籍出版社之出版又有二十年以上之久了。这一册书对一般读者而言,或许未必对之有详细阅读之兴趣,但事实上则在这些看似繁杂琐细的校辑整理而加以判断总结的按语中,却实在更显示了我平素学诗的一些基本的修养与用功之所在。因而此书首次出版后,遂立即引起了一些学者的注意。即如当年在美国威斯康辛大学任教的周策纵教授,就曾写有长文与我讨论,此文曾于1975年发表于台湾出版之《大陆杂志》第五十卷第六期。又有在美国圣地亚哥加州大学任教的郑树森教授在其《结构主义与中国文学研究》一文中也曾提及此书,以为其有合于西方结构主义重视文类研究之意(郑文见台湾东大图书公司1983年所刊印之《比较文学丛书》中郑著之《结构主义与中国文学》)。更有哈佛大学之高友工与梅祖麟二位教授,则因阅读了我这一册《集说》,而引生出他们二位所合作的一篇大著《分析杜甫的〈秋兴〉——试从语言结构入手做文学批评》,此文曾分作三篇发表于《哈佛大学亚洲研究学报》。直到去年我在台湾一次友人的聚会中还曾听到一位朋友告诉我说,在台湾所出版的我的诸种著作中,这是他读得最为详细认真的一册书。如今北大出版社又将重印此书,我也希望能得到国内友人的反响和指正。

第二册是《王国维及其文学批评》。此书也是一册旧著,完稿于20世纪70年代初期。原来分为上下两编,上编为"王国维的生平",此一编又分为两章,第一章为"从性格与时代论王国维治学途径之转变",第二章为"一个新旧文化激变中的悲剧人物",这两章曾先后在《香港中文大学学报》发表;下编为"王国维的文学批评",此一编分为三章,第一章为"序论",第二章为"静安先生早期的杂文",第三章为"《人间词话》中批评之理论与实践",这些文稿曾先后在台湾的《文学批评》及香港的《抖擞》等刊物上发表，但因手边没有相关资料，所以不能详记。此书于1980年首由香港中华书局出版，继之又于1982年由广东人民出版社再版，并曾被当日台湾的一些不法出版商所盗版。这册书在最初于香港出版时，我曾写有很长的一篇《后叙》，并加有一个副标题——"略谈写作此书之动机、经过及作者思想之转变"，文中略叙了我婚前婚后的一些经历，其中曾涉及在台湾的白色恐怖中我家受难的情况。台湾的"明伦"与"源流"两家出版社盗版，一家虽保留了此一篇《后叙》，但将其中涉及台湾的地方都删节为大片的空白，并在空白处用潦草的笔迹写有"此处不妥，故而删去"等字样；另一家则是将此一篇《后叙》完全删除（据台湾友人相告，他们曾将删去的《后叙》另印为一本小册子，供读者另行购买）。直到2000年台湾的桂冠图书公司出版我的《叶嘉莹著作集》一系列著作时收入此书，才又将此篇《后叙》补入书中，同时并增入了一篇《补跋》。那是因为1984年北京中华书局出版了《王国维全集·书信》一书，其中收入了不少我过去所未见的资料；且因为我自1979年回国讲学，得以晤见了几位王国维先生的及门弟子，他们为我提供了不少相关的资料；更因为《王国维全集·书信》一书出版后，曾相继有罗继祖先生及杨君实先生在国内之《读书》《史学集刊》与香港之《抖擞》及台湾之"《中国时报》"诸刊物中发表过一些论及王国维之死因及王国维与罗振玉之交谊的文字。凡此种种，其所见当然各有不同，所以我就又写了一篇《补跋》，对我多年前所出版的《王国维及其文学批评》一书又作了一些补正和说明。这些资料，如今都已收入在北大出版社即将出版的这一册书中了。至于原来被河北教育出版社与台湾桂冠图书公司曾收入在他们所出版的《王国维及其文学批评》一书中有关王氏《人间词话》及《人间词》的一些单篇文稿，则此次结集时删去，而另收入其他文集中。因特在此作一简单之说明。

第三册是《迦陵论诗丛稿》。此书共收入了我的论诗文稿十五篇，书前有缪钺先生所写的一篇《题记》。这是我平生所出版的著作中唯一有人写了序言的一册书。那是因为当中华书局于1982年要为我出版这一册书时,我正在成都的四川大学与缪先生合撰《灵谿词说》。我与缪先生相遇于1981年4月在草堂所举行的杜甫研究学会之首次年会中。本来我早在20世纪的40年代就读过先生所著的《诗词散论》,对先生久怀钦慕,恰好先生在1980年也读了上海古籍出版社出版的我的《迦陵论词丛稿》,蒙先生谬赏,许我为知音,并邀我共同合撰《灵谿词说》。因此当中华书局将要为我出版《迦陵论诗丛稿》一书时,先生遂主动提出了愿为我撰写一篇《题记》作为序言。在此一篇《题记》中,先生曾谓我之论陶渊明诗一文可以摆脱纷纭之众说而独探精微,论杜甫《秋兴八首》一文可以尚论古人而着眼于现代;又谓我之《说杜甫〈赠李白〉诗一首》一文寄托了自己尚友千古之远慕遐思,《从李义山〈嫦娥〉诗谈起》一文探寻诗人灵台之深蕴而创为新解。凡此诸说固多为溢美之辞,实在都使我深感惭愧。至于先生谓我之诸文"皆有可以互相参证之处","足以自成体系",则私意以为,"自成体系"我虽不敢有此自许,但我之论诗确实皆出于我一己之感受和理解,主真,主诚,自有一贯之特色。则先生所言固是对我有所深知之语。另外尤其要感谢先生的,则是先生特别指出了此书中所收录的《简谈中国诗体之演进》与《谈〈古诗十九首〉之时代问题》两篇文稿都是我"多年前讲课时之教材,并非专力之作",则先生所言极是。这两篇写得都极为简略,我原来曾想将之删除,但先生以为此二文一则"融繁入简",一则"考证详明",颇"便于教学参考",且可以借之"见作者之学识功力"。因先生之谬赏,遂将之保留在此一集中,直至今日。这也是我要在此特加说明的。另外先生又曾于《题记》中评介了我的一些诗词之作,我对此也极感惭愧。但先生之意主要盖在提出"真知"之要"出于实践",这自然也是先生一份奖勉后学之意,所以我乃不惮烦琐,在此一一述及,以表示我对先生的感激和怀念。本书最后还附有我的一篇《后叙——谈多年来评说古典诗歌之体验》，此文主要是叙写我个人研读态度之转变与写作此类文字时所结合的三种不同的方式。凡此种种读者自可在阅读中获知，我在此就不一一缕述了。

第四册是《迦陵论词丛稿》。此书共收论文八篇，第一篇标题为《古典诗歌兴发感动之作用（代序）》，原是1980年上海古籍出版社为我出版此同一标题的一册书时所写的一篇《后序》。当时因中国开放未久，而我在海外所选说的一些词人则原是在国内颇受争议的作者。所以就写了此一篇《后序》，特别提出了对于作品之衡量应当以感发之生命在本质方面的价值为主，而不应只着眼于其外表所叙写的情事。这在词的讨论中较之在诗的讨论中尤为重要。因为诗中所叙写的往往还是作者显意识中的情志，而词体在最初即不以言志为主，所以词中所表现的往往乃正是作者于无心中的心灵本质的流露。这种看法，直到今日我也未曾改变，所以我就仍取用了这一篇《后序》，作为北大出版社所出版的我的这一册同名之著作的前言。至于此书中所收录的《温庭筠词概说》《从〈人间词话〉看温韦冯李四家词的风格——兼论晚唐五代时期词在意境方面的拓展》《大晏词的欣赏》《拆碎七宝楼台——谈梦窗词之现代观》与《碧山词析论——对一位南宋古典词人的再评价》及《王沂孙其人及其词》诸篇，则与我在《唐宋词名家论稿》一书中所收录的一些分别论说各家词的文稿，虽在外表篇目上看来似颇有重复之处，但两者之间其实有相当大的不同。此一书中所收录的大多以论说作品为主，所以对各篇词作都有较详的论说和赏析。而《唐宋词名家论稿》则主要以论说每一位作者之整体风格为主。而且凡是在此一册书中所论述过的作者和作品，在另一册书中都因为避免重复而作了相当的删节。所以有些读者曾以为我在《唐宋词名家论稿》一书中对于温、韦、冯、李四家词的论述颇为简略，与论说其他名家词之详尽者不同,那就正因此四家词既已在此书中作了详细论述,因之在另一册书中就不免简化了的缘故。至于此一册书中所收录的《王沂孙其人及其词》,则是写于《唐宋词名家论稿》以后的作品,所以在论述方面也作了避免重复的删节。因此读者要想知道我对名家词之全部论见,实在应该将这两册书合看,才会得到更为全面的理解。至于这一册书所收的最后一篇《论陈子龙词——从一个新的理论角度谈令词之潜能与陈子龙词之成就》一文,则是在这一册书中写作时间最晚的一篇作品。当时我的研究重点已经从唐宋词转移到了清词,只不过因为陈子龙是一位抗清殉明的烈士,一般为了表示对陈氏之尊重,多不愿将之收入清代的词人之中。这正是当年龙沐勋先生以清词为主的选本只因为收入了陈子龙词而竟把书名改为《近三百年名家词选》的缘故。而我现在遂把《论陈子龙词》一文收入了不标时代的这一册《迦陵论词丛稿》之中了。不过读者透过这一篇文稿的论说已可见到,此文已是透过论陈子龙词对前代唐宋之词所作的一个总结,而且已谈到了陈词与清词复兴之关系,可以说正是以后论清词的一个开始了。

第五册《唐宋词名家论稿》,这一册书可以说是在我所出版过的各种论词之作中论说最具系统、探讨也最为深入的一本书。那是因为这册书的原始,是来自缪钺先生与我合撰的《灵谿词说》。关于缪先生与我合作的缘起及《灵谿词说》一书编撰之体例,我在该书中原写有一篇前言,标题为《谈撰写此书的动机、体例以及论词绝句、词话、词论诸体之得失》。《灵谿词说》一书于1987年由上海古籍出版社出版,十年以后当河北教育出版社要为我出版《迦陵著作集》的系列书稿时,曾征询得上海古籍出版社之同意,把《灵谿词说》一书中我所撰写的一部分收入此一系列著作中,而改题为《唐宋词名家论稿》。此书共收入我所撰写的论文十七篇,除了第一篇《论词的起源》以外,以下依时代先后,我分别论述了温庭筠、韦庄、冯延巳、李璟、李煜、晏殊、欧阳修、柳永、晏几道、苏轼、秦观、周邦彦、陆游、辛弃疾、吴文英及王沂孙共十六位名家的词作。我在当时所写的那一篇前言中,原曾提出过说:"如果我们能将分别之个点,按其发展之方向加以有次序之排列,则其结果就也可以形成一种线的概念。"又说:"如果我们能对每一点的个体的趋向,都以说明文字加以提示,则我们最后之所见,便可以除了线的概念以外,更见到此线之所以形成的整个详细之过程,及每一个体的精微之品质。"又说:"如此则读者之所得便将不仅是空泛的'史'的概念而已,而将是对鲜活的'史'的生命之成长过程的具体的认识,且能在'史'的知识的满足中,也体会到诗的欣赏的喜悦。"如今我所选说的这十六位词人虽不能代表唐宋词之整体的发展,但也具体而微地展示了词之发展的过程。这与我在前言中所写的理念自然尚有一段距离,然而,虽不能至心向往之,读者或者也可以从这一册书中窥见我最初的一点"庶几使人有既能见木,也能见林"的、既能"体会到诗的欣赏的喜悦"、也能得到"史的知识的满足"的一种卑微的愿望。所遗憾者,这册书既是我个人的著作,遂未能将当日缪先生所撰写的二十二篇论文一并收入。不过,缪先生已出版了专集,读者自可参看。而我在本书之后则也仍附录了缪先生所撰写的二十二篇的篇目,用以纪念当初缪先生与我合作的一段情谊和因缘。

第六册《清词丛论》,此一册书共收论文十一篇。第一篇《从云间派词风之转变谈清词的中兴》,此文原是一篇讲演稿,本不应收入著作集中,而竟然收入了进来,其间盖有一段因缘。原来早在1993年4月,台湾"中研院"文哲所曾举办了一次国际词学会议,会议中文哲所的林玫仪教授曾邀我为文哲所即将出版的一系列论词丛书撰写一册论清词之专著。当时我因为早在1970年代和1980年代中便已写有几篇论清词的文稿,所以毫不犹豫地就答应了林教授的要求。岂知会议之后我竟接连不断地接受了赴各地讲学和开会的邀请,自计无法按时完成任务,于是乃商得林教授的同意,邀请了上海古籍出版社的陈邦炎先生与我共同合作,订出了我们各写四篇文稿以集成一书的约定。及至1996年截稿时间已至,陈先生所担任的四篇文稿已全部写作完成,而我却仍欠一篇未能完卷。因此林教授遂临时决定邀我再至文哲所作一次讲演,而将此次讲演整理成一篇文稿收入其中。那就是本书所收的第一篇文稿《从云间派词风之转变谈清词的中兴》。所以此文原系讲稿,这是我不得不在此作出说明的。至于本书所收录者,则除去前所叙及的讲稿外,尚有自《清词名家论集》中收入的三篇文稿,计为:

1. 《从艳词发展之历史看朱彝尊爱情词之美学特质》;
2. 《谈浙西词派创始人朱彝尊之词与词论及其影响》;
3. 《说张惠言〈水调歌头〉五首——兼谈传统士人之文化修养与词之美感特质》。

此外本书还增入了自他处所收入的七篇文稿,计为:

1. 《论纳兰性德词》(此文原发表于台湾的《中外文学》,因手边无此刊物,对发表之年月及期数未能详记,下篇亦同);
2. 《常州词派比兴寄托之说的新检讨》(此文原发表于台湾的《中外文学》,其后曾收入1980年上海古籍出版社出版之《迦陵论词丛稿》);
3. 《清代词史观念的形成与晚清的史词》(本文也是由讲稿整理而成的,原来是因为2000年夏天台湾"中研院"曾举行过一次"谈文学与世变之关系"的会议,在此会议前后我曾做过几次相关的讲演,本文就是这些讲演的录音整理稿);
4. 《由〈人间词话〉谈到诗歌的欣赏》;
5. 《谈诗歌的欣赏与〈人间词话〉的三种境界》;
6. 《论王国维词:从我对王氏境界说的一点新理解谈王词之

评赏》(以上三篇自河北教育出版社出版之《王国维及其文学批评》一书之《附录》中选录增入);

7.《记南开大学图书馆所藏手抄稿本〈迦陵词〉》(本文原是为南开大学图书馆成立80年所写的一篇文稿,其后被台湾桂冠图书公司出版的《叶嘉莹作品集》收入其系列论丛的《清词散论》一书中,现在是据此书增入)。

从以上所写的对本书内容之说明来看,则此书所收录的各文稿其时间与地域的跨度之大,已可概见一斑。因特作此说明,供读者之参考。

第七册《词学新诠》,此书共收论文六篇。但第一篇题名为《迦陵随笔》之文稿,其所收之随笔实共有十五则之多,这一系列的随笔,是我于1986至1988两年间,应《光明日报》"文学遗产"专栏几位编辑朋友之邀约而写作的。当时正值"文革"后国家对外开放未久,一般青年多向往于对西方新学的探寻,所以就有朋友劝我尝试用西方新说来谈一谈古代的词论。因而这十五则随笔所谈的虽然主要仍是传统的词学,但先后引用了不少如诠释学、符号学、语言学、现象学和接受美学等多种西方的文论。其后又因每则随笔的篇幅过于短小,遂又有友人劝我应写为专文来对这些问题详细加以讨论,因此我遂又于1988年写了一篇题为《对传统词学与王国维词论在西方理论之观照中的反思》的长文(曾刊于1989年第2期之《中华文史论丛》)。而适值此时又有其他一些刊物向我索稿,我遂又先后撰写了《对常州词派张惠言与周济二家词学的现代反思》及《对传统词学中之困惑的理论反思》两篇文稿(前者曾于1997年发表于香港中文大学《中文学刊》第一期;后者曾于1998年发表于《燕京学报》第四期)。而在此之前,我实在还曾引用西方女性主义文论写过一篇题为《论词学中之困惑与〈花间〉词之女性叙写及其影响》的长文,曾于1992年分上下两期发表于台湾出版的《中外文学》第20卷之第8期与第9期。最后还有一篇题为《论词之美感特质之形成及反思与世变之关系》的文稿,此文本是为2000年在台湾"中研院"召开的"文学与世变之关系"的国际会议而写作的,其后曾发表于《天津大学学报》2003年之第2期与第3期。以上六篇文稿都曾引用了不少新的西方文论,因此遂一同编为一集,统名之为《词学新诠》(台湾的桂冠图书公司也曾出版过与此同名的一册书,收入在他们2000年所出版的《叶嘉莹作品集》中,但北大此书之所收入者则实在较台湾同名的一册书增加了更多的内容。因此遂在此结尾处略加说明)。

　　第八册是《迦陵杂文集》。此书收集我多年来所写的杂文七十篇,另附有口述杂文成册,其实我这些"杂文"与一般人所说的杂文在性质上实在颇有不同。一般所说的杂文,大都是作者们随个人一时之见闻感兴而写的随笔之类的文字,而我则因为工作忙碌,平时实在从来不写这种杂文。我的这些所谓的"杂文",实在都是应亲友之嘱而写的一些文字。其间有一大部分是"序言",另有一些则是悼念的文字。至于附录的一些所谓"口述杂文"则大多是访谈的记录,或应友人之请而由我讲述再由学生们记录的文字。这一册杂文集自然卑之无甚高论,但亦可因此而略见我生活与交游之一斑。因作此简短的说明。

目　录

迦陵随笔 ·· （1）
 一　前言 ·· （1）
 二　似而非是之说 ······································ （3）
 三　从现象学到境界说 ································ （6）
 四　作为评词标准之境界说 ···························· （9）
 五　要眇宜修之美与在神不在貌 ······················ （12）
 六　张惠言与王国维对美学客体之两种不同类型的诠释 ········ （15）
 七　从符号与信息之关系谈诗歌的衍义之诠释的依据 ········ （19）
 八　温庭筠《菩萨蛮》词所传达的多种信息
   及其判断之准则 ·································· （23）
 九　"兴于微言"与"知人论世" ························ （27）
 十　"比兴"之说与"诗可以兴" ························ （31）
 十一　从李煜词与赵佶词之比较看王国维重视
    感发作用的评词依据 ·························· （35）
 十二　感发之联想与作品之主题 ······················ （39）
 十三　三种境界与接受美学 ·························· （43）
 十四　文本之依据与感发之本质 ······················ （48）
 十五　结束语 ·· （52）
论词学中之困惑与《花间》词之女性叙写及其影响 ········ （56）

对传统词学中之困惑的理论反思 …………………………（116）
对常州词派张惠言与周济二家词学的现代反思 …………（133）
对传统词学与王国维词论在西方理论之观照中的反思 ………（148）
论词之美感特质之形成及反思与世变之关系 ……………（192）

迦陵随笔

一　前　言

今年暑假回中国大陆讲学,《光明日报》文学遗产编辑部几位朋友来看我,要我为他们写一则专栏。当时我因自己工作甚为忙碌,且并无撰写专栏之经验,所以意中颇为迟疑,不敢贸然应命。但这几位朋友却甚为热诚,不仅给了我许多鼓励,还答应交稿时间及写作内容方面都可给予我极大之自由。我遂应允勉为一试。但写些什么内容却又成了一则难题。我自知学识疏阔浅薄,实在并无高见。不过古有抛砖引玉及野人献曝之说,也许我随时把自己一些并不成熟的想法写下来,也不失为一个可以及时向读者们求正受教的机会,遂为此专栏命名为"随笔",以表示其既绝非深思有得之言,且包含有随时向读者求教之意。不过,我一向有个下笔不能自休的毛病,并不习惯于写作短小精练的专栏式的文字,所以今后的"随笔"很可能会形成一种长文短写之方式,也就是说我将把我随时想到的一个主题,尝试分为几个层次或几个方面,陆续写为短文发表,分观之既可自成段落,合观之则也可以形成一个有系统的整体。至于我所想到的第一个主题,则是王国维的词论。我之所以选择了此一主题,可以说是既有着远因,也有着近因。先就远因而言,则我之第一次接触到王国维的《人间词话》,原来乃竟可推溯到我的髫龄时代,当时我方以同等学力考入初中,母亲为了表示对我的奖励,遂给我买了一套《词学小丛书》,书后附有《人间词话》一卷,于是这一卷书乃成了为我开启通向诗词欣赏之门的一把珍贵的锁钥。及今思之,我当时对此书之精义实在并不能了解,然而读起来却时时可以引发一种直觉的感动,于是遂对之留下了深刻的印象。其后随着读书与教学之经验的不断增加,我对此一书也逐渐有了较深的体会,于是在执笔为文之际,乃不免亦时时引用此书之评论,于是《人间词话》遂成为我在写作中极为熟悉的一个主题,这自然可以说是我之所以又选择了此一主题的远因。至于就近因而言,则是由于今年九月中旬,我曾作过几次关于唐宋词欣赏的报告,在作报告的前一日,有一位朋友邀我吃饭,晤谈中言及近来国内之学术风气,以为今日的年轻人有两种流行的心态:一是向西方现代新潮的追寻,一是向中国古老根源的探索。这些话给了我相当的启发,于是想到近年我所读到的一些有关西方之现象学及诠释学的论著,其中有些论点与《人间词话》中评词之理论,以及王国维在评词实践中所取的方式,似乎也颇有某些可以相通互证之处,而我在过去撰写《王国维及其文学批评》一书时,对《人间词话》之境界说与中国传统诗论之关系以及王氏文学批评所曾受到当日西学之影响,也曾作过相当的探讨。记得以前在哈佛大学远东系的休息室中曾见到一副对联,写的是:"文明新旧能相益,心理中西本自同。"如何将此新旧中西的多元多彩之文化来加以别择去取及融会结合,当然也就是今日处于反思之时代的青年们所当考虑的一项重要课题。因此他们对于西方新潮的追寻和古老根源的探索,就不仅是可以理解,也是应该鼓励的了。于是我在为同学们作报告之际,就也曾尝试把《人间词话》的评词理论及说词方式,与西方之现象学和诠释学以及中国传统诗说之理论,都简单作了一些相通互证的比较和说明,不过因为我当时所言都只是出于一时偶然的触引,既未曾准备什么讲稿,旅途中也并没什么可资参考的书籍,因此讲得非常浅薄而且杂乱。所以现在乃想借此机会,把这些偶然触起的一些想法,以随笔的形式写下来,向读者们求教,这自然是我之所以选取了《人间词话》为主题的一项重要的近因。不过,目前我手边也仍没有足够的参考书籍,然则此随笔写出后,其内容之不免肤浅及体制之不免杂乱,盖可预想而知,因先写此前言,自我供述其因缘经过如上。

1986 年 10 月 3 日

二 似而非是之说

在前次《迦陵随笔·前言》中,我一时由于兴之所至,提出了要从古今中外文学批评理论之通观方面,对于王国维的词论略作探讨的想法。但是才把这一想法提出,我却马上就感到了后悔。第一当然是由于我自己的学识浅薄,实在无法探讨这么大的一个题目;第二则是由于我对这个临时想到的题目毫无准备,手边并没有任何可供参考的书籍;第三则是由于古今中外的很多学说,在基本上虽或者有可以相通之处,但古今之历史背景不同,中西之文化思想各异,即使在基本上或可以有相通之处,但完全相同的情形则是几乎没有的。更何况每个人在学识和修养各方面都不免自有其偏颇局限之处,自己的一个理解又岂能代表一种融会之通观。不过我在上次的《前言》中既已提出了此一想法,自然就必须向读者作出一个交代,而首先想到的便是先从西方诠释学的理论中,为我自己这种似而非是之说,找到一点可资辩护的凭借。

本来所谓"诠释学"(hermeneutics),原是西方研究《圣经》的学者们如何给经文作出正确解释的一种学问,原该译作"解经学"。因为关于《圣经》的解释,在西方社会中往往会对各方面产生重大的影响,所以解释经文的学者们,除了要对经文之文字推寻其原始意义以外,还要对这些文字在原有的社会和文化背景中使用时的意义和效用,也作出正确的分析。像这种精密的推寻文字之原义的精神和方法,后来也被哲学家及文学家用来作为对抽象的意义之探讨的一种学问,因此 hermeneutics 这个词,就不仅只限于"解经学"的意思,还有了被后来的哲学家与文学家用来泛指对一切抽象意义之追寻的"诠释学"的意思了。在 1960 年代后期,美国的西北大学曾经刊出了李查·庞马(Richard Palmer)的一本著作《诠释学》(*Hermeneutics*)。在这本书中庞马提出了一种看法,他认为对于所谓"原义"的追寻,当我们在分析和解释中,无论怎样想努力泯灭自我而进入过去原有的文化时空,也难于做到纯然的客观。因此诠释者对于追寻"原义"所做的一切分析和解说,势必都染有诠释者自己所在的文化时空的浓厚的色彩。像这种从诠释者做出的追寻"原义"的努力,最终又回到诠释者自己本身来的情况,在伽达默尔(Hans-Georg Gadamer)的《哲学的诠释学》(*Philosophical Hermeneutics*)一书中,曾被称为"诠释的循环"(hermeneutic circle)①。此外美国的耶鲁大学在 1960 年代后期也曾刊出过赫芝(E. D. Hirsch)的一本著作《诠释的正确性》(*Validity in Interpretation*),在这本书中赫芝也曾提出过一种看法,他认为所谓重新建立作者的原义,原来只是一种理想化了的说法,事实上诠释者所探寻出来的往往并不可能是作品真正的原义,而只不过是经由诠释者的解说而产生出来的一种"衍义"(significance)而已。其后在 1970 年代后期,美国芝加哥大学又刊印了赫芝的另一本著作《诠释的目的》(*The Aims of Interpretation*),在这本书中赫芝又提出了更进一步的看法,认为作品只不过是提供意义的一个引线,而诠释者才是意义的创造者。以上我们所引的这些有关诠释学的

---

① 所谓"诠释的循环"在西方文学批评理论中有两种不同之含义。一为本文所引用之意,另一则指在诠释时部分与全体互相联络相关之意。前说出于伽达默尔之《哲学的诠释学》,后说则出于狄尔赛(Wilhelm Dilthy)之《诠释学之兴起》。二者意指不同,故特作此注释加以说明。

说法,当然主要是对于属于创作性的文学作品而言的,并不指理论性的著作。而我现在之引用这些说法,则一方面固然是由于自知我所要从事的将王国维词论与旧传统及新学说相结合的探讨,原未必尽合于诸家学说之原义,因此遂想断章取义地假借此说以为我自己的一些"似而非是"之说略作辩护,另一方面则也因此种理论对以后讨论王国维词论也可能有一些参考之用。而且这种理论在西方文学批评中虽然似乎仍属于一种新潮,但在中国旧传统的诗论中,却似乎也早已有之。所谓"诗无达诂",岂不就正与我们前面所引的西方诠释学之认为原义并不可能在诠释中被如实地还原,而都不免带有诠释者自己之色彩的说法有暗合之处。而在词的欣赏解说中,这种由诠释者增加衍义之情形更似较诗为尤甚。清代常州派论词,就是极重视诠释者在作品原义之外所引发之衍义的一种批评理论。张惠言之以比兴说词固是最好的例证,至其继起者之周济,在《宋四家词选目录序论》中,对读者追寻原义时所可能产生的感发与联想,则曾经有过一段极为形象化的比喻,说:"读其篇者,临渊窥鱼,意为鲂鲤,中宵惊电,罔识东西。"又将读者之"衍义"及作品之"原义"的相互关系,拟比为"赤子随母笑啼,乡人缘剧喜怒"。于是另一位常州派词家谭献,遂更提出了一个归纳性的结论,说:"甚且作者之用心未必然,而读者之用心何必不然。"乃公然对读者之可以有自己联想之"衍义",予以了公开的承认。不过,读者之所体会虽不必尽合作者之原义,但其相互感发之间,却又必须有一种周济所说的"赤子随母笑啼,乡人缘剧喜怒"的密切而微妙的关系,而并非漫无边际的任意的联想。只不过张惠言乃竟把读者所得的"衍义"直指为作者之原义,这自然便不免会引起后人的讥议了。至于王国维之词论,则他一方面虽然不赞成常州派词学家如张惠言之将一己联想所得之"衍义"强指为作者之"原义",而另一方面则王国维自己之以"忧生""忧世"之感及"成大事业大学问之三种境界"来评说五代北宋的一些小词,则实在也仍是属于诠释者的一种"衍义"。然则"词"这种韵文体式,何以特别易于引起诠释者的"衍义"之联想?而"衍义"之联想又是否有一定之范畴及优劣高下之区分?常州派说词的"衍义"之联想与王国维说词的"衍义"之联想,其根本区别又究竟何在?凡此种种问题,我们都将留待以后的随笔中,再陆续加以讨论。本篇所谈只是我个人读书时的一点"似而非是"的体会而已。

1986 年 10 月 6 日

三 从现象学到境界说

在前一则随笔中,我曾经提到过西方诠释学的一些说法,而诠释学之用于文学批评,则实在是因为受了西方哲学中现象学之说的影响。现象学(phenomenology)是在第一次世界大战前夕,在德国兴起的一种哲学运动。其代表人物为胡塞尔(Husserl)。胡氏在他一生学术研究的历程中,其基本思想曾经有过多次转变,而他所倡导的现象学,在流传衍变中也形成了极为繁复艰涩的一派哲学思潮。本人对此一思潮既无深入之研究,本文对此一思潮也无法作系统之介绍。我们现在所要提出来一谈的,其实只是现象学曾对诠释学产生影响的一些重要概念而已。在 1929 年出版的《大英百科全书》中,有胡塞尔写的关于现象学的一篇简介,其中曾谈到意识与客体之关系,他认为意识不是仅指一种感受的官能,而是指一种向客体现象不断投射的活动,而且这种活动是具有一种意向性的(consciousness as intentional)。其后现象学之说流入美国,一位美国学者詹姆士·艾迪(James Edie)在他为法国梅洛-庞蒂(Merleau-Ponty)所写的《什么是现象学》一书的介绍中,对于现象学所研究的对象,也曾作过简要的说明。他认为现象学所研究的既不是单纯的主体,也不是单纯的客体,而是在主体向客体投射的意向性活动中,主体与客体之间的相互关系以及其所构成的世界,这才是现象学研究的重点所在。关于现象学之说在哲学界的是非功过,不在本文讨论之内,我们对之可以不论。但正是由于这种学说提出了意识的意向性活动,因此才引起了文学批评理论中追寻作者原义的"诠释学"之兴起。而在这种追寻原义的探讨中,他们却又发现了纯客观之原义的难以重现,而诠释者追寻之所得,事实上都是已经染有诠释者之色彩的"衍义"。我在前一则随笔中,既曾经把此种诠释学的"衍义"之说与我国旧传统诗论中的"诗无达诂"之说,以及常州派词论中的"作者之用心未必然,而读者之用心何必不然"之说,作过一些"似而非是"的比较,因此,我就又想把现象学中的意识向客体投射的意向性活动之说与中国旧传统诗论中的一些说法,也作一些"似而非是"的比较。

在中国传统诗论中,自《毛诗大序》就曾经有过"情动于中而形于言"的说法,而就其引起"情动"的因素而言,则早在《礼记·乐记》中也已曾有过"人心之动,物使之然也"的说法。可见"心"与"物"交相感应的关系,原是中国诗论中早就注意到了的一种诗歌创作的重要质素。其后钟嵘在其《诗品序》中,对于使人心感动的"物",更曾有过较具体的叙写,他把感人之"物"分为两大类:一类是属于自然界的现象,另一类是属于人事界的现象。前者如"春风春鸟,秋月秋蝉,夏云暑雨,冬月祁寒",后者如"楚臣去境,汉妾辞宫……塞客衣单,孀闺泪尽";前者固可以"摇荡性情,形诸舞咏",后者也同样是"凡斯种种,感荡心灵"。而除去心物交感之外,中国诗论中也一向认为人心之动常是带有一种意向性的,所以《毛诗大序》在"情动于中而形于言"一句话之前,就也还曾说过一句"诗者,志之所之也"的话。像这些说法,我以为就都与西方现象学中所提出来的意识与现象客体之关系及意向性活动之说有相似之处。因此中国说诗人也一向注重"以意逆志"的说诗法,这当然与西方诠释学之想要追寻原义的诠释者之追求也有相似之处。我在

《前言》中曾引过一副对联,其中有"心理中西本自同"的一句话,西方现象学之注重意识主体与现象客体之间的关系,与中国诗论之注重心物交感之关系,其所以有相似之处,也就正因为人类意识与宇宙现象接触之时,其所引起的反应活动,原是一种人类之共相的缘故。

而且我还可以把此一点加以引申,将印度佛教的一些说法也提出来作一比较。佛家有六根、六尘、六识之说,六根指眼、耳、鼻、舌、身、意等六种可以感知的基本官能,六尘指色、声、香、味、触、法等六种现象的客体,六识则指当六根在与六尘相触时的意识感知活动。如此说来,则其六识与六尘之关系,岂不也与现象学中所说的由意识主体到现象客体之间的关系大有相似之处。而更值得注意的,则是王国维在《人间词话》中所提出的评词标准的境界说,其"境界"一词原来也与佛教有着一段渊源。我多年前曾写有《王国维及其文学批评》一书,在讨论其"境界说"之时,曾对"境界"一词之来源,作过一点考察。原来"境界"一词就字面言,虽然是指区分划域的土地之疆界,但当晋、唐译经者翻译佛经时,却曾给此一词语赋予了一种特定的抽象之含义。即如在《俱舍论颂疏》中论及六根、六识之时,就曾提出六境之说,谓"若于彼法,此有功能,即说彼为此法境界",又加解释说:"彼法者,色等六境也,此有功能者,此六根、六识,于彼色等有见闻等功能也。"又说:"功能所托,名为境界。如眼能见色,识能了色,唤色为境界。"从这几段话来看,可见佛教之所谓"境界",乃是指基于六根之官能与六尘之接触,然后由六识所产生的一种意识活动中之境界。由此可知所谓"境界",实在乃是专以意识活动中之感受经验为主的。所以当一切现象中之客体未经过吾人之感受经验而予以再现时,都并不得称之为"境界"。像这种观念,与我们在前文所提出的艾迪论介现象学时所说的"现象学所研究的既不是单纯的主体,也不是单纯的客体,而是在主体向客体投射的意向性活动中,主体与客体之间的相互关系以及其所构成的世界"之说,岂不是也大有相似之处?所以我才将此一篇随笔标题为"从现象学到境界说",以表明我自"现象"到传统诗论再到佛典之境界说的多层"似而非是"的联想。至于王国维在《人间词话》中所提出的境界说,其所用的"境界"一词是否与佛典同义,以及其评词之标准究竟何在,则我们将留到以后的随笔中,再对之加以较详的讨论。

1986 年 11 月 2 日

四　作为评词标准之境界说

在前一则"随笔"中,我们曾经从西方之现象学,谈到了佛典中的境界说。以为现象学研究的重点既是意识主体向现象客体投射时之相互关系,以及其所构成之世界,而佛典中所谓境界,也是指当六根与六尘接触时在六识中所感知之世界,如此则在其同指人类意识经验中之世界的一点上,自然大有相似之处。至于诗歌之创作之重视心物交感之作用,自然也是由于这种作用既是人类在意识活动中之基本共相,因此乃成为了创作活动之兴发感动之基本源泉的缘故。如此说来,则王国维在《人间词话》中所提出的境界之说,就其重视真切之感受一点而言,自然也与西方现象学及佛典之境界说在基本上颇有相似之处,不过王国维所提出的"境界"乃是特别作为评词的一项标准而言的,是则其义界之所指,当然也就与西方现象学及佛典境界说之泛指感知之共相的含义更有许多不同之处。何况王氏提出境界说之时,西方现象学之说既还未曾在学术界传播流行,而"境界"一词则又早为中国传统批评中所习知惯用的一个批评术语,也难以指其必出于佛家之经典。可是王氏之以"境界"为评词之标准,则又与一般习知惯用之含义也有所不同。然则王氏所提出的作为评词之标准的"境界"一词,其义界之究竟何指,这当然是极为值得我们探讨的一个问题。

关于"境界"一词之义界,本来我在多年前所写的《王国维及其文学批评》一书中,已曾作过相当的讨论。当时我曾将"境界"之所指,拟定了一个简单的概说,以为"境界之产生全赖吾人感受之作用,境界之存在全在吾人感受之所及,因此外在世界在未经过吾人感受之功能而予以再现时,并不得称之为境界"。而且我还曾将王氏之境界说,与严羽之兴趣说及王士禛之神韵说作过一番比较,以为他们在重视诗歌中兴发感动之作用的一点上乃是相同的,不过"沧浪之所谓兴趣,似偏重在感受作用本身之感发的活动;阮亭之所谓神韵,似偏重在感兴所引起的言外之情趣;至于静安之所谓境界,则似偏重在所引发之感受在作品中具体之呈现"。同时我还曾举引过王氏的另一则词话,说:"境非独谓景物也,喜怒哀乐亦人心中之一境界,故能写真景物真感情者,谓之有境界,否则谓之无境界。"在这一则词话中,可注意的有两点,其一是"境界"之不仅指外界之景物,同时也指人内心之境界,此一说自可纠正一般人或者以为境界但指外在之景象,或者以为境界但指鲜明具体之形象的种种误解;其二则是王氏所提出的"能写"二字。可见王氏所说的境界绝非仅指一种感知之意识作用或感发之心灵活动而已,而是更指能把这种感知及感发的世界写之于作品之中,同时也使读者能经由作者之叙写而体会到这种作品之感发之世界者,方可谓之为"有境界"。因此我在《王国维及其文学批评》一书中,就还曾提出说:"纵然有真切之感受仍嫌不足,还更须能将之表达于作品之中,使读者也能从作品中获得同样真切之感受,如此才完成了诗歌中此种兴发感动之生命的生生不已的延续。"以上所说,乃是我多年前撰写《王国维及其文学批评》一书时,对其境界说之一点体会。但近来我却又有一点更进一步的想法,那就是王氏之重视兴发感动之作用及重视其表现与传达之效果一点,虽可以作为衡量诗词之一项普遍的标准,但王氏提出境界说之用意,却实在原是以着重词之品评为主的。因此我们在讨论王氏之境界说时,实在不应把这一点完全加以忽略。下面我们就将对王氏境界说,就其特别着重于对词之品评的一点用意来略加探讨。

私意以为词与诗在着重兴发感动之作用的一点,虽然有相似之处,但如果就其创作时之意识心态言之,则却实在有相当的差别。那就是因为诗之写作,在很早就形成了一种"言志"的传统,因此诗人在写诗之时,其所抒发之情意往往都是作者显意识中自己心志之活动。而词之写作,则一直并未正式形成"言志"之传统。不仅《花间集》中所编选的"诗客曲子词",据其序中所述只不过是一些"递叶叶之花笺,文抽丽锦"的、交给歌女"举纤纤之玉手,拍按香檀"去唱的艳歌而已;就是直到北宋时代,当晏、欧、苏、黄这些德业文章足以领袖一代的人物,都参与了小词之写作以后,也仍然未能改变一般人将小词只视为遣兴娱宾之歌曲的这种观念。因此当他们在词中叙写一些以美女及爱情为主的伤春怨别之情的时候,他们在显意识中原来并不见得有什么借以"言志"的用心。然而正是在这种游戏笔墨的小词之写作中,他们却于不自觉中流露了隐意识中的一种心灵之本质。因此这些小词遂于无意中具含了一种发自心灵最隐微之深处的兴发感动的作用。而我以为王国维就正是对小词中这种深微幽隐之感发作用最有体会的一位评词人。所以他才会从南唐中主李璟的"菡萏香销翠叶残"的小词中,体会出一种"众芳芜秽,美人迟暮之感";从晏、欧诸人的小词中,体会出一种"成大事业大学问"的"三种境界"。而小词中的这种感发之特质,却又很难用传统的评诗之眼光和标准来加以评判和衡量。因此王国维才不得不选用了这个模糊且极易引起人们争议和误解的批评术语"境界"一词。所以"境界"一词虽也含有泛指诗歌中兴发感动之作用的普遍的含义,然而却并不能直接地指认为作者显意识中的自我心志之情意,而乃是作品本身所呈现的一种富于兴发感动之作用的作品中之世界。而如果小词中若不能具含有这种"境界",则五代艳词中固原有不少浅薄猥亵的鄙俗之作,而这些作品当然是王国维所不取的。因此私意以为这才正是王氏何以要提出"词以境界为最上。有境界则自成高格,自有名句"作为评词之标准的主旨所在。关于此点,我们将在以后的随笔中,再陆续举《人间词话》中的例证来作更详细的说明。

五 要眇宜修之美与在神不在貌

在前一则"随笔"中,我们曾经对王国维之境界说,就其作为评词标准之特殊含义,作了简单的讨论。以为王氏所提出之境界,乃是特指在小词中所呈现的一种富于兴发感动之作用的作品中之世界,而并非泛指一般以"言志"为主的诗中之"意境"或"情景"之意。我之所以对王氏评词之"境界"一词,敢于提出此种理解,主要盖因为小词中既果然具有此一种不同于诗的"境界",而且王国维又正是对此种"境界"有独到之体会的一位评词人的缘故。关于王氏对小词的这种体会,我们在其《人间词话》的评词个例中不仅可找到不少证明,而且更可以提出两则词话来作为理论上的依据。一则是说:"词之为体,要眇宜修,能言诗之所不能言,而不能尽言诗之所能言。诗之境阔,词之言长。"另一则是说:"词之雅郑,在神不在貌。永叔、少游虽作艳语,终有品格。"要想明白这两则词话的意旨,我们首先须对所谓"要眇宜修"之美略加阐述。本来"要眇宜修"四个字原出于《楚辞·九歌》中的《湘君》一篇,原文是"美要眇兮宜修",王逸注云:"要眇,好貌。"又云:"修,饰也。"洪兴祖补注云:"此言娥皇容德之美。"关于《湘君》一篇所咏之是否即指娥皇,历代说者之意见多有不同,此一争议可搁置不论;总之,此句所描述者自当为湘水之神灵的一种美好的资质。此外《楚辞》之《远游》一篇,也曾有"神要眇以淫放"之句,洪兴祖补注云:"要眇,精微貌。"可见所谓"要眇宜修"者,盖当指一种精微细致富于女性修饰之美的特质。至于词之为体何以特别富于"要眇宜修"之美,则可以分别为形式与内容两方面来看,先就形式言之,则诗多为五言或七言的整齐之形式,而词则多为长短句不整齐之形式,此固为人所共知之差别,而词之这种参差错落之音韵及节奏,当然是促成其"要眇宜修"之美的一个重要因素①,再就内容言之,则词在初起原只是伴随音乐歌唱的曲辞,我们在以前的"随笔"中,已曾引过《花间集序》说当时那些诗客写的曲子词,只不过是为了交付给一些"绣幌佳人""拍按香檀"去歌唱的美丽的歌辞而已。因此乃形成了早期小词之专以叙写闺阁儿女伤春怨别之情为主的一种特质,这自然是促成了词的"要眇宜修"之美的另一项重要因素。而值得注意的是,就正因为词既具有这种"要眇宜修"之特点,而作者在写作时却又不必具有严肃的"言志"之用心,于是遂在此种小词之写作中,于无意间反而流露了作者内心所潜蕴的一种幽隐深微的本质。因此如果将词与诗相比较,则诗之写作既有显意识之"言志"的传统,而且五、七言长古诸诗体,又在声律及篇幅方面有极大之自由,可以言情,可以叙事,可以说理,其内容之广阔,自非词之所有;但词所传达的一种幽隐深微之心灵的本质,及其要眇宜修之特点,其足以引起读者之感发与联想之处,却也并非诗之所能有。所以王国维才在前一则词话中,既提出了"词之为体,要眇宜修"的对词之特点的描述,又提出了"诗之境阔,词之言长"之说,表现了对词所特具的感发作用的体认。所谓"言长"就正指其可以引起言外无穷之感发的一种词所特有的性质。所以王国维在词例之评赏中,才会对南唐李璟及北宋晏、欧诸家的小词,引发了"美人迟暮"及"成大事业大学问"之"三种境界"之联想。而当小词可以产生这种感发作用时,读者之所得自然便

---

① 小词中亦偶有通篇为五言或七言的整齐之形式,但其严格之声律则既不同于有极大自由之古体诗歌,也不同于平仄及对偶必相对称的近体诗歌。在整齐的词句中,也仍有抑扬错落之美。这一点是论词时所不可不知的。

已不复再是作品中表面所写的"菡萏香销"的景物或"独上高楼"之情事,但其感发却又正由于作品中所叙写的景物或情事而引起。而王国维所提出的"境界"一词,私意以为就正指词中所呈现的这一种富于感发之作用的作品中之世界。因此王国维在另外一则词话中,就又曾经提出来说:"词之雅郑,在神不在貌。"又说:"永叔、少游虽作艳语,终有品格。方之美成,便有淑女与倡伎之别。"那便因为王氏以为欧、秦二家词,自外貌上观之,其所写虽也是闺阁儿女相思离别之情,但就其作品中所呈现之富于感发之"境界"言之,则更可以引起人精神上一种高远之联想的缘故。① 而且这种"在神不在貌"的评说态度,与西方诠释学的某些说法,似乎也有暗合之处。下面我们就将对这一点略加简单的比较。

如我们在随笔第二则中所曾提出的,诠释学本是想要对作品原义加以深入探寻的一门学问,但结果却发现诠释者之所得往往都只是沾有自己之时空色彩的衍义,而并非原义。但在1950年代末期,德国的一位女教授凯特·汉柏格(Kate Hamburger)在其《文学的逻辑》(*The Logic of Literature*)一书中,却曾经更提出了一种看法,认为一些抒情诗里所写的内容即使并非诗人真实生活中的体验,但其所表现的情感之真实性与感情之浓度则仍是诗人真实自我之流露。私意以为汉柏格女士的这种看法,与我们在前面所提出的中国小词中所写的内容,虽不必为诗人显意识中的"言志"之情感,却于无意中流露出了诗人之心灵及感情所深蕴之本质的一点,也似乎颇有暗合之处。而且由此推论则诠释者所追寻的,自然就也不应该只以作品中外表所写的情事为满足,而

---

① 王国维论词特尊五代之冯、李及北宋之晏、欧,那就正因为此数家词的作品中之世界,特别近于王氏所提出的富于感发之"境界"的缘故。至于周邦彦这位作者则是在词史上一位结北开南的人物,一改五代北宋之重直接感发的作风,而转变为以思索安排来谋篇练句,这正是王国维何以虽然赞美周词之工力,但对其词中意境却一直颇有微词,而且也不能欣赏受周词影响的南宋诸家词的缘故。

应该更以追寻得作者真正的心灵及感情之本质为主要之目的了。如此看来,则此种观点岂不与王国维的"在神不在貌"之说,也大有相通之处。虽然此种相通之处也只是一种"似而非是"的偶合,不过此种偶合却正说明了东西方的某一类抒情诗,有着某些相似的特质。其一是就作者而言,除去其在外表所叙写的显意识中的情事以外,更可能还流露有作者所不自觉的某种心灵和感情的本质;其二是就读者而言,除去追寻其显意识的原义以外,也还更贵在能从作品所流露的作者隐意识中的某种心灵和感情的本质而得到一种感发。而中国的五代宋初的小词中的一些佳作,则可以说是在世界文学中最适合于用此种态度去评赏的一类文学作品。王国维所提出的"境界"一词,就是对于小词的此种特质最有体会的一种评词的标准。①

1986 年 11 月 15 日

六 张惠言与王国维对美学客体之两种不同类型的诠释

在我们对本文的主题展开讨论以前,我们先要对所谓"美学客体"略加说明。原来在1970年代中一位捷克的结构主义评论家莫卡洛夫斯基(Jan Mukarovsky)曾经写过一本题为《结构、符号与功能》(*Structure, Sign and Function*)的著作。在此书中,他曾经提议把一切作品(art work)都作出两种划分,一种只可称为艺术成品(artefact),另一种则可称为美学客体(aesthetic object)。他以为一部文学作品的写作完成以后,如果未经过读者的阅读和想象而加以重新创造,那么这部作品就只

---

① 在《人间词话》中"境界"一词,除作为评词标准之特殊意义以外,也还有其他用法,这自然是其极易引起争议及误会之一项重要原因,笔者在《王国维及其文学批评》一书中,于论及《人间词话》中"境界"一词之义界时曾有较详之分析探讨,读者可以参看。

不过是一种艺术成品而已,惟有经过读者的阅读和想象之重新创造者,这部作品方能提升成为一种美学客体。而且虽是同一部作品,但透过不同的阅读的主体,就会有许多不同的美学客体的呈现。这种理论与现象学中的美学之说也甚为相近,罗曼·英伽登(Roman Ingarden)在论及现象学美学时,就也曾主张一切已经制成的艺术成品,都定要让读者或聆听者与观赏者以多种方式加以完成,从而产生一种美感经验,否则这一艺术成品就将变得毫无生趣。这种理论,与我多年前在《迦陵论词丛稿·后叙》中所提出的如何评说诗词的主张也颇有相近之处。我曾以为评说诗词"不该只是简单地把韵文化为散文,把文言变为白话,或者只作一些对于典故的诠释,或者将之勉强纳入某种既定的理论套式之内而已,更应该透过自己的感受把诗歌中这种兴发感动的生命传达出来,使读者能得到生生不已的感动,如此才是诗歌中这种兴发感动之创作生命的真正完成"。而如果以词与诗相比较,则如我在前一则"随笔"之所言,诗之写作多为作者的"言志"之传统中的显意识之活动,而词之写作则其情意之幽微乃往往为作者隐意识之活动。因此说词人在读词时所能产生的美感经验,也就较诗更为富有自由想象之余地。所以说词人如何把一篇艺术成品提升为美学客体,而对之作出富有创造性的诠释,当然也就成为了说词人所当具备的一种重要的修养和手段。而如果就中国的词学评论史而言,则张惠言与王国维二人之词论,无疑可以说是代表了对词之"衍义"之诠释的两大主流。

关于王国维之"境界"说,我们在前二则随笔中已曾对之作过简略的介绍,以为王氏所谓"境界",乃是指作品本身所呈现的一种富于兴发感动作用的作品中之世界。因此王氏所欣赏之作品乃大都是在作品本身之叙写中就带有直接感发之力的作品。即如李璟《摊破浣溪沙》一词之"菡萏香销翠叶残"数句,晏殊《蝶恋花》一词之"昨夜西风凋碧树"数句,柳永《凤栖梧》一词之"衣带渐宽终不悔"数句,辛弃疾《青玉案》一词之"众里寻他千百度"数句,若此之类,盖莫不带有作者自己本身强烈之兴发与感动,而读者遂亦可自此种兴发感动中获致一种足以引起更深广之联想的感发。像王国维对于唐五代及北宋初的一些小词所作出的"衍义"的诠释,可以说就大都是属于此种兴发感动一型的诠释。而如果作品中不带有此种直接感发之作用,其叙写乃全以冷静客观及安排思索之手法之者,则为王氏所不喜。这正是王氏何以对唐五代之温庭筠、北宋末之周邦彦及受周词影响的南宋诸家都颇有微词的缘故,但常州词派的大师张惠言氏却偏偏从王氏所不喜的这一类作品中,也看出了深远的含意,并对之作出了另一种不同类型的诠释。为了要将王氏与张氏之两种不同类型的诠释加以比较,因此我们就不得不对张氏的词论也略加介绍。

张惠言之词论主要见于其所编辑的《词选》一书,在此书的序中,张氏曾有一段话说:"其缘情造端,兴于微言,以相感动,极命风谣里巷男女哀乐,以道贤人君子幽约怨悱不能自言之情,低徊要眇,以喻其致。盖《诗》之比兴,变风之义,骚人之歌,则近之矣。"关于张氏之词论,我以前在《常州词派比兴寄托之说的新检讨》一文中,已曾有详细之论述。简言之,则张氏之主张是说这些写男女之情的作品乃是可以借之表现一种贤人君子之志意的。因此张氏论词乃提出了所谓比兴"变风之义",而传统诗论之所谓"比兴变风"则正是认为诗歌之写作中,包含有政治上美刺之托意的一种观念。因此张氏之说温庭筠词,乃谓其《菩萨蛮》诸作曰:"此感士不遇也,篇法仿佛《长门赋》,而用节节逆叙。"又谓其首章《菩萨蛮》词下半阕"照花四句"乃"《离骚》初服之意"。又说欧阳修词之《蝶恋花》"庭院深深深几许"一首,谓其"'庭院深深',闺中既以邃远也。'楼高不见',哲王又不寤也。'章台''游冶',小人之径。'雨横风狂',政令暴急也。'乱红飞去',斥逐者非一人而已,殆为韩、范作乎"。又说王沂孙词《眉妩·新月》一首,谓:"碧山咏物诸篇并有君国之忧,此喜君有恢复之志而惜无贤臣也。"又曾引鲷阳居士之言说苏轼《卜算子》(缺月挂疏桐)一首,谓:"'缺月',刺明微也……'拣尽寒枝不肯栖',不偷安于高位也。"自首至尾,每句皆作指实之解说。从这些说词例证,我们自不难看出张惠言之说词与王国维之说词,在方式及观念方面实有两点极大之差别。第一,就方式而言,王氏之说词大都以感发之触引为主;而张氏之说词则大都以字句之比附为主。第二,就观念而言,则王氏所提出的"成大事业与大学问之三种境界"诸说,大多是就整体之人生哲学立论的;而张氏所提出的"感士不遇""政令暴急""惜无贤臣""君国之忧"及"不偷安于高位"诸说,则大都是就君臣忠爱之政治道德立论的。因此我们可以将王国维与张惠言说词之观念,归纳为两种基本的差别,那就是王氏之说词乃是属于对美学客体的一种哲学诠释,而张氏之说词则是对于美学客体的一种政治诠释及道德诠释。

　　本来就中国古典文学而言,所谓诗之"言志"的传统,与文之"载道"的传统,固一向都是以道德与政治之意识作为创作与批评之主流的,这可以说乃是中国文学史中的一般现象。然而词之为体,却原来乃是突破了这种道德与政治之意识的一种特殊产物,词只是一种歌酒筵席之间的艳歌,其价值与意义都不在道德与政治的规范之内。张惠言之以道德与政治之意识来对之加以诠释和衡量,自然是一种自外强加的,属于受中国旧传统之影响的一种批评概念。而王国维之以哲学理念来对之加以诠释和衡量,则是属于受西方思想之影响的一种批评概念。此二种意识概念原来都非只以写伤春怨别之情为主的小词之所本有,然而张惠言与王国维二人对于词所作出的诠释,却也并非全然无据。我们在以后的随笔中,便将对词这种文学体式,作为一种传达信息的符号,其所以能引起诠释者之道德政治之联想,及哲学之联想的某些特质,再逐步加以说明。

七　从符号与信息之关系谈诗歌的衍义之诠释的依据

在前一则随笔中,我们已曾指出了张惠言与王国维之词论,乃是属于对美学客体之两种不同的诠释。但我们对于其何以产生此诸种不同之诠释的依据与范畴,却还一直未曾作过更为具体的比较和说明。本来无论就古今中外之文学理论而言,作为作者与读者之间传达情意信息的媒介,都不得不有赖作品本身所具含的文字。作品中的文字就正是传达信息的重要符号。因此我们要想对张惠言及王国维对词之种种"衍义"之诠释的由来,作出一种科学性的理论化的正确的分析,我们就不得不先对西方之符号学略加介绍。

所谓"符号学"(semiology 或 semiotics)①,是西方近代思潮中一门尚在不断发展中的重要学派。其理论之奠基者当首推瑞士的语言学家索绪尔(Ferdinand de Saussure),经过半世纪的发展,这一派学说不仅已被认为是研究近代诗学的一项重要理论,而且更逐渐被认为是研究世界上一切借符号与信息交流而形成的所有文化活动的一门最基本的科学。美国的符号学之先驱者皮尔士在其文集(*Collected Papers of Charles Sanders Peirce*)中,就曾经认为我们纵然不能说这个宇宙是完全由符号(sign)所构成,我们至少可以说这个宇宙是完全渗透在符号之中的。因此符号学所牵涉的范围实在极为广泛,其理论体系也相当繁复。本文因篇幅的字数与作者的学识之限制,对之自无法作详细之介绍。我现在只不过是想要假借一些西方理论的观照,对中国传统中的某一些诗论作一些更为科学性的、更为理论化的反思而已。而要想达

---

①　关于西方之符号学,一般公认其有两大先驱,一为瑞士的语言学家索绪尔(1857—1913),另一为美国的符号学家皮尔士(1839—1914)。大抵承索绪尔之传统者,则用 semiology 一词,而承皮尔士之传统者,则用 semiotics 一词。

到此种目的,我们就不得不先对符号学中一些基本概念略加说明。

根据索绪尔的看法,他以为符号是由两个互相依附的层面而形成的,一个是符号具(signifier),另一个是符号义(signified)。如果把语言作为一种符号来看,那么当我们提到"树"时,"树"作为一个单独的语音或字形就只是一个符号具,而由此所产生的对于树的概念,就是一种符号义。但符号具与符号义的关系,却不仅只是如此简单而已,索绪尔又曾把语言分为两个轴线(axis),一个是语序轴(syntagmatic axis,或译作毗邻轴),另一个是联想轴(associative axis),语言所传达的意义不仅只是根据语序轴的排列而出现的一串实质的语言而已,同时还要依赖其联想轴所隐存的一串潜藏的语言来作界定。要想了解一个字或一个语汇的全面意义,除了这个字或这个语汇在语序轴中出现的与其他字或其他语汇之关系所构成的意义以外,还应该注意到这个字或这个语汇在联想轴中所可能有关的一系列的语谱(paradigm)①。当一个说者或作者使用此一语汇而不使用彼一语汇之时,其含义都可以因其所引起的联想轴中的潜藏的语谱而有所不同。同时当一个听者或读者接受一个语汇时,也可能因此一语汇在其联想轴中所引起的联想而对之有不同的理解。而对于一篇作品而言,则我们一方面既可以在语序轴中对之作不同层次与不同单位的划分而形成不同的解释,更可以在联想轴中因其所引起的不同的联想而作出不同的解释,而两者又可以相互影响,这种现象自然就为一篇作品所传达的意义提供了开放性的基础,

---

① 所谓语谱,即如我们要写一个美丽的女子,我们可以用"美人",可以用"佳人",可以用"红粉",可以用"蛾眉",有一系列语汇可以选择。在选择此一语汇不用彼一语汇之时,就此一语汇作为符号而言,在选择间就已经传送了一种信息。而且每一语汇在联想轴中,更可以引出不同的联想,即如"美人"可使人联想到屈原《离骚》中的"美人"或李白《长相思》中的"美人";"佳人"可使人联想到曹植《杂诗》之"南国有佳人"或阮籍《咏怀》之"西方有佳人"之类,遂可以引发多种不同的理解和诠释。

也为读者反应所可能造成的不同的理解提供了开放性的基础。

以上是我们对于符号学之奠基人瑞士语言学家索绪尔的一些基本理论所作的极简单的介绍。而如果要谈到对诗篇的分析,我们就不得不对俄国符号学家洛特曼(Lotman)的一些观念也略加介绍。洛氏是把符号学用之于诗篇之分析的一位重要学者,而尤其值得注意的,则是洛氏对于文化背景的重视。洛氏从信息交流论(information theory)出发,认为人类不仅用符号来交流信息,而且也被符号所控制。符号系统同时也就是一个规范系统。我们一方面既应该研究符号的内在的结构系统,另一方面也应该研究构成此一系统的外在时空的历史文化背景。洛氏更认为一篇诗歌所给予读者的,既同时有理性的认知(cognition),也有感官的印象(sense perception),前者多属于已经系统化了的符号,后者则多属于未经系统化的符号。前者可予读者知性之乐趣,后者则予读者感性之乐趣。因此诗篇所呈现的乃是一个非常复杂的含有多种信息的符号。通常一般人读诗都只注意诗篇中各语汇表面所构成的信息与意义,而把其他复杂的隐存的信息排除在外。但洛特曼却把无论是语序轴或联想轴所可能传达的信息,无论是知性符号或感性符号都视为诗篇的一个环节,因此洛氏的理论遂把诗篇所能传达的信息的容量大幅度地扩展了。

以上我们既对西方符号学的一些概念作了简单的介绍,下面我们就将依循这些理论概念,来对张惠言与王国维说词之"衍义"的诠释之由来略加说明。先谈张惠言对词的诠释,张氏曾谓温庭筠《菩萨蛮》(小山重叠金明灭)一首中之"'照花'四句"有"《离骚》'初服'之意"。就此四句词之表面的语序轴的意义来看,温词原只不过是写一个美丽的女子簪花照镜之情事及其衣饰之精美而已,然而张惠言却因之而想到了《离骚》中的"初服"之意,这种诠释之由来,则是由于这四句词作为传达信息之符号在联想轴上所提供的信息。因为在《离骚》中屈原就经常提到姿容衣饰之美。如"扈江离与辟芷兮,纫秋兰以为佩""制芰荷以为衣兮,集芙蓉以为裳""佩缤纷之繁饰兮,芳菲菲其弥章"之类,这种形容衣饰之美的叙写,在《离骚》中已成为了一个反复出现的信息,而此一信息在《离骚》中则是带有明显的托喻之意义的。所以司马迁在其《史记·屈原贾生列传》中,就特别提出了屈原"其志洁,故其称物芳"的说法。而《离骚》中之"初服"一句的原文,则是"进不入以离尤兮,退将复修吾之初服",王逸注云:"退,去也,言己诚欲遂进,竭其忠诚,君不肯纳,恐重遇祸,故将复去,修吾初始清洁之服。"而所谓"初始清洁之服",其所喻示的则是高洁美好的品德。于是张惠言遂自温庭筠词中所写的姿容衣饰之美,经由语言的联想轴之作用,而想到了《离骚》中所写的姿容衣饰之美,又因《离骚》中叙写的姿容衣饰之美都带有喻托之性质,遂认为温词所写的姿容衣饰之美,也有如屈原《离骚》中"初服"一样的喻托之含意。因此在符号学的理论概念中,张惠言对温词所作的"衍义"之诠释,实在可以分为两层来说明:第一层是由温词中所写的衣饰之美而想到了《离骚》中对于衣饰之美的叙写,这自然应该是属于索绪尔所提出的联想轴的作用。第二层则是因《离骚》中所写的衣饰之美含有喻托之性质,于是遂推论到温词中所写的衣饰之美也有喻托之意,则又与中国古典文学的历史文化背景有着密切的关系,这便又与洛特曼的概念有相关之处了。不过,尽管我们从理论上可以为张惠言的"衍义"之诠释,找到不少可以说明的依据,然而温词本身究竟是否有如此之托喻,却还是一个不可确知的问题。而从符号学的一些理论概念来看,除以上所叙及者外,温氏全词也还有不少其他可资研析之处。因篇幅所限,这些问题只好留待以后的随笔再加探讨了。

1987 年 1 月 15 日

八　温庭筠《菩萨蛮》词所传达的多种信息及其判断之准则

温庭筠在唐五代词人中,是一位弁冕词坛的作者,但历代词评家对他的词却颇有不同的评价。多年前我在撰写《温庭筠词概说》一文时,曾将之分别为两派:一派是主张温词为有寄托,且对之推崇备至者,如《词选》之编撰者张惠言、《白雨斋词话》之作者陈廷焯及《词学通论》之作者吴梅诸人可以为代表;另一派则是主张温词并无寄托,且对之颇加訾毁者,如《艺概》之作者刘熙载、《人间词话》之作者王国维及《栩庄漫记》之作者李冰若诸人可以为代表。① 关于形成此种不同评价之因素,我以为前次随笔所举语言学及符号学之说,颇有可供参考之处。为了具体说明此一问题,我们现在就将举温庭筠的一首《菩萨蛮》词作为个例来略加析论,现在先把这首词抄录下来一看:

> 小山重叠金明灭,鬓云欲度香腮雪。懒起画蛾眉,弄妆梳洗迟。　　照花前后镜,花面交相映。新贴绣罗襦,双双金鹧鸪。

先看这首词的第一句,就一般的符号具与符号义之属于认知之系统的关系而言,此句中之"小山"依惯例本当指现实中山水之"山"。然而若从此词全篇写闺情之内容,及"小山"一句与下一句之"鬓云"及"香腮"等叙写之呼应而言,则此句之"小山"又实在绝不可能指现实中山水之"山"。如果按我们在前一则随笔中所介绍过的俄国符号学家洛特曼之说,则此句中之"小山"实在乃是 个并不合于一般语言惯例之系统的符号,它所传达的不是一种认知,而是一种感官印象。不过依洛氏之说则感官印象也同样可以指向一种认知。若就此句之"小山"而言,则私意以为欲判断其所指向的认知之意义,首当考虑"小山"之形

---

① 见拙著《迦陵论词丛稿》,上海:上海古籍出版社,1980。

象在唐五代词中所可能提示的信息。若循此而推求,则此句之"小山"之所指,原可有下列几种可能:其一是可以指"山眉",即如韦庄之《荷叶杯》词就曾有"一双愁黛远山眉"之句,可以为证;其二是可以指"山枕",即如顾夐之《甘州子》词就曾有"山枕上,几点泪痕新"之句,可以为证;其三是可以指"山屏",即如温庭筠《南歌子》词就曾有"鸳枕映屏山"之句,可以为证。有时这种感官印象所指向的多义,也可以有同时并存的可能。即如温庭筠另一首《菩萨蛮》词中的"暖香惹梦鸳鸯锦"之句,其"鸳鸯锦"三字所提示的就也只是一种感官之印象,而并非认知之说明,其所指向的意义就是既可以为"锦褥",也可以为"锦衾",此两种不同指向的认知含义,在词句中都可以适用,因之二义乃可以并存。但就本文现在所讨论的"小山"一句而言,则私意以为似唯有"山屏"之义始能适用,其他二义则都有不尽适用之处。先以"山眉"而言,其不适用之处就有以下两点:第一,"小山"如指"山眉"而言,则与以下"重叠金明灭"之叙写不能尽合;第二,"小山"如指"山眉"而言,则与此词第三句"懒起画蛾眉"之亦写"眉"者相重复,这是"小山"之所以不能被指认为"山眉"的缘故。再以"山枕"而言,则其主要的不适用之处,乃在于"山枕"之不能"重叠",这是"小山"之所以不能指认为"山枕"的缘故,至于"小山"之作"屏山"解,则不仅有前所举之温庭筠《南歌子》词之"鸳枕映屏山"为证,而且温氏在另一首《菩萨蛮》词中,也曾写有"无言匀睡脸,枕上屏山掩"之句,都是以"屏山"与"枕"相连叙写,而且也都写到枕上女子之容颜。即以前举之"鸳枕映屏山"而言,下面所承接的便也正是"月明三五夜,对芳颜"之句,这种种叙写都与温词此"小山"一句及下一句对女子容颜之"鬓云欲度香腮雪"的叙写之呼应承接的写法,可以互为印证。而且"重叠"正可以状"屏山"折叠之形状,"金明灭"则正为对"屏山"上所装饰之金碧珠钿之光彩闪烁之形容,是则"小山"之指床头之屏山,殆无可疑。然而温词却偏偏不用属于认知系统的"小屏"二字,而用了属于感官印象的"小山"二字,这种写法,当然是使得一些人对温词不能欣赏和了解,而且讥之为"晦涩"及"扞格"的缘故。不过,如依洛特曼之说,则这种予人感官印象的符号,一方面既也可以经由解释而使之具有认知之意义,而另一方面则又可以仍以其物态(physical materiality)给予读者感官之乐趣。这正是诗歌所传达之信息之何以特别丰富,而且异于一般日常语言之处。只不过对这种感官之印象欲加以认知之诠释时,也应考虑到种种语序与结构之因素及历史文化之背景,而并不可随便臆测妄加指说,这正是何以我们对温词之"小山"一句,曾加以上面一节详说作为示范的缘故。像这种只写感性印象而不作认知说明的写作方式,不仅是温词之一大特色,而且也是中晚唐诗人如李贺及李商隐诸人,及南宋后期词人如吴文英及王沂孙诸人之特色。这类作品之意象及所传达之信息都极为丰美,但却往往因其不易指认而为人所讥评,这正是何以我们要对之特加说明的缘故。

除以上一点特色以外,造成温词中信息之丰富性的,则还有一项主要的原因,那就是温词所用的语言,作为一种符号来看,极易引起联想轴之作用,即如此首《菩萨蛮》词中的"懒起画蛾眉,弄妆梳洗迟"二句,其"蛾眉"一词,作为表义之符号,在中国文化传统中就蕴涵了多种信息的提示。首先是《诗经》中的"螓首蛾眉"之句。此一联想所可能传达的信息乃是词中之女子的过人的美丽;其次是《离骚》中的"众女嫉余之蛾眉兮"之句,此一联想所可能传达的信息乃是一种喻托之意。将"蛾眉"所写的姿容之美,赋予了可以喻托为才人志士品德之美的象喻之意。而如果再把"画蛾眉"三个字结合起来看,则李商隐一首五言的《无题》诗,曾有"八岁偷照镜,长眉已能画"之句。李氏此诗通篇以女子自喻,其所谓"长眉能画",所暗示的就正是对自己才志之美的一种珍重爱惜修容自饰的感情。至于在"画蛾眉"之前更加上"懒起"二字,而且在下句中也于"弄妆梳洗"之后,更加上一"迟"字,"懒"与"迟"两个字,便又传达了另一种信息,那就是虽欲修容自饰而却苦于无人知赏的一种寂寞自伤之心情。这在中国的古典文学中,也是一种习见的传统,即如杜荀鹤之《春宫怨》便曾写有"早被婵娟误,欲妆临镜慵。承恩不在貌,教妾若为容"之句,秦韬玉之《贫女》也曾写有"敢将十指夸针巧,不把双眉斗画长"之句,这都是一般读唐诗的人所耳熟能详的句子。因此如果按照瑞士语言学家索绪尔的"联想轴"之说及俄国符号学家洛特曼之重视符号系统的历史文化背景的概念来看,温庭筠所传达的信息,实在可以说是层层深入,具有极丰富之含意的。不过,要想对温词中所传达的信息作出此种理解,则我们便须首先要求读这首词的读者对于这些语汇在历史文化背景中所形成的信息的系统有熟悉的认知。美籍俄裔的语言学家雅各布森(Roman Jakobson)就曾经主张一个有效的语言或信息的交流,需要说话人(addresser)和受话人(addressee)双方都掌握有相当一致的语言符码(code)。我在多年前所写的《关于评说中国旧诗的几个问题》一文中,也曾提及古人说诗之重视词语之出处的情形,以为:"诗歌中所用的词字,原是诗人与读者赖以沟通的媒介,唯有具有相同的阅读背景的人才容易唤起共同的体会和联想,而这无疑是了解和评说一首诗所必具的条件。"[①]我当时提出此一论点时,对西方的符号学之说尚无所知,所以此种相通相近的看法,原来也只是一种暗合。而此种暗合则正好说明了无论就古今中外任何诗歌而言,诗篇中所使用的语汇,也就是符号学所谓的语码,作为作者与读者间一种沟通的媒介,如果双方对此种语码有文化背景相同的认知,则无疑地应可以帮助读者透过诗篇中的语码,而对作品的原义有更为正确的理解,并作出更为正确的诠释。就温庭筠与张惠言二人

---

① 见《中国古典诗歌评论集》。

之阅读背景来看,他们既都是属于旧文化传统中的读书人,他们对语码的了解乃是有相同之文化背景的。因此张氏对温词"照花"四句所作的评说,他们依据的就不仅只是此四句所写的姿容衣饰之美与《离骚》有相合之处而已,同时也是由于本文在前面所述及的"懒起画蛾眉"诸句中的语码,也同样都指向一种托喻之含意的缘故。依此说来,则张氏对温氏此词的评说,便应该是可以采信的了。然而值得注意的则是,另外一些与温氏及张氏也具有相同的阅读背景的评词人,对张氏之说却提出了不同的看法。这种差别之形成又将牵涉对诗歌如何作出正确诠释的另外一些问题。因篇幅所限,这些问题就只好留待下次随笔再加探讨了。

1987 年 1 月 19 日

九 "兴于微言"与"知人论世"

在前一则随笔中,我们曾论及张惠言诸人之所以能自温庭筠《菩萨蛮》词之"懒起画蛾眉,弄妆梳洗迟"及"照花前后镜,花面交相映"诸句,引发一种屈《骚》之喻托的联想,主要乃是由于温词中所使用的语汇如"蛾眉""画眉""簪花""照镜"之类,都带有某种历史文化背景,这一类语汇由某些具有相同的历史文化之阅读修养的读者看来,遂成为了可以传递喻托之信息的一种语码。正如张惠言所说的"兴于微言,以相感动",张氏就正是从这些"微言"的语码中,获致其喻托之感动的。不过,我们在上次的随笔中却也曾提出了一个问题,那就是另外一些与温氏及张氏具有相同阅读背景之修养的人,却对张氏的喻托之说也曾纷纷提出了批评的异议。即如刘熙载在其《艺概·词曲概》中,就曾经说:"温飞卿词,精妙绝人,然类不出乎绮怨。"便是只承认温词艺术之"精妙",而并不承认其有任何托意者。又如王国维在其《人间词话》中,也曾谓:"固哉,皋文之为词也(按:皋文即张惠言字)。飞卿《菩萨蛮》……有何命意？皆被皋文深文罗织。"则是对张惠言谓温词有托意之说，明白地提出了异议。再如李冰若在其《栩庄漫记》中，更曾谓："张氏《词选》欲推尊词体，故奉飞卿为大师，而谓其接迹《风》《骚》，悬为极轨。以说经家法，深解温词，实则论人论世，全不相符。"又云："飞卿为人具详旧史，综观其诗词，亦不过一失意文人而已，宁有悲天悯人之怀抱？……以无行之飞卿，何足以仰企屈子？"则更进一步说明了其所以不同意张惠言的托意之说，乃是由于温庭筠的"为人""无行"，"论人论世，全不相符"之故。而这种争议，遂牵涉文学批评中的一项重大问题，那就是作者人品之高低是否可以作为衡量其作品价值高低之准则的问题。关于此一问题，我以前在《王国维及其文学批评》一书中，于论及王氏早期杂文中他对于衡量文学作品所表现的价值观念和《人间词话》之评赏态度与评说方式时，都曾讨论及之。此外我在《迦陵论诗丛稿·后叙》中，对此一问题也曾有所论述。我之所以屡次论及此一问题，一方面固由于其本为文学批评中的一项重要问题，另一方面也因为我撰写以上诸文稿时，西方现代派之批评理论原曾在台湾盛行一时，而此一派之重要理论大师如艾略特（T. S. Eliot）及卫姆塞特（W. K. Wimsatt Jr.）诸人，则曾大力提倡"泯除作者个性"（impersonality）及作者原意谬论（intentional fallacy）之说，坚决主张诗歌批评以作品本身中所具含之形象（image）、结构（structure）及肌理（texture）等质素为依据，而不当以作者之为人传记为依据。这种理论对于中国一向喜欢把作者人格之价值与作品之价值混为一谈的传统文学批评而言，自无异为一当头棒喝，因此乃引起了我对于此一问题的反思。私意以为中国旧传统之往往不从作品之艺术价值立论，而津津于对作者人格之评述的批评方式，虽不免有重点误置之病；但西方现代派诗论之竟欲将作者完全抹杀，而单独只对其作品进行讨论的批评方式，实亦不免有偏狭武断之弊。因为无论如何作者总是作品赖以完成的主要来源和动力。

就以西方现代派诗论所重视的意象、结构与肌理等质素而言,又何尝不是完全出自作者的想象与安排。所以对作者之探索与了解,永远应该是文学批评中的一项重要课题。而且近日西方所流行的较现代派更为新潮的现象学派的文学批评,也已经注意到了对作者过去所生活过的时空的追溯和了解在文学批评中的重要性。美国约翰霍普金斯大学的教授普莱特(Georges Poulet)就曾认为批评家不仅应细读一位作家的全部著作,而且应尽量向作家认同,来体验作家透过作品所有意或无意流露出来的主体意识。我以为现代派批评所提出的对作品本身之语言意象的重视,与现象派批评所提出的对作者主体意识的重视,二者实不可偏废。就张惠言之词论而言,其由温词某些语汇而引起的所谓"兴于微言,以相感动"的屈《骚》托意之说,在内容思想虽属于旧传统的道德观念,但其重视由语言及意象所引发之联想的"兴于微言"之批评方式,则实在与西方现代派诗论更为相近。而刘熙载、王国维、李冰若诸人之从温氏之为人而反对张氏之说,其自"知人论世"之观点而欲推寻作者原意的主张,则似乎与西方现象学文学批评之重视作者之主体意识的观点更为相近。现在我们就将从后一观点,对温词之有无喻托之意,略作一些探讨。

温庭筠之为人,据史传所载自不足以"仰企屈子",然而其词之语汇,却有许多引人生屈《骚》托意之联想的语码。关于此种现象之形成,我以为有两种可能:其一,可能仅只是一种偶合。因为早期的词既多为歌筵酒席之艳歌,因此其内容自不免多为对美女与爱情之叙写,而在中国古典文学中又早有以美人为托喻的传统,且常以女子之无人赏爱喻托为才人志士之不得知用。自屈原《离骚》以迄曹植《杂诗》之"南国有佳人"诸作,便都是此一种传统的证明。以温庭筠之阅读背景,他对于此一传统自必极为熟悉,因之对此一传统的语汇自然也极为熟悉。于是在他写小词中的美女与爱情之时,便也自然而然使用了其中的某些语汇,而却全然不必有喻托之用心。这自然也是一种可能。其二,则温氏虽不足以"仰企屈子",然而在其内心中却也确实蕴涵有某种"文人失志"之悲慨。这在他的诗集中也可以得到不少证明。如其《感旧陈情五十韵》及《开成五年秋……一百韵》等皆可为证。盖温氏之为人,一方面虽然如史传及笔记所载,不免于"士行尘杂","薄于行,无检幅",但其平生仕宦之不得意,也可能有某种因政治而被摈斥之原因。即如唐文宗大和九年(835)甘露之变后,宰相王涯等皆被族诛,而温氏乃写有《题丰安里王相林亭》诗二首,对王涯之死表示了悼念和感慨。又如开成三年(838)庄恪太子被废黜且于不久后暴卒,温氏也曾写有《庄恪太子挽歌词》二首。而且《全唐文》曾载有温氏为国子助教时《榜国子监》之榜文,其中曾述及"进士所纳诗篇等,识略精微,堪裨教化,声词激切,曲备风谣……不敢独专华藻,并仰榜出,以明无私"云云,凡此种种,本文不暇遍举,但温氏之恃才傲物,触犯时忌之情形,已可略见一斑。然则其小词中之或者果然有如张惠言所说的一种"幽约怨悱不能自言之情"的托喻,自亦非绝无可能。不过,张氏的喻托之说却始终不能完全取信于人,我以为这其间实在还应牵涉有另外一些问题。其一是一般文人失志的牢骚感慨是否一概可以被称为"喻托"的问题。关于此点,常州派后起的词论家周济对此曾提出过一些看法,我在《常州词派比兴寄托之说的新检讨》一文中,曾归纳周氏之言,以为"他提出了寄托的内容主要当以反映时代盛衰为主,虽然反映之态度可以有多种之不同,或者为事前的'绸缪未雨',或者为虑乱的'太息厝薪',或者为积极的'己溺己饥',或者为消极的'独清独醒',而总之都有时代的盛衰作为背景,有'史'的意义,可以为后人'论世之资'",而不仅只是个人一己的牢骚感慨而已。此所以李冰若之《栩庄漫记》乃谓温氏"亦不过一失意文人而已",而反对张氏以温词拟比屈《骚》的托喻之说。这是我们所当辨明的第一个问题。其二是张氏之说往往过于拘狭沾滞,即如其谓温氏之十四首《菩萨蛮》"篇法仿佛《长门赋》,而用节节逆叙",遂被《栩庄漫记》讥为"以说经家法,深解温词",王国维亦谓张氏之说为"深文罗织"。甚至大力主张词中寄托之说的詹安泰,在其《论寄托》一文中,也曾批评张氏对温词之评说,谓其"似此解词,未免忽略其为人,而太事索隐"。因此如何掌握对寄托之解说的分寸,乃是我们应当辨明的第二个问题。其三是温氏之词所用之语汇,虽往往因其与历史文化传统有暗合之处,而引人产生托喻之想,但在叙写之口吻方面,却极少有直接的属于主观意识之叙述,因此温词所予人者大多为客观之美感及语汇之联想,而并不属于直接之感发。所以张氏谓温词为有喻托,其不尽能取信于人者,虽由于张氏之说过于拘执,而同时也由于温词本身原不能从直接感发予人以深切感动之故。这是我们所应辨明的第三个问题。

总之,清代常州派词论如张惠言诸人对词所作的"衍义"之诠释,虽然就语言学中联想轴作用之理论,也可以有其成立之理由,但在实践方面则仍有不尽能完全取信于人之处。我于多年前所写的《常州词派比兴寄托之说的新检讨》一文,对之曾有更详尽之探讨,读者可以参看。至于现在所写的"随笔",则不过是因为我想要把张惠言对词所作的"衍义"之说,与王国维对词所作的"衍义"之说,二者略加比较,因将张氏之说稍加简介,下次随笔我们就将开始讨论王国维的"衍义"之说了。[①]

1987 年 1 月 24 日

十 "比兴"之说与"诗可以兴"

在前几则随笔中,我们已曾假借西方之阐释学、现象学、符号学等各种理论,对于中国旧日张惠言与王国维二家之词说作过简单的论析,而为了要对张、王二家词说与中国传统诗论的关系也能有些清楚的了

[①] 张、周二家之说及其矛盾之处,本文未暇评论,请参看《迦陵论词丛稿》之讨论。

解,我们现在就将把他们二人的词说放到中国传统诗论中来再作一番论述和衡量,而首先我们要提出来一谈的,就是《诗大序》中的"比兴"之说,与《论语》中的"诗可以兴"之说。

所谓"比兴"原出于《诗》之"六义",不过本文因篇幅有限,对于"六义"不暇详说,我们现在提出"比兴"二字,只不过是想要借之说明中国传统诗论中之一种特色,并且借此对张、王二家词说与传统诗论之关系略加探讨而已。简单地说,"比"与"兴"原是指诗歌写作时两种不同的方式。"比"乃是指一种"以此例彼"的写作方式,即如《诗经·魏风·硕鼠》之以"硕鼠"拟比为剥削者的形象,便是"比"的写法,至于"兴"则是指一种"见物起兴"的写作方式,即如《诗经·周南·关雎》之因雎鸠鸟鸣声之和美而引发起君子之希求佳偶之情意,便是"兴"的写法。因此"比"与"兴"二种写作方式,其所代表的原当是情意与形象之间的两种最基本的关系。"比"是先有一种情意然后以适当的物象来拟比,其意识之活动乃是由心及物的关系,而"兴"则是先对于一种物象有所感受,然后引发起内心之情意,其意识之活动乃是由物及心的关系。前者之关系往往多带有思索之安排,后者之关系则往往多出于自然之感发。像这种情意与形象之间的关系,可以说是古今中外之所同然。而为了要说明中国诗论之特色,我们就不得不将西方诗论中有关形象与情意之关系的一些批评术语也提出来略加比较。在这方面,西方诗论中的批评术语甚多,如明喻(simile)、隐喻(metaphor)、转喻(metonymy)、象征(symbol)、拟人(personification)、举隅(synecdoche)、寓托(allegory)、外应物象(objective correlative)等,名目极繁,其所代表的情意与形象之关系也有多种不同之样式。

只不过仔细推究起来,这些术语所表示的却同是属于以思索安排为主的"比"的方式,而并没有一个是属于自然感发的中国之所谓"兴"的方式。当然,西方作品中也并非没有由外物引起感发的近于"兴"的作品,只不过在批评理论中,他们却并没有相当于中国之所谓"兴"的批评术语。经过以上的比较,我们自不难看出,对于所谓"兴"的自然感发之作用的重视,实在是中国古典诗论中的一项极值得注意的特色。①

以上还不过是仅就作者创作时情意与形象之关系所形成的意识活动言之而已;若更就作品完成以后,读者与作品之关系言之,则中国古典诗论中对于读者意识中之属于"兴"的一种感发作用,实在也是同样极为重视的。《论语》中所载孔子论诗的话,就是这种诗论的最好的代表。即如在《泰伯》篇中就曾记载有"子曰'兴于诗,立于礼,成于乐'"之言,《阳货》篇中也曾记载有"子曰'小子何莫学夫诗?诗可以兴,可以观,可以群,可以怨'"之言。本文因篇幅所限,对孔子这两段论诗的话自无法作详尽之阐发,但其对"兴"之作用的重视则是显然可见的。关于孔子所提出的"兴"之为义,朱熹在《论语集注》中的"兴于诗"一句之下曾注释云:"兴,起也。诗本性情,有邪有正,其为言既易知,而吟咏之间抑扬反复,其感人又易入,故学者之初,所以兴起其好善恶恶之心而不能自已者,必如此而得之。"可见"兴于诗"之说原是指从诗歌得到感发而言的。而在"诗可以兴"一句之下朱氏又注云"感发志意",则更可作为孔门说诗重视心志感发的证明。而且《论语》中还曾记述有两则由诗句而引起感发作用的生动的例证,在《学而》篇中曾记有一次孔子与子贡的谈话:"子贡曰:'贫而无谄,富而无骄,何如?'子曰:'可也,未若贫而乐,富而好礼者也。'子贡曰:'《诗》云"如切如磋,如琢如磨",其斯之谓与?'子曰:'赐也,始可与言诗已矣,告诸往而知来者。'"另外在《八佾》篇还曾记有孔子与子夏的一次谈话:"子夏问曰:

---

① 关于"比兴"之为义,及西方诗论中的"明喻""隐喻"等诸说,我在以前所写的《中国古典诗歌中形象与情意之关系例说》一文中,曾有较详之论述,见《迦陵论诗丛稿》(北京:中华书局,1984)。

'"巧笑倩兮,美目盼兮,素以为绚兮",何谓也?'子曰:'绘事后素。'曰:'礼后乎?'子曰:'起予者商也,始可与言诗已矣。'"从这二则例证来看,岂不足可见出孔子所赞美的"可与言诗"的弟子,原来都正是能够从诗句得到感发的人,而且这种感发还有一点值得注意之处,那就是他们感发之所得,往往与诗之原义并不完全相合。这种自由的感发,虽然也许并不被一般人认为是说诗之正途,但这种藉由诗篇而引起自己情志之抒发的情况,却无疑地是春秋时代的一种普遍的风尚。即如《左传》中关于当时各诸侯国互相聘问时"赋诗言志"的记载,便正是以个人对诗句之自由的感发联想为依据的一种实际的应用。所以《论语·季氏》篇中便也还记载有孔子所说过的"不学诗,无以言"的话。这句话与我们前面所引用过的孔子之重视"兴"的话;其实正可以互相参看,只不过"可以兴"是重在读诗时之个人联想对于志意的感发,而"无以言"则是重在个人对诗句之联想在生活中实际的应用而已。若以这种联想说诗,虽然或者并非说诗之正途,然而也正是由于这种活泼的感发的联想,才使得诗歌具有了一种生生不已的感发的生命。只不过这种重视诗歌之"可以兴"的自然感发之诗论,在汉儒手中却为之加上了一层狭隘的限制,而提出了所谓"美刺"之说。以为"比"是"见今之失,不敢斥言,取比类以言之",而"兴"则是"见今之美,嫌于媚谀,取善事以喻劝之"①。这样一来,就不仅把"由心及物"与"由物及心"两种心物交感的基型的"比"与"兴"之意识活动,加上了一定要具有"美刺"之用心的限制,同时也把读者由作品所引起的感发加上了一层必须要依政教之"美刺"来立说的限制。

如果我们试将张惠言及王国维二家之词说,与前面所述及的"诗可以兴"及"比兴"的美刺之说互相参看,我们就会发现张氏所提出的

---

① 见《周礼·春官·大师》郑注。

"比兴变风之义"的论词标准,及其以屈子《离骚》的"初服"之意来解说温庭筠《菩萨蛮》等小词,他所继承的乃是毛郑之以"比兴"及"美刺"说诗的传统,而王氏所提出的"境界"的论词标准,及其以"美人迟暮之感"和"三种境界"来解说五代两宋之小词,他所继承的则应是"诗可以兴"的传统。前者是有心比附的强求,而后者则属于自然的感发。我们若将这两类说词人他们内心与作品相接触时的意识活动,来与作者的心物相感的比兴之意识活动相较的话,则我们便不难认识到张氏说词之有意强求的态度,乃是属于一种"比"的方式,而王氏说词之着重感发的态度,则是属于一种"兴"的方式。关于张氏说词之长短得失,我们在以前的随笔中,已曾举过张氏对于温庭筠词之评说为例证作了相当的讨论。至于王氏说词之长短得失,以及"诗可以兴"的自由感发是否能作为一种说词的方式,这些问题我们都将留待以后的随笔中,再对之陆续加以讨论。

1987 年 3 月 18 日

十一 从李煜词与赵佶词之比较
看王国维重视感发作用的评词依据

在上一次随笔中,我们既曾提出了中国传统诗论中对于"诗可以兴"的感发作用之重视,也曾提出说王国维之词论正是一种重视感发作用的"兴"的方式,现在我们就将举引王氏对词之评说的一些例子略加讨论。私意以为,在王氏的《人间词话》中,他对词之论说可以归纳为两种主要的方式,一种是以作品中所传达的感发作用之大小作为评词高下之依据的方式,另一种则是以作品的感发作用所引起的读者之联想作为说词之依据的方式。即如他曾把南唐后主李煜的词与宋徽宗赵佶的词相对比,以为"其大小固不同矣",便是属于前一种的评词方式;再如其以

"美人迟暮之感"及"成大事业大学问之三种境界"来说五代两宋的一些小词,便是属于后一种的说词方式。为了篇幅的限制,本则随笔将先以讨论第一则词话为主。现在我们便先把这一则词话抄录下来一看:

> 尼采谓:一切文学,余爱以血书者。后主之词,真所谓以血书者也。宋道君皇帝《燕山亭》词亦略似之。然道君不过自道身世之戚,后主则俨有释迦、基督担荷人类罪恶之意,其大小固不同矣。

在这则词话中王氏所提出来与李煜词相比较的赵佶的《燕山亭》词,上半阕所叙写的是美丽的春花被风雨摧残的景象,下半阕接写的则是对于故国的怀思。为了便于比较说明,我们也把这首词抄录下来一看:

> 裁翦冰绡,轻叠数重,淡着胭脂匀注。新样靓妆,艳溢香融,羞杀蕊珠宫女。易得凋零,更多少无情风雨。愁苦!问院落凄凉,几番春暮? 凭寄离恨重重,这双燕何曾,会人言语。天遥地远,万水千山,知他故宫何处。怎不思量,除梦里有时曾去。无据,和梦也新来不做。

和赵佶的这首词相对照,李煜也写过一些哀悼春花被风雨摧残及对故国怀念的小词。为了便于作比较,我们现在便把李煜的两首词也抄录下来一看。第一首我们要抄录的是李煜的一阕《相见欢》词:

> 林花谢了春红,太匆匆!无奈朝来寒雨晚来风。 胭脂泪,相留醉,几时重? 自是人生长恨水长东!

另一首我们所要抄录的是李煜的一首《虞美人》词:

> 春花秋月何时了?往事知多少。小楼昨夜又东风,故国不堪回首月明中! 雕栏玉砌应犹在,只是朱颜改。问君能有几多愁?恰似一江春水向东流。

如果把李煜的这两首词与赵佶的《燕山亭》词相对比,则李之《相见欢》

之写花之零落者,固恰好相当于赵词之前半阕;而李之《虞美人》之写故国怀思者,则恰好又相当于赵词之后半阕。在如此对比中,我们自不难看出赵词前半阕只是对花之美丽与零落的外表的描绘和叙写,虽然细致真切,但毕竟只是"形"而非"神",故读之者便也只能自其所写的形貌上得到一种认知性的了解,而缺少如李煜词之使人在心灵上足以引起一种强烈之共鸣的感动兴发的力量。

  为了要对李煜词中感发作用之由来加以说明,我想西方新批评学派(new criticism)在评说诗歌时所使用的重视文字本身在作品中之作用的细读(close reading)的方式,对我们可能会有相当的帮助,因为文字本身乃是组成一篇作品的基础,文字所表现出的形象、肌理、色调(tone colour)、语法(syntax)等,自然是评说一首诗歌时重要的依据。下面我们便将用这种"细读"的方式,对李煜词之所以能传达出一种强大的感发力量的缘故略加评析。先看此词开端之"林花谢了春红,太匆匆"二句,首先是"林花"二字所提示的指向满林花树的普遍包举的口吻,再加以"谢了"二字的强劲直接的述语,便已表现出了一种所有美好的生命皆已零落凋残之悲慨,再加以"春红"二字则进一步写已"谢了"的"林花"的品质之美。"春"是季节之美好,"红"是颜色之美好。由于这种包举的口吻和对品质的重点的掌握,遂使得"林花谢了春红"一句增添了一种象喻的意味,超越了对现实的"花"之零落的叙写,而显示出一种对所有品质美好的生命之零落的悼惜之感,而下面的"太匆匆"三个字,便正是对内心中此种悼惜之感的直接叙述和表达。下面的"无奈朝来寒雨晚来风"一句,则更是"朝"与"晚"两个字的对举,及"雨"与"风"两个字的对举,再一次表现出一种普遍包举的口吻,于是朝朝暮暮雨雨风风的摧伤,也就有了一个超越了现实的象喻的意味。至于下面的"胭脂泪,相留醉,几时重"三个转折而下的短句,则又借花上之雨点与人之泪点的相似,把"花"与"人"作了紧密的结合,于是"相留醉"者遂既可以是"花"对于赏花者的相留,也可以是"人"对于相爱者之相留了。而总结之曰"几时重",是花之凋谢与人之离别,一切都难以挽回的痛苦堪伤。于是乎无论其为花为人,凡属一切美好的有生之物遂尽在此凋零离别风雨摧伤的悲感之中了。所以在结尾之处乃逼出了"自是人生长恨水长东"一句沉悲极恨的哀悼之辞,其引人产生共鸣的感发力量之强大,自然绝非如赵佶之描绘形貌者所能企及的。

再看赵佶《燕山亭》词下半阕对故园怀思之情的叙写,其"天遥地远,万水千山,知他故宫何处"等句的叙写,虽然也写尽愁苦之态,但却正如王国维所言,不过只是"自道身世之戚"而已,虽然即或能使读者对之产生同情,却并不能使读者引起自己的感发的共鸣,而李煜的一首也是写故国之思的《虞美人》词,则和前面所举的那首《相见欢》词一样,也传达了一种深锐强大的感发。下面我们便将用"细读"的方式,对这首词也略加析说。此词开端之"春花秋月何时了?往事知多少"二句,只用短短两句话,便把永恒不变的宇宙与无常多变的人生作了鲜明而强烈的对比,而且把古今所有的人类都网罗在此无常的悲感之中了。下面的"小楼昨夜又东风"一句,是对首句中"春花"的承接,说"又东风",一个"又"字正表示了"春花"之无尽无休的年年的开放,是对于"何时了"的呼应,而"故国不堪回首月明中"一句,则是对"往事知多少"的承接,而同时又以"月明中"呼应了首句的"秋月",是以个人事例印证了永恒与无常所形成的人类共同扮演之悲剧。以下之"雕栏玉砌应犹在,只是朱颜改"二句,则是以更具体真切的形象,表现了常在与无常的又一次对比。"应犹在"是无生之物的常在,"朱颜改"是有情之人的无常。这首小词一共不过只有八句,而前面六句却将永恒常在与短暂无常作了三度对比,从宇宙的大自然,到个人的事例,再到具体的物象,于是此一无常之悲感,遂形成了一种使人觉得无可逃于天地之间的网罗笼罩而下,因而遂逼出了结尾二句的"问君能有几多愁?恰似一江春水向东流"的涵盖了全人类之哀愁的悲慨,所以王国维乃称李煜词"俨有释迦、基督担荷人类罪恶之意",而认为其与赵佶相较"大小固不同矣"。王氏所说的"释迦、基督"云云,自非李词之本义,王氏只不过是以之喻说李词的感发力量之强大,可以引发天下人共有的一种哀愁长恨而已。由此看来,王氏以感发作用之大小为衡量之标准的评词方式岂不显然可见?

我在多年前曾经写过一篇《〈人间词话〉境界说与中国传统诗说之关系》的文稿,对于传统诗说作过一点简单的探讨,以为中国所重视的乃是诗歌中所具有的一种感发的质素,因此曾提出说:"就一位说诗者而言,则他对于诗歌的评赏,自然也当以能否体认及分辨诗歌中这种感发之生命的有无多少为基本之条件。"①若就这方面而言,则无疑的王氏乃是一位极具慧眼的评诗人。本文所讨论的这一则将李煜与赵佶相对比的词话,就恰好是对王氏以感发作用之大小为衡量高下之依据的评词方式之最好的说明。至于王氏以感发作用所引起之联想为说词之依据的例证,则因篇幅所限,只好留待下一次的随笔再对之加以讨论了。

1987 年 3 月 26 日

十二　感发之联想与作品之主题

在前一则随笔中,我们对于王国维以感发作用之大小作为评词之依据的方式,已曾加以讨论,现在我们就将对王氏以感发作用所引起之联想作为说词之依据的方式,也略加讨论。在《人间词话》中,属于此类说词方式者,主要有两处明显的例证,一处是以"众芳芜秽,美人迟暮之感"来说南唐中主的《山花子》一词,另一处则是以"成大事业大学

---

① 关于如何判断诗歌中感发生命之有无多少的讨论,请参看拙著《迦陵论词丛稿》。

问之三种境界"来说晏殊诸人的小词,不过王氏在此二则词话中说词之口吻却并不完全相同。在前一则词话中,王氏曾批评他人之说以为"解人正不易得",是对他人都加以否定而对自己则充满肯定的口吻;而在后一则词话中,王氏则自谓:"遽以此意解释诸词,恐为晏、欧诸公所不许也。"则是对自己完全不能肯定的口吻,其态度之不同,自是明白可见的。由于篇幅的限制,本文将先讨论第一则词话,现在就把这一则词话抄录下来一看:

> 南唐中主词"菡萏香销翠叶残,西风愁起绿波间",大有众芳芜秽,美人迟暮之感,乃古今独赏其"细雨梦回鸡塞远,小楼吹彻玉笙寒",故知解人正不易得。

在这一则词话中,王氏所评说的乃是中主李璟的一首《山花子》词,全词如下:

> 菡萏香销翠叶残,西风愁起绿波间。还与韶光共憔悴,不堪看。　细雨梦回鸡塞远,小楼吹彻玉笙寒。多少泪珠无限恨,倚阑干。①

王氏所谓古今独赏其"细雨"两句之说,最早首见于马令之《南唐书》,为冯延巳对此词的赞美之言;其后又见于胡仔之《苕溪渔隐丛话》,为王安石对此词的赞美之言②。而王国维却以为赞美此二句者不是"解人",而独赏其"菡萏香销"二句,以为有"众芳芜秽,美人迟暮之感",那么王氏所说又是否果然可信呢?

若想要辨明此一问题,我们就不得不对以前所写的几则随笔略加

---

① 李璟此词异文颇多,本文所录以王国维辑本《南唐二主词》为据。
② 据胡仔《苕溪渔隐丛话·前集》卷五九引《雪浪斋日记》,王安石虽曾赞美此二句词,然而却曾误以为乃后主李煜之作。

回顾:原来在我们讨论《作为评词标准之境界说》的一则随笔中,我们就已曾提出过作者写作时既有"显意识"之活动,也有"隐意识"之活动。以为在以"言志"为主之诗篇中,其所写者乃大都为作者显意识之活动。而在写相思离别的小词中,则作者虽然没有"言志"的显意识的用心,却往往于无意中流露了自己隐意识之活动。又在《要眇宜修之美与在神不在貌》一则随笔中,提出过作者除在作品中所写的外表情事以外,更可能还于不自觉中流露有自己的某种心灵感情的本质。因此一位优秀的说词人,在赏析评说一首小词时,就不仅要明白作品中所写的外表情事方面的主题,更贵在能掌握作品中所流露的作者隐意识中的某种心灵和感情的本质,从而自其中得到一种感发。

若从主题与感发两个方面来看,则据《南唐书》之记载,此词原为李璟写付乐工王感化去歌唱的一首歌辞,其内容原不过只是写思妇相思离别之情而已,这可以说乃是一般可见到的作品之主题。而"细雨梦回鸡塞远,小楼吹彻玉笙寒"二句,则正为此一主题的中心之所在,其所写者乃是思妇在细雨声中梦醒,然后乃觉悟到梦中所见的征夫仍然在鸡塞之远。所谓"觉来知是梦,不胜悲",于是乃不复成眠,因而乃有下一句之"小楼吹彻玉笙寒"之情事,表现出无限孤寒凄寂之感。是则就此词显意识中所写之思妇之情的主题言之,则"细雨"二句固当为此词主要重点之所在,而且此二句在对偶及用字方面又复写得如此精致工丽,然则前人之多赞赏此二句者,实可谓之为极为有见之言。不过值得注意的乃是,李璟既非思妇,则此一主题之所写自然并不属于作者"言志"的自我之情意。却反而是在开端的"菡萏香销"两句中,透过了对景物的叙写,于无意中流露有一种感发之力的作者隐意识中的心灵和感情的本质。而王国维就正是最能掌握这种感发之本质的一位说词人。以下我们就将从感发作用方面,对"菡萏香销"二句之所以为好,略加论述。

先看"菡萏香销翠叶残"一句。本来"菡萏"即是荷花,而"翠叶"也即是荷叶。不过,若以我们在前一则随笔中所提到的西方新批评学派之"细读"的方式来评析,我们就会发现这些词语意义虽然相同,但它们所予人的感受在品质中却是不同的。"荷花"一词较为通俗,而"菡萏"一词则别具一种庄严珍贵之感。而"翠叶"之"翠"字也不仅说明了荷叶之翠色,同时还可以使人引起对翡翠及翠玉等珍贵之物品的联想。然后于"菡萏"之下用了"香销"二字的叙写,"香"字也同样传达表现了一种芬芳的品质之美,与"菡萏"及"翠叶"所予人的珍美之感正相承应。而"销"字所表现的无常之消逝的哀感,又正与"翠叶残"之"残"字所表现的摧折残破的哀感互相承应。于是在这种珍贵美好之品质与消逝和摧伤之哀感的重复出现之中,遂使得这两句词所写的荷花与荷叶之零落凋残的景象,因而有了一种象喻的意味,似乎隐然表现了一种对一切珍贵美好之生命都同时走向了消逝摧伤的哀悼。至于"西风愁起绿波间"一句,则是写此一作为珍贵美好之生命象喻的"菡萏"所处身的整个背景之萧瑟凄凉。何况就花而言则"绿波"原为其主根托身之所在,而今则"绿波"之间既已"西风愁起",是其摧伤零落乃竟无可逃于天地之间,当然就更增加了一种悲恐惶惧的忧伤。所以乃以一写情之"愁"字,加在了本来只是写景物的语句之中。而"愁起"者遂不仅为"西风"之"愁起",同时也引动了通篇感发之"愁起"矣。而更可注意的则是这种对植物之零落凋伤的叙写,在中国文化中乃是具有一种象喻之传统的。早在《诗经·小雅·四月》就曾经有过"秋日凄凄,百卉具腓。乱离瘼矣,奚其适归"的句子,表现了由秋日草木百卉之凋伤所引发的在时代乱离中无所遁逃的哀感;其后在屈原的《离骚》中,则更曾有过"惟草木之零落兮,恐美人之迟暮"的句子,把芬芳美好的植物与象喻着才人志士的美人相结合,借草木之零落喻托了年命无常志意落空的悲慨;于是从宋玉《九辩》之"悲哉秋之为气也,萧瑟兮草木摇落而变衰"开始,"悲秋"遂成为了在中国古典诗歌中经常出现的一个"母题"(motif)。因此王国维之从"菡萏香销翠叶残,西风愁起绿波间"二句词,而引起了"众芳芜秽,美人迟暮"的联想,自然便也是有着悠久的文化传统为依据的了。

不过,王国维之联想虽然有其语言作用与文化传统之依据,但这种解说究竟是否便与作者之原意相符合,当然也还是一个值得探讨的问题。而就作者之原意来看,则如我们在前文之所言,此词显意识之所写固原为闺中思妇之情。这种情事自表面看来与"美人迟暮"之喻托虽然似乎是截然不同之事,但自《古诗十九首》之写思妇之情,就曾说过"思君令人老,岁月忽已晚"的话,李璟此词在"菡萏香销"二句之后便也曾写了"还与韶光共憔悴"的话。是则思妇之恐惧于韶华流逝容颜衰老之情,在本质上与"众芳芜秽,美人迟暮"的悲慨之情固也原有其可以相通之处。李璟这首词就作者而言在其显意识中的主题虽然可能只是写闺中思妇之情,然而却于不自觉中也正传达出了其隐意识中的一种"众芳芜秽,美人迟暮"的象喻性的悲慨。而王国维之所说乃正为一种"在神不在貌"的直探其感发之本质之评说。而且就作者李璟所处身的南唐之时代背景而言,其国家朝廷在当日固正处于北方后周的不断侵逼之下,因此这首词之"菡萏香销"二句所表现的一切都在摧伤之中的凄凉衰败的景象,也许反而才正是作者李璟在隐意识中的一份幽隐的感情之本质。而王国维却独能以其直接之锐感探触及之,这实在正是王国维说词的最大的长处与特色之所在,也正是他何以敢于批评他人之欣赏"细雨梦回"二句者,以为"解人正不易得"的缘故。

1987 年 4 月 4 日

十三　三种境界与接受美学

在上一则随笔中,我们曾提出过王国维以联想来说词有两种不同的方式:第一种是以充满肯定的口吻说南唐中主李璟的《山花子》词首二句有"众芳芜秽,美人迟暮"之感;第二种则是以完全不肯定的口吻说晏殊诸人之小词,以为其有"成大事业大学问者"的"三种境界"。关于第一种说词方式,我们已在前一则随笔中,对之作了相当的讨论,现在我们就将对其第二种说词方式也略加讨论。首先我们要把这一则词话抄录下来一看:

> 古今之成大事业大学问者,必经过三种之境界,"昨夜西风凋碧树,独上高楼,望尽天涯路",此第一境也;"衣带渐宽终不悔,为伊消得人憔悴",此第二境也;"众里寻他千百度,回头蓦见,那人正在,灯火阑珊处",此第三境也。此等语皆非大词人不能道,然遽以此意解释诸词,恐为晏、欧诸公所不许也。①

在这一则词话中,第一种境界所引的是晏殊《蝶恋花》(槛菊愁烟兰泣露)一词中的句子,第二种境界所引的是柳永(一作欧阳修)《凤栖梧》(一名《蝶恋花》)(伫倚危楼风细细)一词中的句子,第三种境界所引的是辛弃疾《青玉案》(东风夜放花千树)一词中的句子。如果就这三首词的原义来看,晏词中所写的乃是闺中的女子对于远行人的怀念之情,柳词所写的乃是远行的游子对于所爱之女子的怀念之情,辛词所写的乃是对于所爱之人由寻觅到相逢的惊喜之情。他们词中的本意,可以说与所谓"成大事业大学问"的"三种境界"根本不相干;亦正如李璟之《山花子》(菡萏香销)一词之本意原是写思妇之情,与所谓"众芳芜

---

① 晏殊《蝶恋花》原词为:"槛菊愁烟兰泣露。罗幕轻寒,燕子双飞去。明月不谙离别苦,斜光到晓穿朱户。 昨夜西风凋碧树,独上高楼,望尽天涯路。欲寄彩笺兼尺素,山长水阔知何处。"柳永(一作欧阳修)《凤栖梧》(一作《蝶恋花》)原词为:"伫倚危楼风细细,望极春愁,黯黯生天际。草色烟光残照里,无言谁会凭阑意。 拟把疏狂图一醉,对酒当歌,强乐还无味。衣带渐宽终不悔,为伊消得人憔悴。"辛弃疾《青玉案》原词为:"东风夜放花千树,更吹落、星如雨。宝马雕车香满路。凤箫声动、玉壶光转,一夜鱼龙舞。 蛾儿雪柳黄金缕。笑语盈盈暗香去。众里寻他千百度。蓦然回首,那人却在,灯火阑珊处。"

秽,美人迟暮之感"也全不相干一样,可以说都是读者的一种联想。然而王国维在这两则词话中,却表现了极不相同的口吻,在说李璟词时表现得极为肯定;而在说晏殊诸人词时,则表现得极不肯定。使之产生这种差别的原因究竟何在？这是我们在探讨此一则词话时,所首先要说明的问题。

本来我们在前几则随笔中,已曾多次提出过王国维对词之评说乃是以作品中所传达的感发作用为依据的。只不过其所依据的方式则各有不同。当其评说李煜词时,以赵佶为对比,而谓其大小不同,这是以感发作用之大小为评词高下之标准的一个例证,其着眼点乃全在于要对原作品本身之价值作出正确的衡量,这自然是评词时的一种重要的品评方式。当其评说李璟词时,谓其《山花子》之首二句有"众芳芜秽,美人迟暮之感",其所说虽非此词思妇之主题的本意,但王氏所掌握的感发之本质,则与作品之主题的意旨,却原是有着相通的一致之处的。因此王氏才敢于以充满自信的肯定的口吻来指称他人之所说者并非"解人"。至于本则词话之以"三种境界"来评说晏殊诸人的一些词句,则可以说乃是完全出于王氏读词时之一己之联想,与原词之主题本意全不相干,这自然是他之所以要用不自信的口吻来表明"遽以此意解释诸词,恐为晏、欧诸公所不许也"的缘故。而由此也就引出了另一问题,那就是王氏之说既与作品之原义已经全不相干,那么以此种方式来说词究竟是否可取的问题了。

关于此一问题,早在我们讨论《"比兴"之说与"诗可以兴"》的一则随笔中,原来也曾提出过孔门说诗对于读者的自由联想之重视。只不过孔门说诗之重视自由联想,仍只是将之视为诗歌之一种兴发感动的作用,而并未曾将之视为说诗之一种方式。至于真正认识到读者之自由联想之值得重视者,则实在当推常州词派之词论。谭献在《复堂词录叙》中就曾公开提出了"甚且作者之用心未必然,而读者之用心何必不然"之说。而这种说法与近日西方之读者反应论(reader response)及接受美学(aesthetic of reception)之说,却恰好颇有暗合之处。这一派西方理论之兴起,与我们在以前随笔中所曾提出过的"诠释学""现象学""符号学"等理论,也都有相当密切的关系。因为一篇文学作品,如果作为一个传达信息的符号来看,则其所传达之信息必然要有一个接受此信息的对象,也就是一个读者。早在我所写的《张惠言与王国维对美学客体之两种不同类型的诠释》一则随笔中,我们就已曾引用过一位捷克的结构主义评论家莫卡洛夫斯基,及波兰的现象学理论家罗曼·英伽登的话,说明过一切作品在未经读者阅读前,都只是一个艺术成品,而并不是一个美学客体。因此德国著名的接受美学家伊塞尔(Wolfgang Iser)在其《阅读过程:一个现象学的探讨》("The Reading Process: A Phenomenological Approach")一文中,就曾正式提出说文学作品具有两个极点(two poles),一方面是作者,另一方面是读者。我们对于作品的文本(text)及对于读者的反应活动,应该加以同样的重视。而且读者对作品的反应永远不能被固定于一点。阅读的快乐就正在其不被固定的活动性(active)和创造性(creative)中。[①] 只不过伊塞尔多将此种理论用于对小说之评论及分析,而另一位接受美学家尧斯(Hans Robert Jauss)则曾将接受美学用于对诗歌之评论及分析。以为一篇诗歌的内涵可以在读者多次重复的阅读中呈现出多层的含义,而且读者的理解并不必然要作为对作品本文意义的解释和回答。[②] 此外还有一位意大利的接受美学的学者弗兰哥·墨尔加利(Franco Meregalli),在其《论文学接受》("Sur La Réception Littéraire")一文中,则曾

[①] Wolfgang Iser, *The Implied Reader*, The Johns Hopkins University Press, 1978, pp.274-275.

[②] Hans Robert Jauss, *Toward an Aesthetic of Reception*, University of Minnesota Press, 1982, pp.139-142.

按阅读性质之不同,将读者分别为以下数类:其一是一般性的读者,他们只是单纯的阅读,而并无对作品作任何分析和解说;另一种则是超一层的读者,他们对于作品有一种分析和评说的意图;还有一种读者,他们带有一种背离作品原义的创造性,这一类读者是把作品只当做一个起点,而透过自己的想象可以对之作出一种新的创造性的诠释[①],如果依墨氏的说法来看,则王国维的"三种境界"之说,无疑地乃是属于这种带有创造性之背离原义的一种读法。而这种承认读者之可以发挥自己之创造性的理论,在西方的接受美学中,正在受到日益加强的承认和重视。只不过他们却也曾提出了一种限制,以防止荒谬随意的妄说。那就是一切解说,无论其带有何等新奇的创造性,却必须都以文本中蕴涵有这种可能性为依据。而一个伟大的好的作者,则大都能够在其作品中蕴涵有丰富的潜能,因而才可以使读者引发丰富的联想。所以王国维在这一则词话的结尾之处,乃又提出说"此等语皆非大词人不能道",也就是说只有伟大的词人才能够在他的作品中写出蕴涵有如此富于潜能的词句,因而引起读者如此丰富的联想。而如果按照西方接受美学中作者与读者之关系而言,则作者之功能乃在于赋予作品之文本以一种足资读者去发掘的潜能,而读者的功能则正在使这种潜能得到发挥的实践。然而读者的资质及背景不同,因此其对作品之潜能的发挥的能力也有所不同。所以王国维在另一则词话中,谈到"诗人之境界"与读者之关系时,就也曾提出说"读其诗者","亦有得有不得,且得之者亦各有深浅焉"。而无疑的王氏自己乃是一位极长于发挥作品之文本中所蕴涵之潜能,而对之作出富于创造性之诠释的优秀说词人。只是如果就西方接受美学之理论中对这种自由联想与文本之关系而言,王氏之所说是否为一己随意之妄说,抑或在文本所蕴涵之潜能中,

---

[①] Franco Meregalli, "Sur La Réception Littéraire", *Revne de Littérature Comparée*, 1980, No.2.

可以为之找到任何足以支持其作出此种评说之依据？这当然也还是一个有待探讨的问题,不过本文为篇幅之限制,只好在此结束。留下的问题,只能在下一则随笔中再对之加以讨论了。

1987 年 11 月 12 日

十四　文本之依据与感发之本质

在前一则随笔中,当我们讨论王国维"三种境界"之说的时候,曾经提出过一个问题,那就是西方的接受美学一方面既曾公开地提出了读者之联想可以背离作品原义的自由,而另一方面却又曾提出说一切联想都应以原来的文本(text)为依据。因此我们一方面虽承认了王国维以"三种境界"来评说晏殊诸人之小词的自由的联想,而另一方面我们就还要为他的这种富于创造性的一己之联想,在他所评说的那些小词的文本中找到依据。

本来我们早在《感发之联想与作品之主题》一则随笔中,已曾提出过王氏之以联想说词,主要乃是以作品中所传达的一种感发作用之本质为依据的。王氏之以"众芳芜秽,美人迟暮之感"说李璟的《山花子》一词,其所依据者乃是文本中所传达的感发之本质;王氏之以"三种境界"说晏殊诸人的小词,其所依据者也仍是作品在文本中所传达的感发之本质。只不过前者所说与李璟词全篇之意旨有可以相通之处,因此王氏之所说乃充满了肯定的口吻;而后者所说则只是断章取义,与原词全篇之意旨并不相合,因而王氏所说乃充满了不肯定之口吻。只不过若就其断章的文本来看,我们就会发现其间也仍是有感发作用为之依据的。先看"昨夜西风凋碧树,独上高楼,望尽天涯路"几句文本。首句之"昨夜",表现了一种新来的转变;"西风"表现了一种肃杀的扫除一切的力量;"碧树"则表现了浓荫的荫蔽;而句中的"凋"字则表现了此种浓荫之荫蔽已因西风之吹扫而凋落。如果我们若只就这七个字在本句中表面一层的意思来看,其所写者自然只是秋风中草木的凋零;然而若就其与下面二句"独上高楼,望尽天涯路"所写的高楼望远之情意的呼应而言,反而正是这种绿树之荫蔽的凋落,才给有心登高望远的人开拓出了一片天高地迥的广阔的眼界。继之以"独上高楼,望尽天涯路",其"高楼"之形象既表现了一种崇高感,而"天涯路"则表现了瞻望之广远。"独上"二字又表现了一种孤独的努力。"望尽"二字则表现了一片怀思期待之情。若从这几句所表现的感发作用之本质来看,我们便可发现这种在寂寥空阔脱除障蔽之后的登高望远的情意,原来与成大事业大学问者对高远之理想的追寻向往之情,在本质上原也是有着可以相通之处的。所以王氏乃以"第一种境界"来说这几句词,这种说法与原词全篇之意旨虽然未必相合,然而如果仅就这几句词断章取义来看,则王氏之所说在其文本所传达的感发之本质方面,便原来亦自有其可以依据者在。再看"衣带渐宽终不悔,为伊消得人憔悴"两句文本。这两句词表面也只是写对于所爱之人的相思怀念之情而已。上句的"衣带渐宽"与下句的"人憔悴"相呼应,极写其相思怀念之苦。而上句的"终不悔"则直指向下句的"为伊消得",重点完全在"为伊"二字,极力表现出此"伊"人之为不可代替的相思怀念的对象,"憔悴"是"为伊","终不悔"也是"为伊"。本来写相思怀思之情也原是小词中常见的主题,只是这两句词对于所爱之人既写得如此不可代替,对于怀思之情也写得如此无法弃置,因此就其感发之本质而言,遂使之俨然有了一种如屈《骚》中所写的"亦余心之所善兮,虽九死其犹未悔"的精神境界。而这种专一执著殉身无悔的精神自然是成大事业大学问之人在其追寻理想的艰苦过程中,所必须具备的一种情操。是则王氏的"第二种境界"之联想,若就此二句词在文本中所传达的感发之本质而言,也原是可以找到依据的。至于第三例之文本"众里寻他千百度,回头蓦见(按:原词作"蓦然回首"),那人正在(按:原词作"却在"),灯火阑珊处"三句词,则本是写经过长久寻觅之后,蓦然见到自己所爱之人的一种惊喜之情。首句"众里寻他千百度"写寻觅的长久和辛苦,次句"回头蓦见"写果然见到时的意外的惊喜,三句"那人正在,灯火阑珊处","那人"二字与前一词例中之"为伊"二字同妙,都表现了其所怀思所追寻者之为不可替代的对象。而"正在灯火阑珊处"则表现了此一对象之迥然不同于流俗,也表现了真正理想的寻获,其可贵的境界必不在于声色迷乱的场所。像这种在爱情方面的追寻与获得的经历和感受,对于追求大事业大学问者而言,在本质上自然也是有着可以相通之处的。①

以上我们既然对王氏"三种境界"之说在文本中的依据也已经作了探讨,现在我们就更可以充分肯定地说,王氏之以联想说词是以作品之文本所传达的感发作用之本质为依据的。所谓"感发作用之本质",这是我自己所杜撰的一个批评术语。我以为对作品中"感发作用之本质"的掌握,乃是想要理解王国维词论中的"境界"及"在神不在貌"诸说的一个打通关键的枢纽。关于此种"本质"之重要性,早在《作为评词标准之境界说》一则随笔中,我已曾提出说王氏之所谓"境界"并不指作品所表现的作者显意识中的主题和情意,而是指"作品本身所呈现的一种富于兴发感动之作用的作品中之世界",又在《要眇宜修之美与在神不在貌》一则随笔中,也曾提出说:"就读者而言,除去追寻其显意识的原义以外,也还更贵在能从作品所流露的作者隐意识中的某种心灵和感情的本质而得到一种感发。"凡此种种,都可以证明王氏之词论乃是以作品中所传达的"感发作用之本质"为依据的。而且我以为这种超过作品表面显意识的一层情意更体认到作品深一层的感发之本

---

① 关于"三种境界"之说,请参看拙著《谈诗歌的欣赏与〈人间词话〉的三种境界》一文,见《迦陵论词丛稿》。

质的说词方式,与西方现代的一些理论也颇有暗合之处。即如西方存在主义及现象学所发展出来的所谓"意识批评家"(critics of consciousness),他们就曾提出一个批评术语,称为"经验的形态"(patterns of experience),指作者某种基本心态在作品中的流露。① 即如王氏所提出的"三种境界"之说,或"众芳芜秽,美人迟暮"之说,此在作者显意识中,虽然都不见得有这种明显的用意,然而这些词句的文本却于无意中流露了作者心态的一种基本样式,因此遂自然含有一种感发的力量,也就是我所说的一种感发之本质。因此这种感发所引起的读者的联想,虽然不必是作品显意识中的主题意义之所在,但却与作者的心灵感情之品质必然有着密切的关系。而我以为这也就正是王国维何以一方面既曾说"遽以此意解释诸词,恐为晏、欧诸公所不许",而另一方面却又说"此等语皆非大词人不能道"的缘故。

至于如何掌握这种感发之本质,当然一切都当以作为表达之符号的文本为依据。在前几则随笔中,我们于讨论李煜《相见欢》词中之"林花谢了春红"及"无奈朝来寒雨晚来风"诸句时,已曾举出"春红"的品质之美,及朝暮风雨之口吻的普遍包举所形成的感发力量之强大;又于讨论李璟《山花子》词中"菡萏香销翠叶残"二句时,曾经提出过"菡萏"与"荷花"二词之意义虽相近而予人之感受则有所不同,这种差别在感发作用中遂传达出不同的效果。当时我曾提出了所谓"细读"的方式。其实近代西方符号学对于语言符号之品质结构的探讨,已经有了较西方新批评之所谓"细读"更为精密的理论。他们把对于这种精密的品质和结构的研究称为"显微结构"(micro-structures)②。王国

---

① 关于所谓"patterns of experience",请参看美国拉瓦尔(Sarah N. Lawall)所著之《意识批评家》(*Critics of Consciousness*)一书。

② 关于所谓"micro-structures",请参看美国艾柯(Umberto Eco)所著之《符号学的一种理论》(*A Theory of Semiotics*)一书。

维写《人间词话》时,当然还不知道有所谓"经验形态"与"显微结构"之说,然而王氏在说词时所重视的以联想说词的方式,却实在正显示了他对于"文本"之品质与结构所传达的感发之本质,有一种极精微的辨认和掌握的能力。而且王氏所掌握的小词中之富于感发作用的特质,无疑乃是五代宋初之小词的一种最高的成就。王氏词论所蕴涵的敏锐的感受和辨识的能力,是极值得我们加以注意的。

1987 年 11 月 30 日

十五　结束语

在过去所刊出的十四篇随笔中,我们对于词之易于引发读者的衍义之联想的特质,以及张惠言和王国维二家对于衍义之评说的两种不同方式,都曾作了相当的讨论。在讨论中且曾引用西方之现象学、诠释学、符号学、接受美学、读者反应论和新批评等理论,对张、王二氏评词之两种不同方式的理论依据,分别作了探讨和说明。约而言之,则张惠言对词之衍义的评说,乃大都是以词中的一些语码为依据的;而王国维对词之衍义的评说,则大都是以词中所传达的感发之本质为依据的。张氏之评说大都属于一种政治性和道德性的诠释,而王氏之评说则大都属于一种哲理性的诠释。张氏所依据的语码多重在类比的联想,似乎更近于"比"的性质;而王氏所依据的感发之本质则多重在直接的感发的联想,似乎更近于"兴"的性质。① 这两种评词方式的角度与联想的方式虽然不同,但却同样是产生于自作品之文本中所引申出来的一种衍义的联想作用。以上所言,乃是我对过去十四篇随笔中所曾讨论

---

① 除去"比"和"兴"两种评词方式以外,我认为还有另一类词是适合用"赋"的方式来评说的。请参考本书收录拙作《对传统词学与王国维词论在西方理论之观照中的反思》一文。

过的问题所作的一个极为概略性的总结。写到这里,我们的随笔本已经大可告一段落了。但我却还想借此机会再说几句未了的话。

不知读者们是否还记得,我在随笔的第一篇《前言》中,原曾说明过我之所以要引用西方的文学理论来诠释中国的古典文学批评,乃是因为近来国内年轻的一代正流行着一种向西方现代新潮去追寻探索的风气?而且我个人也以为如何将此新旧中西的多元多彩之文化加以别择去取及融会结合,正是今日处于反思之时代的青年们所当考虑的一项重要课题。因此我便不仅在此一系列的随笔中曾引用了若干西方的新理论;同时在1987年2月和1988年7月先后两次"唐宋词"和"古典诗歌"的欣赏讲座中,也都曾引用了不少西方的理论。当时曾有几位青年听众对我提出过一些性质相似的问题。一个问题是:"你所提及的这些西方理论,我们也都曾涉猎过,可是我们从来没想到把它们与中国古典诗歌联系起来,你是怎样把它们联系起来的呢?"另一个问题是:"你讲的诗词欣赏,我们听了也很感兴趣,但这在实际生活中,对我们有什么用处呢?"关于第一个问题的答复,我以为是由于这些青年们虽然热衷于学习西方的新理论,但却对于自己国家的古典文化传统已经相当陌生。而这种陌生遂形成了要将中西新旧的多元多彩之文化来加以别择去取和融会结合时的一个重大的盲点。因此即使他们曾涉猎了一些新理论,也可以在言谈著作中使用一些新的理论术语,却并不能将这些理论和术语在实践中加以适当的运用。这自然是一件极可遗憾的事情。关于第二个问题的答复,我以为是由于他们之所谓"有用",乃是只就眼前现实功利而言的一种目光极为短浅的价值观念。而真正的精神和文化方面的价值,则并不是由眼前现实物欲的得失所能加以衡量的。近世纪来西方资本主义过分重视物质的结果,也已经引起了西方人的忧虑。1987年美国芝加哥大学的一位名叫布鲁姆(Allen Bloom)的教授,曾出版了一册轰动一时的著作《美国人心灵的封闭》

(*The Closing of the American Mind*),作者在书中曾提出他的看法,以为美国今日的青年学生在学识和思想方面已陷入了一种极为贫乏的境地,而其结果则是对一切事情都缺乏高瞻远瞩的眼光和见解。这对于一个国家而言实在是一种极可危虑的现象。至于学习中国古典诗歌的用处,我个人以为也就正在其可以唤起人们一种善于感发的、富于联想的、活泼开放的、更富于高瞻远瞩之精神的不死的心灵。关于这种功能,西方的接受美学也曾经有所论及。我在《三种境界与接受美学》一篇随笔中,已曾提出说:"按照西方接受美学中作者与读者之关系而言,则作者之功能乃在于赋予作品之文本以一种足资读者去发掘的潜能,而读者的功能则正在使这种潜能得到发挥的实践。"而且读者在发掘文本中之潜能时,还可以带有一种"背离原义的创造性"。所以读者的阅读,其实也就是一个再创造的过程,而这种过程往往也就正是读者自身的一个演变和改造的过程。如果把中国古典诗歌放在世界文学的大背景中来看,我们就会发现中国古典诗歌实在是最富于这种兴发感动之作用的文学作品,这正是中国诗歌的一种宝贵的传统。而现在有一些青年人竟被一时短浅的功利和物欲所蒙蔽,而不再能认识诗歌对人的心灵和品质的提升的功用,这自然是另一件极可遗憾的事情。如何将这两件遗憾的事加以弥补,这原是我这些年来的一大愿望,也是我这些年来之所以不断回来教书,而且在讲授诗词时特别重视诗歌中感发之作用的一个主要的原因。虽然我也自知学识能力都有所不足,恐怕不免有劳而少功之诮,只不过是情之所在,不克自已而已。本来我还曾计划在讨论过词之特质及张惠言和王国维二家的词论以后,再提出一些词例来作一点实践的评赏工作,以期对文本之潜能与读者的感发和再创造的关系作一点更为细致深入的讨论和发挥,但现在我却决定将随笔就在此告一结束。至于词例的欣赏,则我于1987年春的一次"唐宋词欣赏"的系列讲座,对许多名家的词例都已曾作过相当的评说,而且当时的讲演录音已由朋友们加以整理成文稿,即将于最近出版,还有当时的录影也已整理出版。凡我在随笔中所谈到的一些空洞而且支离破碎的理论,都将在那些讲稿及录影与录音中得到实践的、具体的,而且较为系统化的说明。

1988 年 9 月 18 日

论词学中之困惑
与《花间》词之女性叙写及其影响

一

"词"这种文学体式,自唐、五代开始盛行以来,以迄于今,盖已有一千数百年之久。在此漫长之期间内,虽然"江山代有才人出",曾在创作方面为我们留下了无数多姿多彩而且风格各异的作品,但在如何评定词之意义与价值的词学方面,则自北宋以迄今日却似乎一直未能为之建立起一个完整的理论体系。虽然在零篇断简的笔记和词话中,也不乏精微深入的体会和见解,然而因为缺乏逻辑性的理论依据,因此遂在词学的发展中为后人留下了无数困惑和争议。至其困惑之由来,则主要乃是由于早期词作之内容既多以叙写美女与爱情为主,而此种伤春怨别的男女之情,则显然不合于传统诗文的言志与载道之标准。在此种情况下,自然使得一般习惯于言志与载道之批评标准的士大夫们,对于如何衡量这种艳科小词,以及是否应写作此类艳科小词,都产生了不少困惑。即如魏泰在其《东轩笔录》中,即曾载云:"王安国性亮直,嫉恶太甚。王荆公初为参知政事,间日因阅读元献公(按:晏殊)小词,而笑曰:'为宰相而作小词,可乎?'平甫(按:王安国字)曰:'彼亦偶然自喜而为尔,顾其事业岂止如是耶?'时吕惠卿为馆职,亦在坐,遽曰:'为政必先放郑声,况自为之乎?'平甫正色曰:'放郑声,不若远佞人也。'吕大以为议己,自是尤与平甫相失也。"①从这段记载来看,小词之被目为淫靡之"郑声",且引起困惑与争议之情况,固已可概见一斑。于是在此种困惑中,遂又形成了为写作此种小词而辩护的几种不同的方式,即如胡仔在其《苕溪渔隐丛话·前集》即曾载云:"晏叔原(按:几道)见蒲传正云:'先公(按:晏殊)平日,小词虽多,未尝作妇人语也。'传正云:'绿杨芳草长亭路,年少抛人容易去,岂非妇人语乎?'晏曰:'公谓年少为何语?'传正曰:'岂不谓其所欢乎?'晏曰:'因公之言,遂晓乐天诗两句云,欲留年少待富贵,富贵不来年少去。'传正笑而悟。"②这是将词中语句加以比附,而推衍为他义的一种辩护方式。又如张舜民在其《画墁录》中,曾载云:"柳三变既以词忤仁庙,吏部不敢改官。三变不能堪,诣政府。晏公(殊)曰:'贤俊作曲子么?'三变曰:'只如相公亦作曲子。'公曰:'殊虽作曲子,不曾道"针线闲拈伴伊坐"。'柳遂退。"③这是将词句分别为雅正与淫靡两种不同之风格,而以雅正自许的一种辩护方式。再如释惠洪在其《冷斋夜话》中,曾载云:"法云秀关西铁面严冷,能以理折人。鲁直(按:黄庭坚)名重天下,诗词一出,人争传之。师尝谓鲁直曰:'诗多作无害,艳歌小词可罢之。'鲁直笑曰:'空中语耳。非杀非偷,终不至坐此堕恶道。'"④这是以词中语句为"空中语"而强为自解的一种辩护方式。这几段话,从表面看来原不过只是宋人笔记中所记叙的一些琐事见闻而已,而且其辩解既全无理论可言,除了显示出在困惑中的一种强词夺理的辩说以外,根本不足以称

---

① 魏泰:《东轩笔录》卷五,见《笔记小说大观》第 28 编,第 1 册,页 337,台北:新兴出版社,1979。下引《笔记小说大观》皆依此本。
② 胡仔:《苕溪渔隐丛话·前集》卷二六,页 178,北京:人民文学出版社,1962。
③ 张舜民:《画墁录》,引自许士鸾《宋艳》卷五,见《笔记小说大观》第 28 编,第 44 册,页 6203。
④ 释惠洪:《冷斋夜话》卷一〇,见《笔记小说大观》第 22 编,第 1 册,页 642。

之为什么"词学",但毫无疑问,中国的词学却也正是从这种困惑与争议中发展出来的。即以我们在前面所引用的这几则笔记而言,其中就已然显露出了后世词学所可能发展之趋向的一些重要端倪。

我们先从前面所举引的《苕溪渔隐丛话》中的一则记叙来看,蒲传正所提出的"绿杨芳草长亭路,年少抛人容易去"两句词中的"年少"两字,就其上下文来看,其所指自应是在"长亭路"送别之地,"抛人"而"去"的"年少"的情郎,这种意思本是明白可见的;可是晏几道却引用了白居易之"富贵不来年少去"两句诗中的"年少",从文字表面上的相同,而把"年少"情郎之"年少"比附为"年少"光阴之"年少",其为牵强附会之说自不待言。至于晏几道之所以要用这种比附的说法来为他父亲晏殊所写的小词作辩护,主要当然乃是由于如我们在前面举引《东轩笔录》时所提出的当时士大夫之观念,认为做宰相之晏殊不该写作这一类淫靡之"郑声"的缘故。而谁知这种强辩之言,竟然为后世之词学家之欲以比兴寄托说词者开启了一条极为方便的途径。清代常州词派的张惠言,可以说就是以此种方式说词的一个集大成的人物。而此种说词方式一方面虽不免有牵强比附之弊,可是另一方面,却有时也果然可以探触到小词中一种幽微深隐的意蕴,因此如何判断此种说词方式之利弊,自然就成了词学中之一项重大的问题。其次,我们再看前面所举引的《画墁录》中的一则记叙。关于晏殊与柳永词的雅俗之别,前人可以说是早有定论,即如王灼在其《碧鸡漫志》中,即曾称美晏词,谓其:"风流蕴藉,一时莫及,而温润秀洁亦无其比。"又曾批评柳词,谓其:"浅近卑俗,自成一体……予尝以比都下富儿,虽脱村野,而声态可憎。"[1]可见词是确有

---

① 王灼:《碧鸡漫志》卷二,页1b—2b,见《词话丛编》第1册,页32—34,台北:广文书局,1967。若无特别说明,下引《词话丛编》皆依此本。

雅俗之别的。于是南宋的词学家张炎遂倡言"清空骚雅"①,提出了重视"雅词"的说法,而一意以"雅"为标榜的词论,至清代浙派词人之末流,乃又不免往往流入于浮薄空疏,于是晚清之王国维乃又提出了"词之雅郑,在神不在貌"②之说。因此,如何判断和衡量词之雅郑优劣,自然也就成为了词学中之一项重大问题。最后,我们再看前面所举引的《冷斋夜话》中的一则记录,黄山谷所提出的"空中语"之说,虽然只是为了替自己写作小词所作的强辩之言,但这种说法却实在一方面既显示了早期的小词之所以不同于"言志"之诗的一种特殊性质,另一方面也显示了早期的士大夫们当其写作小词时,在摆脱了"言志"之用心以后的一种轻松解放的感情心态。不过,词在演进中并不能长久停留在早期的小词的阶段,因此我在1987年所写的《对传统词学与王国维词论在西方理论之观照中的反思》(下简称《传统词学》)一篇长文中,遂曾尝试把词之演进分为了"歌辞之词""诗化之词"与"赋化之词"三个不同的阶段。③ 早期的小词,原是文士们为当日所流行的乐曲而填写的供歌唱的歌辞,这一类"歌辞之词",作者在写作时既本无"言志"之用心,因此黄山谷乃称之为"空中语",这原是可以理解的。不过,如我在《传统词学》一文中之所言,这类本无"言志"之用心的作品,有时却反而因作者的轻松解放的写作心态,而于无意中流露了作者潜意识中的某种深微幽隐的心灵之本质,而因此也就形成了小词中之佳作的一种要眇深微的特美。其后这类歌辞之词既逐渐"诗化"和"赋化",作者遂不仅在作词时有了抒情言志的用心,而且还逐渐有了安排和勾勒的反思,那么在这种演进之中,后期的"诗化"与"赋化"之词,是否仍应保

---

① 张炎:《词源》卷下,见《词话丛编》第1册,页208。
② 徐调孚:《校注人间词话》,页19,香港:中华书局,1961。
③ 叶嘉莹:《中国词学的现代观》,页518,长沙:岳麓书社,1990。

持早期"歌辞之词"的特美,以及对"空中语"所形成的词之特质与特美,究竟应该怎样加以理解和衡量?这些当然也都是词学中的一些重大问题。透过上面的叙述,我们已可清楚地看到一个有趣的现象,那就是中国早期的词学原是由于当日士大夫们对此种文体之困惑而在强辞辩解之说中发展起来的。这种现象之形成,私意以为主要盖皆由于早期之小词乃大都属于艳歌之性质,而中国的士大夫们则因长久被拘束于伦理道德的限制之中,因此遂一直无人敢于正式面对小词中所叙写的美女与爱情之内容,对其意义与价值作出正面的肯定性的探讨,这实在应该是使得中国之词学从一开始就在困惑与争议中被陷入了扭曲的强辩之说的一个主要的原因。

而也就在早期的艳歌小词使士大夫们都陷入了困惑与争议之中的时候,中国词坛上遂出现了一位以其天才及襟抱大力改变了小词之为艳科的作者,那就是"一洗绮罗香泽之态""使人登高望远""指出向上一路,新天下耳目"①的苏轼。但苏词的出现,却不仅未曾解开旧有的困惑和争议,而且反而更增添了另一新的争议和困惑。即如陈师道在其《后山诗话》中,即曾云:"退之以文为诗,子瞻以诗为词。如教坊雷大使之舞,虽极天下之工,要非本色。"②胡仔在其《苕溪渔隐丛话·后集》中,也曾引有一段李清照词论中评苏词的话,说苏词乃是"句读不葺之诗耳",而词则"别是一家"③,于是在苏词的向诗靠拢与李清照之向诗宣告背离之间,遂使中国之词学更增加了另一重新的困惑和争议,而且事实上苏氏在创作方面所作出的开拓,与李氏在词论方面所作出的反思,对于早期之词在艳歌时代为这种文体所树立的宗风,以及这种

---

① 见王灼《碧鸡漫志》及胡寅《酒边词序》(汲古阁校选味闲轩藏版《宋六十名家词》第2集,第5册,页2b)。
② 陈师道:《后山诗话》,见《笔记小说大观》第9编,第6册,页3671—3672。
③ 胡仔:《苕溪渔隐丛话·后集》卷三三,页254,北京:人民文学出版社,1962。

宗风所形成的特殊的美学品质,也都未能有明确的体会和认知,而也就正因其无论是在词之创作方面或词之评说方面都未能从理论上来解答词之美学特质的根本问题,因此遂使得婉约与豪放的正变之争,以及婉约中的雅郑之争与豪放中之沉雄与叫嚣之别等种种问题,一直成为词学中长久难以论定的困惑和争议。于是在这种种困惑与争议之中,遂又有人想把合乐而歌的小词比附于古代的诗、骚和乐府。王灼在其《碧鸡漫志》中,即曾云"古歌变为古乐府,古乐府变为今曲子,其本一也"①。王炎在其《双溪诗余·自序》中,也曾云:"古诗自《风》《雅》以降,汉魏间乃有乐府,而曲居一,今之长短句盖乐府之苗裔也。"②胡寅在其《酒边词序》中也曾云:"词曲者,古乐府之末造也。古乐府者,诗之旁流也。诗出于《离骚》《楚词》,而《离骚》者,变风变雅之怨而迫、哀而伤者也。"而《诗》之变风变雅及《离骚》《楚辞》等作品,既都可以有比兴寄托之意,于是中国的词学遂又从溯源与尊体的观念中发展出了一套比兴寄托之说。这种说法的形成,本来也同样是出于对词之被目为艳科而受到轻视的一种反弹,与本文前面所举引的宋人笔记中那些强辩之说,同不免于有牵强比附之处。不过,对美女与爱情的叙写,既在诗骚中原曾有比兴寄托之传统,而且词之发展到了南宋的时代,在一些咏物之作中也确实有了比与喻的用意,因此到了清代常州词派张惠言等人的出现,其所倡导的以比兴寄托来说词的风气,乃开始盛行一时。于是自此以后遂引起了如何判断其所说之是否为牵强附会的另一场困惑和争议。到了晚清另一位词学家王国维的出现,乃直指张惠言之说为"深文罗织"③,于是王氏自己遂又提出了其著名的境界之说,但

---

① 王灼:《碧鸡漫志》,页1b,见《词话丛编》第1册,页32—34。
② 王炎:《双溪诗余·自序》,《宋元三十一家词》,册3,页1,光绪十九年(1893)王鹏运四印斋汇刻本。
③ 徐调孚:《校注人间词话》,页58,香港:中华书局,1961。

王氏对其所标举的"境界"一词之义界,却也依然未能作出明确的理论说明,于是遂又引起了近人的更多的困惑和争议。对于一种已经流行了有一千数百年以上之久,而且其间曾经名家辈出的重要文类,我们竟然直至今日仍陷入在困惑与争议之中,而不能对如何衡定此种文类的意义与价值作出溯源推流的理论性的说明,这实在不能不说是一项亟待我们反思和检讨的重要问题。

关于中国的词学之所以从一开始就陷入了困惑与争议之中的主要原因,私意以为实在乃是由于在中国的文学批评传统中,过于强大的道德观念压倒了美学观念的反思,过于强大的诗学理论妨碍了词学评论之建立的缘故。如我在数年前所写的《传统词学》一篇论文之所言:"所谓'词'者,原来本只是在隋唐间所兴起的一种伴随着当时流行之乐曲以供歌唱的歌辞。因此当士大夫们开始着手为这些流行的曲调填写歌词时,在其意识中原来并没有要藉之以抒写自己之情志的用心。这对于诗学传统而言,当然已经是一种重大的突破。而且根据《花间集·序》的记载,这些所谓'诗客曲子词',原只是一些'绮筵公子'在'叶叶花笺'上写下来,交给那些'绣幌佳人'们'举纤纤之玉手拍按香檀'去演唱的歌辞而已。因此其内容所写乃大多以美女与爱情为主,可以说是完全脱除了伦理政教之约束的一种作品。这对于诗学传统而言,当然更是另一种重大的突破。"①因此要想真正衡定词这种文类本身的意义与价值,我们自不能忽视《花间集》中对于美女与爱情之叙写所形成的词在美学方面的一种特殊的品质,以及此种特殊的品质在以后词之演进和发展中所造成的一种特殊的影响。关于《花间集》之重要性,早在陈振孙之《直斋书录解题》中,已曾称其为"近世倚声填词之祖"②。近人

---

① 叶嘉莹:《中国词学的现代观》,页4—5,长沙:岳麓书社,1990。
② 陈振孙:《直斋书录解题》卷二一,页582,上海:商务印书馆,1939。

赵尊岳,在其《词籍提要》中也曾谓:"盖论词学者,胥不得不溯其渊源,渊源实惟唐五代,当时词人别集莫可罗致,则论唐五代词者,舍兹莫属。"①虽然早在《花间集》编订以前,自隋唐间宴乐之开始流行,社会上原已出现过两类配合这种乐曲而创作的歌辞:一类是市井间传唱的俗词,如后世敦煌石窟中所发现的曲子调,可以为代表;另一类则是当时文士对这种新文体的尝试之作,如刘禹锡、白居易诸诗人所写作的,《忆江南》《长相思》等作品可以为代表。只不过前一类的曲子既未经编订流传,且又过于俚俗,因而遂未曾引起当时作者的重视;至于后一类刘、白等诗人之作,则又因其与诗之风格过于相近,并不足以为"词"这种新兴的文学体式树立起什么特定的宗风。因此乃必待《花间集》之出现,这种新兴的文学体式,才开始形成了自己所特有的一种品质和风貌,而且在五代以迄宋初的词坛上,造成了风靡一世的极大的影响,甚至当词之演进已经"诗化"和"赋化"以后,这种早期《花间集》中的歌辞之词形成的一种美学方面的特质,在那些风格已经完全不同的作品中,也仍然有着潜隐的存在。因此要想厘清中国词学中的困惑和争议,我们所首先必须面对的,实在应该就是《花间》词究竟含有怎样一种美学特质的问题。如我们在前文之所言,这一册词集中所收的作品,原来只是"绮筵公子"为"绣幌佳人"所写作的香艳的歌辞,其内容既多以叙写美女与爱情为主,因此其所形成的美学特质,当然就必然与其所叙写之内容有着密切的关系,而对美女与爱情的叙写,则无论是在道德传统或是在诗歌传统中,却一贯是被士大夫们所鄙薄和轻视的对象。所以也就正当这种特殊的美学特质的形成期,这种美学特质却在意识观念上,立即就受到了士大夫们的否定的裁决,因此遂将这一类以叙写

---

① 赵尊岳:《词籍提要》,见《词学季刊》第三卷第三号,页55,台北:台湾学生书局,1967年影印本。

美女与爱情为主的小词,目之为"艳科""末技",讥之为"淫靡""郑声"。然而有趣的则是,尽管这些士大夫们在意识观念上将这一类"艳科"的小词,予以了否定的裁决,可是他们却又敌不过这一类小词的"美"的吸引,而纷纷加入了写作的行列。直到南宋的陆游,在他写作小词时仍存有这种矛盾的心理,因此他在《渭南文集》的《长短句序》一文中,就曾经自叙说:"乃有倚声制辞,起于唐之季世……予少时,汩于世俗,颇有所为,晚而悔之……今绝笔已数年,念旧作终不可揜,因书其旨,以识吾过。"[1]这种矛盾的心理,在当时不仅存在于作者之中,就连宋代著名的词学家王灼,在其专门论词的《碧鸡漫志》一书的序文中,就也曾自叙说:"乙丑冬,予客寄成都之碧鸡坊妙胜院,自夏涉秋。与王和先、张齐望所居甚近,皆有声妓,日置酒相乐,予亦往来两家不厌也。"他所写的《碧鸡漫志》五卷,就都是当时饮宴听歌后所写的有关歌曲的见闻考证。而当他二十年后要将所写的这五卷《碧鸡漫志》付之刊印时,却忽然自我忏悔说:"顾将老矣,方悔少年之非,游心淡泊,成此亦安用? 但一时醉墨,未忍焚弃耳。"[2]这与陆游自序其词所表现的既曾经耽溺,又表现忏悔,而又终于付之刊印的矛盾心理,简直如出一辙。那么,又究竟是由于什么样的因素,才使得这些艳歌小词具有如此强大的吸引力,竟使得当日的士大夫们乃甘冒礼教之大不韪,虽在极强烈的矛盾和忏悔中,也终于投向了对这类小词之创作与评赏的呢? 关于此一问题,我们所可能想到的最简单且最明显的答案,大约可归纳为以下两点:其一可能是由于小词所配合来歌唱的音乐之美,如我在《论词的起源》一文之所考证,隋唐间新兴的此种所谓"宴乐",原是结合有

---

[1] 陆游:《渭南文集》卷一四,页34,见《陆放翁全集》第1册,上海:商务印书馆,"国学基本丛书"本,1933。

[2] 王灼:《碧鸡漫志序》,页17,见《词话丛编》第1册。

中原之清乐、外来之胡乐及宗教之法曲而形成的一种新的乐曲,而"词"则正是配合这种集合众长之新乐而演唱的歌辞,其音声之美妙,自可想见。① 这当然很可能是使得当日的士大夫们纷纷愿意为这种新兴的乐曲来填写歌辞的一项重要的因素。其次则可能是由于当日的士大夫们,在为诗与为文方面,既曾长久地受到了"言志"与"载道"之说的压抑,而今竟有一种歌辞之文体,使其写作时可以完全脱除"言志"与"载道"之压抑和束缚,而纯以游戏笔墨作任性的写作,遂使其久蕴于内心的某种幽微的浪漫的感情,得到了一个宣泄的机会,这当然也可能是使得当日的士大夫们纷纷愿意为此种新兴的乐曲来填写歌辞的另一项重要的因素。而黄山谷之所以用"空中语"来为自己写作的小词作辩解,就正可以说明当日士大夫们在写作这一类小词时,所感到的从"言志"与"载道"之束缚中解放出来的一种轻松的心理状态。以上所提出的两点因素,本应是对于士大夫们何以甘冒礼教之大不韪而投身于小词之写作的两个最明显且最简单的答案,而除去这两点表面的因素以外,私意以为小词之所以特具强大之吸引力者,实在更可能由于经过了写作和评赏的实践,这些士大夫们竟逐渐体会到了这一类艳歌小词,透过了其表面所写的美女与爱情的内容,竟居然尚具含有一种可以供人们去吟味和深求的幽微的意蕴和情致。只不过这种意蕴和情致,就作者而言既非出于显意识之有心的抒写,就读者而言也难于作具体的指陈和诠释,有些词学家如常州词派的张惠言,可以说就是对此种幽微之意蕴颇有体会的一个读者,但他却犯了一个最大的错误,就是想把这种幽微的意蕴,都一一加以具体的指述,于是遂不免陷入于牵强比附之中而无以自拔了。至于《人间词话》的作者王国维,当然也是对小词

---

① 叶嘉莹:《论词的起源》,见缪钺、叶嘉莹《灵谿词说》,页1—26,上海:上海古籍出版社,1987。

中这种幽微深隐之意蕴深有体会的一位读者,所以他一方面虽批评张惠言的比附之说为"深文罗织",但另一方面也曾经用"成大事业大学问"之"三种境界"来评说晏殊等人的一些小词。他之较胜于张惠言者,只不过是未曾将自己的说法指称为作者之用心而已。总之,小词之佳者之往往具含有一种引人生言外之想的幽微深远之意致,乃是许多词学家的一种共同的体会。只不过他们都未能对小词之所以形成此种特殊品质的基本原因,作出任何理论性的说明。我在1987年所写的《传统词学》一文,虽曾对词在演进中由歌辞之词转化为诗化之词再转化为赋化之词的经过历程,及各类词之风格特色都作了相当的探讨,并曾做出结论说:"以上三类不同之词风,其得失利弊虽彼此迥然相异,然而若综合观之,则我们却不难发现它们原有一个共同的特点,那就是三类词之佳者莫不以具含一种深远曲折耐人寻绎之意蕴为美。"[①]我更曾在1986年所写的《迦陵随笔》中,举引过若干词例,用西方之符号学、诠释学和接受美学等理论,对张惠言与王国维二家之好以言外之想来说词的方式作过相当理论性的研述。但对于词之何以形成了此种以富于深微幽隐的言外之意致为美之特质的基本原因,也未曾作出溯本穷源的探讨。近年来我偶然读了一些西方女性主义文学批评的论著,当我透过他们的某些观点来反思中国小词之特质时,遂发现中国最早的一册词集《花间集》中对于女性的叙写,与词之以富于幽微要眇的言外之想的意致为美的这种特质之形成,实在有着极为密切的关系。而中国词学之所以长久陷入于困惑之中,一直未能为之建立起一个理论体系,也正与中国士大夫一直不肯面对小词中对美女与爱情之叙写作出正面的肯定和研析有着密切的关系。因此下面我遂想借用西方女性文论中的一些观点,来对中国小词之特质之所以形成了以幽微深隐富

---

① 叶嘉莹:《中国词学的现代观》,页9,长沙:岳麓书社,1990。

于言外之意致为美的基本原因,略作一次溯本穷源的探讨。

二

谈到西方女性主义的文学批评,那原是伴随着西方的女权运动而兴起的,带有妇女意识之觉醒的一种新的文学理论。一般人往往将之溯源于1949年西蒙·德·波伏娃(Simone de Beauvoir)之《第二性》(*The Second Sex*)一书之刊行。在此书中,波伏娃曾就其存在主义伦理学的观点,提出了两个重要的概念:女性是男性眼中的"他者"(the other),是"被男性所观看的"(being looked at)。而在这种情况下,女性遂由"人"的地位被贬降到了"物"的地位。① 波伏娃的这种观念,当然代表了一种强烈的女性自我意识之觉醒。于是到了1960年代后期与1970年代初期,遂有大量的有关女性意识之书刊相继出现,即如李丝丽·A.费德勒(Leslie A. Fiedler)在其《美国小说中的爱与死》(*Love and Death in the American Novel*)一书中,就曾指出了男性作者在其文学作品中所叙写的女性形象,对于女性有着歧视的扭曲。② 又如费雯·高尼克(Vivian Gornick)和芭芭拉·莫然(Barbara K. Moran)所合编的《在性别主义社会中的女人》(*Women in a Sexist Society*)③,以及凯特·密勒特(Kate Millett)所写的《性别的政治》(*Sexual Politics*)等书④,这些著作的重点主要都在于要唤起和建立一种可以和男性相对抗的女性意识。到了1970年代后期乃有艾琳·邵华特(Elaine Showalter)所写的

---

① Simone de Beauvoir, *The Second Sex*, tr. by H. M. Parshley, Harmondsworth Press, 1972.

② Leslie A. Fiedler, *Love and Death in the American Novel*, New York: Stein and Day, 1966.

③ Vivian Gornick & Barbara K. Moran, *Women in a Sexist Society: Stuides in Power and Powerlessness*, New York: Basic Books, 1971.

④ Kate Millett, *Sexuel Politics*, New York: Double Day, 1970.

《他们自己的文学》(*A Literature of Their Own*)①,以及桑德拉·吉伯特(Sandra Gilbert)和苏珊·葛巴(Susan Gubar)所合著的《阁楼中的疯妇》(*The Mad Woman in the Attic*)等书相继出现②,其后吉伯特与葛巴又于1980年代中期合力编成了一部厚达两千四百余页的《诺顿女性文学选集》(*Norton Anthology of Literature by Women*),于是紧随在女性意识之觉醒及对文学中女性形象之探讨之后,遂更开始了对于女性作者及女性文学的介绍和批评,而且蔚然成为了一时的风气。而与此相先后,则更有露斯文(K. K. Ruthven)之《女性主义的文学研究概论》(*Feminist Literary Studies: An Introduction*)③与特丽·莫艾(Toril Moi)的《性别的/文本的政治:女性主义文学理论》(*Sexual/Textual Politics: Feminist Literary Theory*)④以及艾琳·邵华特的《女性主义诗学导论》(*Towards a Feminist Poetics in Women Writing and Writing About Women*)⑤和玛吉·洪姆(Maggie Humn)的《女性主义文学批评:作为当代文学批评学的妇女》(*Feminist Criticism: Women as Contemporary Critics*)⑥等书相继问世。于是女性主义文学批评,乃逐渐脱离了早期的女性与男性相互对立抗争的狭隘的观念,而发展成为了一种由女性意识觉醒所引

---

① Elaine Showalter, *A Literature of Their Own: British Women Noverlistsfrom Bronte to Lessing*, Princeton: Princeton University Press, 1977.

② Sandra Gilbert and Susan Gubar, *The Mad Woman in the Attic: The Woman Writer and the Nineteenth Century Literary Imagination*, New Haven: Yale University Press, 1979.

③ K. K. Ruthven, *Feminist Literary Studies: An Introduction*, New York: Cambridge University Press, 1984.

④ Toril Moi, *Sexual/Textual Politics: Feminist Literary Theory*, London & New York: Routledge, 1988.

⑤ Elaine Showalter, *Towards a Feminist Poetics in Women Writing and Writing About Women*, ed. by Mary Jacobus, London: Groomlfelm, 1979.

⑥ Maggie Humn, *Feminist Criticism: Women as Contemporary Critics*, Brighton: Harvester, 1986.

生的新的文学批评理论的建立。本文由于篇幅及作者能力之限制,对于西方的这些女性主义的文学理论自无暇作详细之介绍,而且本文也并不完全套用西方的模式来评说中国的词与词学,但无可否认的则是任何一种新的理论出现,其所提示的新的观念,都可以对旧有的各种学术研究投射出一种新的观照,使之可以获致一种新的发现,并作出一种新的探讨。一般来说,无论中西的历史文化,在过去都曾长久地被控制在男性中心的意识之下,因此当女性意识觉醒以来,遂在短短的几十年间,就对世界上各种社会经验及文化传统都造成了强烈的震撼。我个人作为一个中国古典诗词的研究工作者,遂在西方女性主义文论的观照中,对于中国小词中之女性特质,以及此种特质在词学中所引起的许多困惑的问题,也有了一些新的体认和想法。下面我就将把个人的这一点新的体认和想法,略作简单的叙述。

首先我们所要提出来一谈的,乃是《花间》词中的女性形象问题。中国旧传统之文评家,往往将诗词中所有关于女性的叙写都混为一谈,因此过去之说词人才会将小词中关于美女与爱情的叙写,或者任意比附于古代之风骚,或者推源于齐梁之宫体,或者等拟为南朝乐府中的西曲及吴歌。然而事实上则这些不同的文类中,虽同样有关于美女与爱情的叙写,但其所形成的美学之特质与作用,显然有着极大的区别。关于这方面,我觉得西方女性文论中对于文章中女性形象的论述和探讨,似乎颇有可以提供我们反思之处。早在1960年代,李丝丽·A.费德勒在其《美国小说中的爱与死》一书中,就曾提出了男性作者往往将所写之女性两极化的问题。费氏以为男性作者所写之女性,总是或者将之写成为美梦中之女神,或者将之写成为噩梦中之女巫[①],而这两类形

[①] Leslie A. Fiedler, *Love and Death in the American Novel*, New York: Stein and Day, 1966, p.314.

象,当然都并不是现实中真正的女性。其后在1970年代又有苏珊·格伯曼·柯尼伦(Susan Koppelman Cornillon)编辑了一本论集,题名为《女性主义者所看到的小说中之女性形象》(*Images of Women in Fiction: Feminist Perspectives*),共收有二十一篇论文,都严格地批评了文学作品中女性形象之不真实性。[①] 后来在1980年代,玛丽·安·佛格森(Mary Anne Ferguson)在其《文学中之女性形象》(*Images of Women in Literature*)一书中,则更曾将文学中之女性形象详细地分成了三大部分。第一部分为"传统的妇女形象"(traditional images of women)。在这一部分中,佛氏曾将女性分为五种类型:其一为妻子(the wife)之类型,其二为母亲(the mother)之类型,其三为偶像(women on a pedestal)之类型,其四为性对象(the sex object)之类型,其五为没有男人的女性(women without men)之类型。这五种类型之身份虽然各有不同,但事实上却都是作为男性之配属而出现的,即使在没有男人的女性之类型中,此一类型也是作为因没有男人而被怜悯被异视而出现的。这些传统的形象在早日的文学作品中,早已成为固定的类型(stereotype),不仅在男性作品中存在,即使在女性作品中也难以脱去这种限制。不过自女性的意识开始觉醒以后,文学中遂有了另外的女性类型之出现,这就是佛氏书中的第二部分,所谓"转型中之女性"(women becoming)。这一类型的女性形象,主要在努力脱除旧有的定型的限制,试图表现出女性真正的自我,写出女性自我的真正生活体验和自我真正的悲欢忧乐,成为自我的创造者(self-creators)。另外,佛氏在书中的第三部分,还提出了所谓女性的"自我形象"(self-images)。这主要是由于近年来有不少女性的日记和书信被发现和整理了出来,不过因为内容和性质

---

① Susan Koppeiman Cornillon, *Images of Women in Fiction: Feminist Perspectives*, Ohio: Bowling Green University Popular Press, 1973.

的杂乱,还有待于进一步的研究和探讨。①

以上我们虽然对西方女性主义文论中有关女性形象之论著作了简单的介绍,但本文却并不想把关于《花间》词中女性形象的讨论,套入到西方的模式之中。这一则因为东西方之文化背景原有着明显的不同,我们原难将西方之模式作死板之套用;再则也因为他们的探讨乃大都以小说中之女性形象为主,这与我们所要探讨的《花间》词中的女性形象,当然也有着极大的差别;三则更因为西方女性主义之文论,原与西方之女权运动有着密切的关系,而本文之主旨,则只是想透过《花间》词中的女性叙写,来对小词之美学特质一加探讨,而全然无意于女权运动。但我却仍然对他们的论点作了相当的介绍,我的目的只是想透过他们对女性形象之身份性质之分析的方式,也对中国诗词中之女性形象之身份性质一加反思,并希望能借此寻找出《花间》词中之女性叙写与词之美学特质的形成究竟有着怎样的一种关系而已。

在中国诗歌中关于女性的叙写,当然并不自《花间》词为始,即如为《花间集》写序的欧阳炯,就曾把这一类写美女与爱情的作品推溯到前代的乐府与南朝的宫体诗,而后世之以溯源与尊体为说的词学家,其不惜将小词比附于《诗》《骚》,则更已如前文之所述,他们的这些说法,从表面看来似乎也都有可以成立的理由,因为自《诗经》《楚辞》以下,降而至于南朝乐府中之吴歌、西曲和齐、梁间的宫体诗,以至于唐人的宫怨和闺怨的诗篇,本来早就有了大量的对于美女与爱情的叙写,这原是不错的。盖以男女之情既为人性之所同具,爱美而恶丑也为人性之所同然,因此若只从其叙写美女与爱情的表面情事来看,则所有这些作品自然便有着可以相通之处,但值得注意的则是,虽然同样是叙写美女

---

① Mary Anne Ferguson, *Images of Women in Literature*, Houghton Mifflin Co., 1986.

与爱情的作品,但为什么却只有"词"这种文类中的一些作品才特别富于一种引人生言外之想的要眇宜修之特质?我以为这才是最值得我们去探讨的一个重要问题。关于此一问题,私意以为西方女性文论中对作品中女性形象之身份性质的讨论,似乎颇可以给我们一些启发。在中国的文学史中,虽然早自《诗经》开始,就已经有了关于美女与爱情的叙写,但事实上各种不同时代不同体式的文学作品中,其所叙写之女性形象之身份性质,以及其所用之叙写之口吻方式,却原有着极大的差别。以下我们就将对这些差别稍加论述。

《诗经》中所叙写的女性,大都是具有明确之伦理身份的现实生活中之女性,其叙写之方式,亦大都以写实之口吻出之,这是一类女性的形象。《楚辞》中的叙写之女性,则大都为非现实之女性,其叙写之方式,乃大都以喻托之口吻出之,这是又一类女性的形象。南朝乐府之吴歌及西曲中所叙写之女性,则大都为恋爱中之女性,其叙写之方式则大都是以素朴的民间女子自言之口吻出之,这是又一类女性的形象。至于宫体诗中所叙写之女性,则大都为男子目光中所见之女性,其叙写之方式乃大都是以刻画形貌的咏物之口吻出之,这是又一类女性之形象。到了唐人的宫怨和闺怨诗中所叙写的女性,则大都亦为在现实中具有明确之伦理身份的女性,其叙写之方式则大都是以男性诗人为女子代言之口吻出之,这是再一类女性之形象。如果以词中所叙写之女性形象与以上各文类中不同的女性形象相比较,我们就会有一种奇妙的发现,那就是词中所写的女性乃似乎是一种合乎写实与非写实之间的美色与爱情的化身。我这样说,也许有一些读者不免会对此产生疑问,盖以如我们在前文所言,《花间集》中所选录的作品,既原是"绮筵公子"为"绣幌佳人"而写的"文抽丽锦"的歌辞,因此其中所写之女性,自然应该乃是那些当筵侑酒的歌儿酒女之形象。如此说来,则此一类女性形象自当是现实中之女性。可是这一类女性却并无家庭伦理中之任何身份可以归属,而不过仅只是供男子们寻欢取乐之对象而已。而《花间集》中的作品,就正是出于那些寻欢取乐的男性作家之手,因此其写作之重点乃自然集中于对女性之美色与爱情之叙写,而"美"与"爱"则恰好又是最富于普遍之象喻性的两种品质,因此《花间集》中所写的女性形象,遂以现实之女性而具含了使人可以产生非现实之想的一种潜藏的象喻性。如果以这一类女性形象与我们在前文所提到的其他文类中的女性相较,则《诗经》中所写的现实生活中之女性,可以说基本上并不具什么象喻性,即使后世的说诗人可以据之作美刺讽喻之说,也只是后加的一种比附,而并非其所写之女性形象之本身所具含的特质。这是我们所当注意的第一点区别。至于《楚辞》中所写之女性,则大都本出于作者有心之托喻,而有心之托喻,则一般皆有较明白之喻旨可以推寻,这与《花间》词中之本无托喻之用心,而本身却极富象喻之潜能的女性形象,当然也有很大的不同。这是我们所当注意的第二点区别。再就吴歌及西曲中的女性而言,则此类乐府歌辞本出于民间,且观其口吻盖多为女子之自述:如果以之与《花间》词之出于男性文士之手的作品相比较,则前者之所叙写乃大都为现实的女性之情歌,并无象喻之色彩,而后者则由于乃是男性作者对其心目中之"美"与"爱"的叙写,因而遂具含了某种象喻之色彩。这是我们所当注意的第三点差别。更就宫体诗言之,则宫体诗中所写之女性乃大多是被物化了的女性,作者在叙写之时,很少有主观感情之投入,可是《花间》词中所写的女性则正是爱情所投注的主要对象,因此宫体诗中的女性遂只为一些美丽的被物化了的形象而已,而《花间》词中的女性则因为有着爱之投注,而具含有一种象喻的潜能,这是我们所当注意到的第四点区别。再就唐代的宫怨与闺怨之诗言之,则私意以为此类怨诗似可分别为两种不同之情况:一种怨诗所写者乃属于现实生活中女性所实有的空虚寂寞之怨情,另一种怨诗所写者则是假托女性之怨情来喻写男性诗人自己不得知遇的悲慨。前者之所写,与《诗经》中的思妇弃妇之性质似乎颇有相近之处;后者之所写,则与《楚辞》中的托喻之性质似乎也颇有相近之处。而此两种情况则与我们前面所言及的《花间》词中所写的现实中之女性而却具含有引人生象喻之想的、介乎写实与非写实之间的女性形象都并不相同,这是我们所当注意的第五点区别。

以上是我们透过西方女性主义文论中对文学作品中女性形象之反思,所可能见到的在《花间》词中所叙写的女性形象与其他文类中所叙写的女性形象的一些重要区别。而这当然是形成词之特别富于引人生言外之想的象喻之潜能的一项最主要的因素。

其次我们所要提出来一谈的乃是《花间》词中之语言的问题。关于词与诗之语言的不同,前代的词学家当然也早曾注意及之。所谓"诗庄词媚"之说,固久为论词者之共同认知。至于词与诗在语言形式上的明显差别,则主要当然乃在于诗之句式整齐,而词则富于长短参差之变化。即如清人笔记就曾载有一则故事,说清代的学者纪昀博学而好滑稽,一日偶然在扇面上题写了唐代诗人王之涣的一首七言绝句,原诗是:"黄河远上白云间,一片孤城万仞山。羌笛何须怨杨柳?春风不度玉门关。"而纪氏却漏写了首句最后的"间"字。当有人指出其失误时,纪氏乃戏谓其所写者原非七言之绝句,而为长短句之词,于是乃对之重加点读为:"黄河远上,白云一片。孤城万仞山。羌笛何须怨?杨柳春风,不度玉门关。"如果从内容所写的景物情事来看,则二者本来原可以说是完全相同,可是却因其句式之不同,后者遂显得比前者更多了一种要眇曲折的姿态。可见词之语言形式的参差错落,乃是造成其与诗之语言的性质不同的一个重要原因,但二者之区别,又不仅在形式之不同,即如《王直方诗话》曾载苏轼与晁补之及张耒论诗之言,晁、张皆云:"少游(秦观)诗似小词,先生(苏轼)小词似诗。"①元好问《论诗绝句》也曾引秦观《春日》诗中的两句而评之云:"'有情芍药含春泪,无力蔷薇卧晚枝',拈出退之《山石》句,始知渠是女郎诗。"②可见词之语言与诗之语言的分别,除了形式方面的差别之外,原来也还有着性质方面的差别。秦观诗之被评为"女郎诗",又被评为"诗似小词",都足以说明"词"较之于"诗"乃是一种更为女性化的语言。那么究竟怎样的语言才是女性化的语言呢?关于此点,西方的女性主义文论的一些观点,也有颇可以供我们反思参考之处。原来西方的女性主义文评之重点,开始原在对文学作品中女性形象之探讨,其后遂转向了对于女性之作品之探讨,于是他们遂注意到了女性作品中的女性语言之问题。关于女性语言(female language)的讨论,最初他们也是站在两性对立的观点上来看待的。他们以为一般书写的语言,都带有男性的意识形态,这对于女性遂形成了一种压抑。所以法国的女性主义文评家安妮·李赖荷(Annie Leclerc)在其《女性的言说》("Parole de Femme")一文中乃尝试专以写作实践写出一种自己的语言,而不欲被限制在男性意识的界限之中。③ 此外卡洛琳·贝克(Carolyn Barke)在其《巴黎的报告》("Reports from Paris")一文中,也曾指出法国女性文学的一个重要论题,乃是如何去发掘和使用一种适当的女性的语言。④ 至于所谓女性语言的特色,则在英国任教的一位女性主义文评家特丽·莫艾在其《性别的/文本的政治:女性主

---

① 见郭绍虞校辑《宋诗话辑佚》卷上,页97,哈佛燕京学社出版,《燕京学报》专号之十四,1937。

② 元好问:《论诗绝句》之二十四,《元遗山诗集笺注》册下,卷一一,页8b,台北:广文书局,影印道光蒋氏藏版,1973。

③ Annie Leclerc, "Parole de Femme", in New Peminisms: An Anthology, ed. by Elaine Marks & Lsabelle, The University of Massachusetts Press, 1980, pp.79-86.

④ Carolyn Barke, "Reports from Paris: Women's Writing and the Women's Movement", in Signs 3, Summer 1978, p.844.

义文学理论》一书中,曾指出一般人的看法,总以为男性(masculine)所代表的乃是理性(reason)、秩序(order)和明晰(lucidity),而女性(feminity)所代表的则是非理性(irrationality)、混乱(chaos)和破碎(fragmentation)。①不过莫氏自己却又提出说她本人反对这种男性与女性的对分法。她以为我们必须停止这种把逻辑性、观念性和理性认为是男性的分类法。这种争议之由来,私意以为主要都是由于西方女性主义文评之源起与女权主义结合有密切之关系的缘故。因此当他们讨论到女性语言时,遂往往将之牵涉到两性在社会中之权力地位等种种方面之问题。不过,我们现在却不想从生理的性别来讨论男性之语言是否较之女性之语言更为逻辑性与更为理念性的问题,也不想把女性语言与男性语言相对立而讨论其优劣的问题,我们现在只是想借用西方女性主义文论中的一些观念,来探讨《花间》词之语言所形成的某种美学特质之问题。

如果从西方女性文论中所提出的书写语言带有男性的意识形态这一点来看,则中国传统文学中的言志之诗与载道之文等作品,当然便该毫无疑问地都是属于所谓男性的语言。因为中国儒家的教育一向以治国平天下为其最高之理想,所以在中国的诗文中遂一向充满了这种想法的意识形态,朱自清先生在其《〈唐诗三百首〉指导大概》一文中,就曾指出了唐诗中的一种主要意识形态,说:"在各种题材里,'出处'是一重大的项目,从前读书人唯一的出路是仕,出仕为了行道,自然也为了衣食,出仕以前的隐居、干谒、应试(落第)等,出仕以后的恩遇、迁谪,乃至爱民、爱国、思林栖、思归田等,乃至真个归田,都是常见的诗的题目。"②而在中国旧传统的社会之中,则女性根本没有仕的机会,因此

---

① Toril Moi, *Sexual/Textual Politics: Feminist Literary Theory*, London & New York: Routledge, 1988, p.160.
② 朱自清:《朱自清古典文学论文集》册下,页357,台北:远流出版事业股份有限公司,1982。

这种以"仕隐"与"行道"为主题的作品,当然乃是一种男性意识的语言。可是《花间集》小词的出现,却打破了过去的"载道"与"言志"的文学传统,而集中笔力大胆地写起了美色与爱情,而且往往以女子之感情心态来叙写其伤春之情与怨别之思,是则就其内容之意识而言,《花间》词之语言,固当是一种属于女性化之语言。何况在语言之形式方面,如我们在前文之所曾论述,词之语言与诗之语言的主要差别,固原在诗之语言较为整齐,而词之语言则更富于长短错落之致;而如果从西方女性主义所提出的两性语言之性质方面的差别来看,则毫无疑问的,诗之语言乃是一种更为有秩序的明晰的、属于男性的语言,而词则是比较混乱和破碎的一种属于女性的语言。也许有些人会认为混乱而破碎的语言形式,相对于明晰而有秩序的语言形式,乃是一种较为低劣的语言形式,可是中国的小词却大力地证明了这种混乱而破碎的语言形式,不仅不是一种低劣的缺点,而且还正是形成了词之曲折幽隐,特别富于引人生言外之想之特美的一项重要的因素。即如为《花间》词树立宗风的一位弁冕全集的作者温庭筠,他的词之所以备受后人推崇,认为有屈骚之托意的主要原因,事实上就正在于他所使用的语言,无论就内容意识方面而言,或者就外表形式方面而言,都恰好是带有最强烈女性语言之特色的缘故。温词既大力地描述女子的衣饰之美与伤春怨别之情,又经常表现为混乱破碎不连贯的章法和句式。所以讥之者如李冰若之《栩庄漫记》乃谓其往往"以一句或二句描写一简单之妆饰,而其下突接别意,使词意不贯,浪费丽字,转成赘疣,为温词之通病"①。而赏之者如陈廷焯之《白雨斋词话》乃称其:"意在笔先,神余言外……若隐若现,欲露不露,反复缠绵,终不许一语道破。匪独体格之高,亦见性

---

① 李冰若:《栩庄漫记》,见《花间集评注》,页28,上海:开明书店,1935。

情之厚。"① 可见温词之所以特别具含有引人生言外之想的潜能,固正由于其所使用之语言,无论就内容意识而言,或就外表形式而言,都是最富于女性化之特色的缘故。因此我们自然可以说词之女性化的语言,乃是形成了词之特别富于引人生言外之想的象喻之潜能的另一项重要的因素(关于温词中所写的女性的姿容衣饰之美,以及其句法中之看似扞格不通之处,之所以易于引人生言外之想的缘故,我在《温庭筠词概说》及《温庭筠〈菩萨蛮〉词所传达的多种信息及其判断之准则》二文中,已曾就其"客观"与"纯美",及符号学中之"语码"等理论,作过相当详细之析论,兹不再赘。② 只不过本文所提出的其所写的容饰之美在意识方面之属于女性化之语言,以及其句法之破碎在形式方面之属于女性化之语言,乃是更为触及词之根本特质的一种看法而已)。

以上我们从西方女性文评中所提出的"女性形象"与"女性语言"两方面,对词之所以形成其幽微要眇具含丰富之潜能的因素,作了相当的探讨。但事实上这其间却原来存在着一个重大的问题,那就是西方女性文评之所谓"女性语言",本是指女性作者所使用之语言而言的,可是《花间集》中所收录的十八位词人,却清一色地都是男性的作者,于是《花间》词特质之形成,遂在除去我们已讨论过的两项因素以外,还应再增入一项更为重大的因素,那就是由男性作者使用女性形象与女性语言来创作所形成的一种特殊的品质。关于此种特殊之品质,私意以为西方女性文评近年来所提出的一些观念,似乎也有颇可以供我们参考之处。原来西方的女性文评,近年来已逐渐脱离了早期的女性与男性互相对立抗争的狭隘之观念,而发展成为了一种由女性意识之

---

① 陈廷焯:《白雨斋词话足本校注》册上,页20—21,济南:齐鲁书社,1983。
② 见《迦陵论词丛稿》,页1—37,上海:上海古籍出版社,1980;《中国词学的现代观》,页78—83,长沙:岳麓书社,1990。

觉醒,从而引生出来的新的文学批评理论之建立,而其中最值得注意的一个理论观念,就是卡洛琳·郝贝兰(Carolyn G. Heilbrun)在其《朝向雌雄同体的认识》(Toward a Recognition of Androgyny)一书中,所提出的"雌雄同体"(androgyny)之观念,这个字原是古代的一个希腊语,其字原乃是结合了 andro(男性)与 gyn(女性)两个字而形成的一个词语,本意原指生理上雌雄同体的一种特殊现象,但郝氏之提出此一语,则意指性别的特质与两性所表现的人类的性向,本不应作强制的划分,因此就郝氏之说而言,此"androgyny"一词,也可将之译为"双性人格"。郝氏之提出此一观念之目的,是想从一种约定俗成的性别观念中,把个人自己真正的性向解放出来。郝氏在书前序文中,曾经引用批评家托玛斯·罗森梅尔(Thomas Rosenmeyer)在其《悲剧与宗教》(Tragedy and Religion)一书中的话,以为希腊神话中的酒神狄奥尼索斯(Dionysus)既非女性,亦非男性。或者更好的说法应说狄奥尼索斯所表现的自己,乃是男人中的女人,或女人中的男人。① 郝氏更曾引用心理学家诺曼·布朗(Norman C. Brown)在其《生对死:心理分析的历史意义》(Life Against Death: The Psychoanalytical Meaning of History)一书中的话,以为犹太神秘哲学的宗教家就曾提出说上帝具有双性人格的本质;东方道家哲学的老子,在《道德经》中也曾提出过"知其雄,守其雌"的说法;而诗人里尔克(Rilken)在其《给一个青年诗人的信》(Letters to a Young Poet)中,也曾认为男女两性应密切携手,成为共同的人类(human beings)而非相对之异类(as opposites)。② 从以上所征引的种种说法来看,郝氏的主要之目的原不过是想要证明,无论是在神话、宗教、哲学和

---

① Carolyn G. Heilbrun, *Toward a Recognition of Androgyny*, New York: Norton & Co. 1982, p. xi.

② Ibid., pp. xvii-xviii.

文学中,"双性人格"都该是一种最高的完美的理想,因此女性文评自然也应该摆脱其与男性相抗争的对立的局面,而开创出一种以"双性人格"为理想的新的理论观点。是则郝氏虽然反对社会上因约定俗成而产生的把男女两性视为相对立的观念,但其出发点却实在仍是以此一观念为基础的。至于本文之引用郝氏之说,则与现实社会中男女性别之区分与对立全无任何关系,而不过只是想借用其"双性人格"之观念,来说明《花间》词的一种极值得注意的美学特质而已。

所谓"双性人格"或"阴阳同体"之说,如果从医学和生理方面来理解,则我们之使用此一词语来讨论《花间》之小词,自不免会使人感到怪异而难以接受。但若就美学之观点言之,则《花间》之小词却确实具含了此种"双性人格"的一种特美。虽然《花间》词之作者并未曾有意追求此种特美,但却由于因缘之巧合,乃使得《花间》词的那些男性作者,竟然在听歌看舞的游戏之作中,无意间展示了他们在其他言志与载道的诗文中所不曾也不敢展示的一种深隐于男性之心灵中的女性化的情思。关于男性在意识中之潜隐有女性之情思,本来在1950年代的心理学家荣格(C. G. Jung)就曾提出过此种说法。[①] 而近年有一位美国西北大学的教授劳伦斯·利普金(Lawrence Lipking)在其1988年出版的《弃妇与诗歌传统》(*Abandoned Women and Poetic Tradition*)一书中,则更曾从诗学之传统中,对男性之潜隐有女性化的情思,作了深细的探讨。不过利氏所谓"弃妇",并非狭义的只指被弃的妻子,而是泛指一切孤独寂寞对爱情有所期待或有所失落的境况中的妇女。利氏自谓促使他撰写此书的动机之一,乃是因为他读了西蒙·德·波伏娃的《第二性》一书中的《恋爱中的妇女》(Women in Love)一节,于是才引起了

---

① *The Collected Works of C. G. Jung*, translated by R. F. C. Hull, Vol. 9, Part II, Bollingen Foundation, Inc., 1959, pp. 1-42, "Aion: Phenomenolgy of Self".

他对于此一主题的思考。利氏以为诗歌中之有弃妇的叙写,可以说是与诗歌之有历史同样的悠久。他曾举古希腊的诗人欧威德(Ovid)所写的《一组女人的书信》(*Epistulae Heroidum*)为例证,此一组书信乃是欧氏假托古代有名的女人——从希腊神话中奥特赛(Odysseus)的妻子潘尼洛普(Penelope)到希腊的女诗人莎乎(Sappho)诸人之名而写作的一系列的爱情的书信,信中所表现的都是她们对所爱的远方之情人的怀思。利氏以为此种在诗歌中所表现的弃妇思妇之情,无论在任何文化中都是普遍存在着的。而"弃男"的形象则很少在文学作品中出现。因为社会上对男女两性有着不同的观念,诗歌中写到女性之被弃似乎是一件极自然的事,但男性之被弃则似乎是一件难以接受之事。而男人有时实在也有失志被弃之感,于是他们乃往往借女子口吻来叙写,所以男性诗人之需要此一"弃妇"之形象实较女性诗人为更甚。因此"弃妇"之诗所显示的遂不仅是两性之相异性,同时也是两性之相通性。①利氏之所言,当然有其普遍之真实性,而此种观念验之于中国传统之诗歌,则尤其更有一种特别之意义。因为在中国传统社会中,除去如利氏所提出的,男女两性因地位与心态不同,故男子难于自言其挫辱被弃,乃使得男性诗人不得不假借女性之口以抒写其失意之情以外,在中国旧日的君主专制社会中,原来还更存在有一套所谓"三纲五常"的伦理观念。"五常"一般都以为指"仁、义、礼、智、信"五种常德,此与本文所讨论之主题无关,姑置不论;至于"三纲"则是指三种不平等的人际伦理关系,也就是"君为臣纲,父为子纲,夫为妻纲"。在这种关系中,为君、为父与为夫者,永远是高高在上的掌权发令的主人,而为臣、为子与为妻者,则永远是被控制支配的对象。不过此"三纲"中,"父子"乃是

---

① Lawrence Lipking, *Abandoned Women and Poetic Tradition*, Chicago: University of Chicago Press, 1988, pp. xv-xxvii.

先天的伦理关系,所以"屏子"的情况,不仅发生得比较少,而且复合的机会也比较多;可是"君臣"与"夫妻"则是后天的伦理关系,其得幸与见弃乃全然操之于高高在上的为君与为夫者的手中,至于被逐之臣与被弃之妻,则不仅全然没有自我辩解与自我保护的权利,而且在不平等的伦理关系中,还要在被逐与见弃之后,仍然要求他们要持守住片面的忠贞。在此种情况下,则被逐与见弃的一方,其内心所满怀的怨悱之情,自可想见,而也就正由于这种逐臣与弃妻之伦理地位与感情心态的相似,所以利普金所提出的男性诗人内心中所隐含的"弃妇"之心态,遂在中国旧社会的特殊伦理关系中,形成了诗歌中以弃妇或思妇为主题而却饱含象喻之潜能的一个重要的传统。曹植《七哀》诗中之自叹"当何依"的"贱妾",以及《杂诗》中之自叹"为谁发皓齿"的"佳人"①,可以说就都是此一传统中的明显的例证。

当我们有了以上的对于东西方诗歌中"弃妇"之传统的认识以后,再来反观这些在歌筵酒妓席间演唱的歌辞,我们就会发现这些歌辞所写的,原来大都乃是寻欢取乐之对象而已。而《花间集》中的作品,就正是出于那些寻欢取乐的男子们对那些歌伎酒女们的容色与恋情的叙写。这种恋情盖正如利普金氏在其《弃妇》一书中所提到的,如同11到13世纪间法国南部、西班牙东部和意大利北部所流行的一些抒情诗人们(troubadours)所写的恋歌一样,总是男子们在爱情的饥渴中寻求得一种满足后便扬长而去,而女子们则在一场恋情后留下了绵长的无尽的怀思。② 中国小词中所写的恋情也正复如此,这在早期的敦煌曲中便已可得到证明。即如《敦煌曲子词集》中的两首《望江南》"莫攀

---

① 丁晏编:《曹集诠评》卷五,页41;卷四,页28,上海:商务印书馆,1933。
② Lawrence Lipking, *Abandoned Women and Poetic Tradition*, Chicago: University of Chicago Press, 1988, p. xviii.

我"及"天上月"。这两首词中所写的"恩爱一时间"及"照见负心人",所表现的就都是一些歌伎酒女们对那些一度欢爱后便抛人而去的情人们的怨意和怀思。① 只不过那些敦煌曲子所写的很可能就是那些被弃的歌伎酒女们的自言之辞,所以其词中所表现的就只是一份极质朴的女子的怨情,可是《花间集》的作者则是男性的诗人文士,因此当他们也尝试仿效女子的口吻来写那些相思怨别之情的时候,就产生了两种极值得注意的现象。其一是他们大多把那些恋情中的女子加上了一层理想化的色彩,一方面极写其姿容衣饰之美,一方面则极写其相思情意之深,而把男子自己的自私和负心以及由此而引起的女子的责怨,都隐藏起来而略去不提。于是在他们的作品中之女子遂成为了一个忠贞而挚情的美与爱的化身,而不再是如敦煌曲中的充满不平和怨意的供人取乐和被人遗弃的现实中的风尘女子了。这是第一点值得注意之处。其二则如我在前文所言,由于"逐臣"与"弃妻"在中国旧社会中伦理地位之相似,以及"弃妇"之词在中国诗歌中所形成的悠久之传统,因此当那些男性的诗人文士们在化身为女子的角色而写作相思怨别的小词时,遂往往于无意间流露出了他们自己内心中所蕴涵的一种如张惠言所说的"贤人君子幽约怨悱不能自言之情"。这种情况之产生,当然可以说是一种"双性人格"之表现。而由此"双性人格"所形成的一种特质,私意以为实在乃是使得《花间》小词之所以成就了其幽微要眇具含有丰富之潜能的另一项重大的因素。

除去以上所提及的种种因素以外,最后还有一点我想要加以说明的,就是男子之假借女子之形象或女子之口吻来抒写其仕宦失志之情,原不自小词为始,但何以只有小词才形成了其独特的要眇幽微之特质呢?关于此一问题,本来我在前文论及诗歌中女性之形象时,已曾将小

---

① 王重民辑:《敦煌曲子词集》卷上,页15,上海:商务印书馆,1950。

词中女性之形象与其他诗歌中女性之形象之性质的不同，以及由此而产生的美学效果的不同，都作过了一番比较和讨论。我以为一般而言，大多数诗歌中所写之女性形象，约可分别为两大类：一类是具有明确之伦理身份的现实中之女性；另一类则是并无明确之伦理身份的托喻中之非现实的女性，而小词中所写的女性，则似乎乃是一种介于写实与非写实之间的、美色与爱情的化身。而这种介于写实与非写实之间的、并无明确的象喻之意义的女性形象，却似乎较之那些有心托喻具有明确之象喻意义的女性形象，具含了更丰富的象喻之潜能。关于此种现象之形成，私意以为当代法国的一位女学者朱丽亚·克里斯特娃（Julia Kristeva）所提出的一些理论，似乎也颇有可供我们参考之处。克氏是一位关心女性主义文评，然而却不被女性主义文评所拘限的、学识极为渊博的女性学者，她自称她自己所建立的学说为解析符号学（sémanalyse），是针对传统符号学（semiotics）在诠释近代一些诗歌时所面临的不足而创立出来的一种新说。克氏主要的论点在于要把符号（sign）的作用分为两类：一类是符示的（semiotic），另一类是象征的（symbolic）。克氏以为在后者的情况中，其符表之符记单元（signifying unit）与其所指之符义对象（signified object）间的关系，乃是一种被限制的作用关系（restrictive function-relation）。而在前者之情况中，其能指之符记单元与所指之对象中则并没有任何限制之关系。克氏以为一般语言作为表意的符记，其作用大抵是属于象征的层次，也就是说其符表与符义之间的关系，乃是固定而可以确指的；可是诗歌的语言，则可以另有一种属于克氏所谓的符示的作用，也就是说其符表与符义之间的关系，往往带有一种不断在运作中的生发（productivity）之特质，而诗歌之文本（text）遂成为一个可以供给这种生发之运作的空间。在这种情形下，文本遂脱离了其创作者的主体意识，而成为了一个作者、作品与读者彼此互相融变(*transformer*)的场所。① 克氏生于保加利亚,于1966年来到法国巴黎,当时她只有二十五岁。她带着东欧的学术思想背景,立即投入了西方学术思想菁英的活动之中,这种双重学术文化的融会,使她本来所具有的卓越的才智得到了极大的发挥,她的学识之渊博与思辨之深锐都是过人的。本文因篇幅及笔者能力之限制,对于克氏之说自无法作详尽的介绍。我现在只不过是想断章取义地借用她所提出来的"符示"与"象征"两类不同的符号作用之区分,来说明《花间》小词中,由于"双性人格"之特质所形成的一种幽微要眇的言外之潜能,与传统诗歌中那些有心为言外之托喻的作品之间的一些差别而已。

就传统诗歌中有心托喻的作品而言,其用以托喻的符表,与所托之意的符号,可以说乃是完全出于作者显意识之有心的安排。即如屈原在《离骚》中所写的"美人",与曹植在《七哀》诗中所写的"弃妇",就该都是属于克氏所说的"象征"的作用之范畴。也就是说其符表之符记单元与其所指之符义对象之间,是有着一种明白的被限定之作用关系的。虽然洪兴祖的《楚辞补注》曾经提出说:"屈原有以美人喻君者……有喻善人者……有自喻者"②,指出了三种不同的喻义,但"美人"之为一种品德才志之美的象喻则是一致的,而且这种喻义可以说乃是明白可晓的所有读者的一种共同认知;至于曹植《七哀》诗中的"贱妾",以及《杂诗》中的"佳人",则是中国诗歌中女性之形象,已由单纯的"美"之象喻,融入了"君臣"与"夫妇"之不平等的社会伦理之观念以后的一种喻

---

① Julia Kristeva, *Revolution in Poetic Language*, translated by Margaret Waller, New York: Columbia University Press, 1984, chapter I. "The Semiotic and the Symbolic", pp. 19-106,并请参看于治中先生《正文、性别、意识形态》一文,见《中外文学》第18卷,第1期,页151,台北:《中外文学》月刊社,1989年1月。关于 transformer 一词,见于克里斯特娃所著 *Sèméiotikè: Recherches pour une Sémanalyse*, Paris: Seuil, 1969, p.10。

② 洪兴祖:《楚辞补注》,页3,台北:广文书局,1962。

义,以不得男子之赏爱的女子喻托为仕宦失志的逐臣,这种喻义可以说也是明白可晓的所有读者的一种共同认知。像这种情况,其文本中的符记单元与其所喻指的符义对象之间的关系,自然是属于一种由作者之显意识所设定的被限制了的作用关系,也就是克氏所说的"象征"的作用之关系。可是《花间》小词中所写的女性之形象,就作者而言,则当其写作时原来很可能只是泛写一些现实中的美丽的歌女之形象,在显意识中根本没有任何托喻之用心,可是由于我们在前文所曾述及的"女性形象""女性语言"及"双性人格"等因素,而使之具含了一种象喻之潜能。像这种情况,其文本中的符记单元,则如克氏所云只是保持在一种不断引人产生联想的生发的运作之中,而并不可对其所指的符义对象,做出任何限制性的实指,也就是说这种作用乃是属于克氏所说的一种"符示的"作用之关系。像这种充满了生发之运作的活动而完全不被限制的符记与符义之间的微妙的关系,当然使得《花间》小词虽然蕴涵了丰富的象喻之潜能,却迥然不同于有心之托喻的一个重要的原因。

原载台湾 1992 年 1 月出版之《中外文学》第 20 卷第 8 期

三

以上我们既曾透过西方女性主义文学批评的一些论点,对《花间》小词之何以特别具含有一种要眇幽微的言外之潜能的种种因素,作了相当理论化的论述,现在我们就将以这些论述为基础,回过头来对本文开端所曾提出的中国词学中的一些困惑之问题,结合实例来作一番反思的探讨和说明。首先我们将举引《花间集》中的几首小词来略加比较,以为评说立论之依据。下面就让我们先把这几首词抄录下来一看:

欧阳炯《南乡子》

二八花钿,胸前如雪脸如莲。耳坠金环穿瑟瑟。霞衣窄。笑倚江头招远客。

温庭筠《南歌子》

鬓堕低梳髻,连娟细扫眉。终日两相思。为君憔悴尽,百花时。

张泌《浣溪沙》

晚逐香车入凤城,东风斜揭绣帘轻。慢回娇眼笑盈盈。

消息未通何计是,便须佯醉且随行。依稀闻道太狂生。

韦庄《思帝乡》

春日游。杏花吹满头,陌上谁家年少,足风流。妾拟将身嫁与,一生休。纵被无情弃,不能羞。

以上我所抄录的四首词,可以看做是两相对比的两组作品。第一和第二两首是一组对比,主要都在写一个美丽的女性形象。不过,其叙写的口吻却有着明显的不同。第一首乃是纯出于男子之口吻的对一个他眼中所见的容饰美丽的女子的描述;第二首则是出于女子之口吻的对自己之容饰及情思的自叙。至于第三和第四两首则是另一组对比,主要都在写外出游春时对一段爱情遇合的向往和追寻。第三首是写一个男子在游春时对一个香车中的女子的追逐;第四首则是写一个女子在游春时对一个风流多情之男子的向往和期待。如果从表面所写的情事来看,则无论是前二首所写的美色,或者后二首所写的爱情,固应同属于被士大夫们所鄙薄的不合于传统道德观念的淫靡之作,但温、韦二家之词,在后世词学家中却一直受到特别的推重,至其受推重之原因,则是由于他们认为这两家的词特别富于深微的言外之意蕴,令人生喻托之想。① 我们现在就将把这四首词略加比较和讨论,看一看究竟是

---

① 张惠言《词选》谓温词为"感士不遇",有"《离骚》初服之意",又谓韦词为"留蜀后寄意之作"(北京:中华书局,1957)。

什么因素,使得同样是叙写美女与爱情的小词竟有了优劣高下之分。先就前二首言,欧阳炯所写的"二八花钿,胸前如雪脸如莲",与温庭筠所写的"鬓堕低梳髻,连娟细扫眉",虽在表层意义上同属于对女子的美色之描述,但在本质上却实在有着很大的差别。欧词所写的乃是男子之目光中(male gaze)所见到的一个已经化妆好了的美丽的女子,是男子眼中的一个既可以观赏也可以欲求的他者(the other),像这种对美色的描述,除了显示出男子的一种充满了色情的心思意念之外,自然就更没什么可供读者去寻思和探求的深远的意蕴了。可是温词所写的则是一个正在化妆中的女子的自述,如果结合着中国文化背景中之所谓"士为知己者死,女为悦己者容"的观念来看,则在此一女子之"梳髻"和"扫眉"的容饰中,自然便也蕴涵了想要取悦于所爱之男子的一份爱意和深情。何况紧接在此二句之后的就是"终日两相思"的叙写,则其在"梳髻"与"扫眉"之中就已蕴涵了此"相思"之情,更复从而可知。而且"低梳"与"细扫",所叙写的是何等柔婉缠绵的动作,"鬓堕"与"连娟"所描述的又是何等容态秀美的风姿。而结之以"为君憔悴尽,百花时"。"为君"一句,既写出了"衣带渐宽终不悔,为伊消得人憔悴"的用情之深挚,而"百花时"一句,则更呼应了开端的"梳髻""扫眉"两句之"为悦己者容"的期盼,而表现了一份"欲共花争发"的"春心"。综观全词,即使仅就其表层意义所写的容饰与怀春的情事而言,我们也已经可以清楚地感受到了其用字的质地之精美与其句构的承应之有力。这一份艺术效果,便已迥非欧阳炯一词之粗浅轻率之可及。何况若更就其深层的意蕴而言,则不仅其所写的"女为悦己者容"的情意,可以在文化传统上引起一份"士为知己者死"的才志之士之欲求知用的感情心态方面的共鸣,而且其所写的"梳髻""扫眉"之修容自饰的用心,也可以令人联想到《离骚》中屈原所写的"余独好修以为常"的一份才人志士的修洁自好的情操,何况"扫眉"一句所暗示的蛾眉之美好，与画眉之爱美求好的心意，在中国文化中更有着悠久的喻托之传统。于是温庭筠的这一首小词，遂在其所写的美女之化妆与怀春的表层情意以外，更具含了一种可以引人生言外之想的深层意蕴之潜能。这一份深微的意境，当然就更非欧阳炯之只写出男子的色情之心态，而更无言外之余蕴的作品之所能企及的了。

其次，我们再看后二首词。张泌的"晚逐香车入凤城"一首，乃是以一个男子口吻所写的、在外出游春之际偶然见到了一辆香车上的一个美女，于是遂对之紧追不舍的一段浪漫的遇合；韦庄的"春日游"一首，则是以一个女子口吻所写的、在外出游春之际因见到繁花盛开而希望有所遇合的一份浪漫的情思。二者之情事虽然并不全同，但其皆为由春日所撩动而引起的一份男女之恋情，则是相同的。也就是说就表层的意义而言，二词之所写者固皆为男女之春情，但若就其深层的本质而言，则二者间实在也有着很大的差别。张泌之词与前面所举引的欧阳炯之词相近，同是写一个男子之目光中所见到的一个美丽的女子，一个可观赏也可以欲求的他者。只不过欧词还停留在观看凝视的阶段，张词则已展开了追逐的行动。至于韦庄之词则与前所举引的温庭筠之词相近，同是以一个女子口吻所写的对于一个男子的期盼和向往。不过温氏那首词的风格表现得纤柔婉约，而韦氏这首词的风格则表现得劲直矫健，即以其开端而言，韦词之"春日游"所表现的一种向外的游赏和追寻之主动的心态，就已经与温词所表现的在闺中"梳髻""扫眉"而坐待之被动的心态有了明显的不同。不过，尽管二者间有着如此的分别，但在具含有言外的较深之意蕴的一点，则是相同的。只是，它们之所以具含有较深之意蕴的因素，却不尽相同。温词之佳处在于其文本中所使用的一些语言符号，随时可以唤起我们对文化传统中之一些符码的联想。而韦词之佳处则在于其文本自身中所蕴涵的一种字质和句构中的潜力。不过，我这样说却并不是为之作出绝对的区分，因为温词除予人符码之联想外,同样也仍表现有字质和句构的潜力;而韦词除表现有字质和句构的潜力以外,同样也仍可予人符码之联想。我所说的只不过是一种相对的比较而已。关于温词由文本所可能引生的言外之意蕴,我们在前面既已作了相当的探讨,现在就来让我们对韦词也一加探讨。

  韦词之第一句"春日游",虽只短短三个字,但事实上已掌握了全首词的生命脉搏。"游"字自然已显示了外出游赏和追寻的主动心态,而"春日"两个字则更已明白暗示了其外出追寻的诱因与目的。因为"春日"既是万物之生命萌发的季节,也是人类之感情萌动的季节,所以开端的"春日游"一句虽只三个字,却实在已传示了全词之由诱因到目的之整个脉动的方向。至于次句的"杏花吹满头",则是进一步以更为真切有力的笔法来叙写由"春"之诱因所引发的追寻之情志的旺盛和强烈;先就"杏花"而言,一般说来,不同品类的花都各自有其不同之品质,也都可以引起人们的不同的感受和联想,所以周敦颐才会说:"菊,花之隐逸者也;牡丹,花之富贵者也;莲,花之君子者也。"[①]至于杏花之为花,则一般对之虽并无一定的评断,但证之于文士们在诗词中对杏花之描述,如"红杏枝头春意闹""一枝红杏出墙来"[②]等句之所叙写,则杏花以其娇红之颜色与繁茂之花枝,所给予人的自应是一种充满生命力的春意盎然的撩动。何况韦词在"杏花"之下还接写了"吹满头"三个字,则此撩人春意之迎头扑面而来,乃真有不可挡之势矣。而且这种不可挡之势,还不仅是一种意义上的说明和认知而已,在其所使用的"吹"字与"满"字等字质之中,还直接传达出了一种极其充盈饱满的劲力。而这种劲健直接的表现,就正是韦词的一种特色,于是紧接着

---

  ① 周敦颐:《爱莲说》,见《周濂溪集》卷八,页139,上海:商务印书馆,《国学基本丛书》,1937。

  ② 宋祁:《玉楼春》,见《全宋词》第1册,页716,北京:中华书局,1965。叶适:《游小园不值》,见《千家诗》,页131,香港:广智书局,未著出版年月。

这种劲健直接的春意撩人的不可当之势,此一被春意所撩动的女子,乃以毫无假饰的极真挚的口吻,脱口说出了"陌上谁家年少,足风流。妾拟将身嫁与,一生休"的择人而欲许身的愿望。然后接下来还更以"纵被无情弃,不能羞"两句,表明了对这种许身之不计牺牲不计代价的、全然奉献而终身不悔的一份决志。而且这种决志也不仅只是在意义上的一种说明而已,同时还在自"陌上"以下两个九字句一个八字句的长句之顿挫抑扬,以及"妾拟将身嫁与"一句中连用的几个舌齿的发音中,用韵律、节奏和声音,直接传达出了此许身之决志的坚毅无悔的情意,给予读者一种极为直接的感动。综观此词,即使仅就其表层意义所写的自春意的萌发,到许身的愿望,再到无悔的决志,其劲健深挚的感人之力,无论就感情之品质或艺术之效果而言,便已都绝非张泌《浣溪沙》词以轻狂戏弄之笔墨所写的调情之作品之所能比。何况若更就其深层之意蕴而言,则韦词所表现的感情之品质,其坚贞无悔之心意,乃竟然与儒家之所谓"择善固执"的品德及楚骚之所谓"九死未悔"的情操,在本质上有了某些暗合之处。这种富含潜能之意蕴,当然就更非张泌所写的"伴醉随行"之浅薄轻佻的调情之作之所能企及的了(关于韦庄此词之详细论述,请参看江苏古籍出版社1986年出版《唐宋词鉴赏辞典》所收拙撰之评说)。

透过以上四首词的两两相比较,我们已可清楚地见到,虽然同样是叙写美女与爱情的小词,但其间却果然是有着深浅高下之区分的。也就是说早期的艳歌小词为"词"这种新兴的文类所树立起的一种特殊的美学品质,乃是特别易于引起读者的言外之联想,且以富于此种言外之意蕴为美的。而此种特殊之品质与评量之标准的形成,则与早期艳歌中之女性叙写,如温词中之"梳髻""扫眉"的形象和语码,以及韦词中之许身无悔的口吻和情思,结合有极为密切的关系。因为正是这些女性的叙写,造成了一种潜隐的双性之性质,也才造成了这类小词的双层意蕴之潜能。而这实在是我们要想探讨中国词学所当具备的一点基本的认知。有了这一点认知以后,我们就可以对旧日词学中之一些使人困惑的问题,来依次一加探讨了。

  首先我们要提出来一谈的乃是以"比兴"说词的问题。关于此一问题,我在多年前所写的《对常州词派比兴寄托之说的新检讨》一篇长文中,已曾有过详细的论说,在此并不想对之再加重述。(见《迦陵论词丛稿》)我现在只不过是想就本文所提出的一些论点,对之再加一些补充的说明。首先我们该认识到的,乃是早期《花间》的小词,本来大都是文士们为歌伎酒女所写之艳歌,本无寄托之可言。至其可以令人生寄托之想,则是由于这些艳歌中所叙写的女性之形象,所使用的女性之语言,以及男性之作者透过女性之形象与女性之语言所展露出来的一种"双性人格"之感情心态,因此遂形成了此类小词之易于引人生言外之想的双重或多重之意蕴的一种潜能。而此种潜能之作用,则是如本文在前面所引述的克里斯特娃之所说,其作用乃是"符示的",而并不是"象征的"。其符表与符义之间的关系乃是不断在生发的运作中,而并不可加以限制之指说的。清代常州词派张惠言所犯的最大的错误,就在于他想把自己由此种符表之生发运作中所引生的某种联想,竟然直指为作者之用心。所以常州派后起的一些说词人,为了想补救张氏之失,乃对读者之以联想说词的方式,作了一番更为细密的探讨。在这种探讨中,私意以为周济与陈廷焯二人所提出的两段话最为值得注意。周氏在其《宋四家词选目录序论》中,对于有关读词者之联想,曾提出过一段极妙的喻说,谓:"读其篇者,临渊窥鱼,意为鲂鲤,中宵惊电,罔识东西。赤子随母笑啼,乡人缘剧喜怒。"①周氏的这段话,如果

---

① 周济:《宋四家词选目录序论》,《宋四家词选》,页1b,台北:广文书局,影印滂喜斋刊本,1962。

透过我们前面所引的克里斯特娃的说法来看。则周氏所谓"随母"之"母"与"缘剧"之"剧",自当是指其富含有生发之运作的文本。至于随之而"笑啼""喜怒"的"赤子"和"乡人",则是经由文本中符记之生发运作而因之乃生出多种之感发与联想的读者。但此种感发与联想又不可以作限制的指实的说明,所以周氏乃将之喻比为"临渊窥鱼"和"中宵惊电",虽然恍惚有见,却不能指说其品类之为鲂为鲤,其方向之为东为西。至于陈廷焯则将此种难以指说的深隐于文本之符示中的生发运作之潜能,名之以为"沉郁",而且对之加以解说云:"所谓沉郁者,意在笔先,神余言外。写怨夫思妇之怀,寓孽子孤臣之感。凡交情之冷淡,身世之飘零,皆可于一草一木发之。而发之又必若隐若现,欲露不露,反复缠绵,终不许一语道破。"[①]这段话之可贵,我以为乃正在于陈氏曾"一语道破"地点出了"怨夫思妇之怀"与"孽子孤臣之感"之相类似的感情心态。这种体会其实已经触及了我们在前文所曾提出的"双性人格"之说。只不过在陈廷焯之时代当然还没有所谓"双性人格"的说法和认知,因此陈氏乃将小词中此种由女性之叙写而引生的"符示的"生发运作之关系,与传统诗歌中之有心喻托的"象征的"被限制的符表与符义之关系,混为一谈。不过陈氏却也曾感到了小词之引人联想的作用,与传统诗歌中可以指说的喻托之意,又显然有所不同。于是遂又对之加上了一段"若隐若现""欲露不露"的说法。综观周、陈二氏之说,当然都不失为对小词之富含感发作用与多层意蕴之特质的一种体会有得之言。至于他们所犯的错误,则就其明显之原因言之,乃是因为他们都受了张惠言的比兴寄托之说的影响,因此遂将读者所引发的偶然之联想,强指成了作者有心之托喻。而如果就其更根本的内在之原因言之,则实在乃由于他们对小词中之女性叙写所可能造成的双性

---

① 陈廷焯:《白雨斋词话足本校注》上册,页20,济南:齐鲁书社,1983。

人格之作用之未能有清楚的认知。按照他们的意思来看,则小词之所以有深浅优劣之分,原来乃是由于作者在创造意识中便有着根本的差别:一则有心写为喻托之作,一则但为淫靡香艳之辞。但事实上原来却并非如此。因为就《花间》之小词言之,其所写者本来大都是绮筵绣幌中交付给歌女去唱的艳词,本无所谓喻托之意。至于其中某些作品之竟然使读者产生了言外之想,则我们在前文中虽已曾就其字质、语码、句法、结构等各方面都作了分析和说明,但事实上其中却还有一个更为重大也更为基本的原因,我在当时所未曾提及的,那就是其叙写之口吻与心态的不同。温庭筠与韦庄的两首词,其叙写之情思乃皆出于女性之口吻,代表了一种女性的心态。而欧阳炯与张泌的两首词,其叙写之情思乃皆出于男性之口吻,代表了一种男性的心态。如果将此两类词一加比较,我们就会发现前者之所以特别富含有一种言外之双重意蕴,实与男性之作者假借女性之口吻来叙写女性之情感所形成的一种双性人格之作用,有着密切的关系。至于后者则直接以男性之作者,用男性之口吻来写男性对美色之含有欲念之观看与追求,则纵然此一类作品虽或者也可以写得生动真切,但却毕竟也只是单层的情意,而缺少了一种言外之双重意蕴的特美。

关于此种双重意蕴,我们在前面所举引的四首词例中,既然已作了相当的探讨,透过温、韦二家的两首词,我们已经清楚地看到,这些词中之"低梳髻""细扫眉"及"将身嫁与,一生休"等,我们所称为字质、语码、句法、结构等各方面引人产生言外之联想的因素,实莫不与我们所提出的女性之叙写及双性之人格有着密切的关联。因此"女性"与"双性"实当为形成此类小词之美学特质的两项重要因素。写到这里,有些读者也许会产生一个疑问,那就是以男性之作者直接用男性本身之口吻所写的艳歌小词,有时岂不是也可能同样富含有一种言外的意蕴深微之美?举例而言,即如韦庄的《菩萨蛮》五首、《女冠子》二首以及

《谒金门》(空相忆)一首等作品,就都是直接用男性口吻所写的。但这些作品却迥然不同于欧阳炯与张泌二词之浅率轻狂,而写得极为深婉沉挚。关于此种情况之产生,私意以为其间实有一点极可注意之处,那就是这些词虽然是用男子之口吻所写的作品,但其所表现的情意之深挚绵长,乃与前所举之欧阳炯及张泌二词之把女子视为可观看与可追求之"他者"的轻狂之态,大异其趣,反而大有近于用女子口吻所写的女性的执著和无尽的怀思。此种现象之形成,遂使我想到了本文在前面所举引过的劳伦斯·利普金的一些说法,利氏不仅以为男性与女性对待爱情的态度有所不同,男性往往在满足其爱情之饥渴后便扬长而去,而女性在经历了爱情后,则往往便对之留下无尽的怀思;利氏更以为男子是要透过对女子的了解和观察,才能学习到被弃掷和失落以后的幽怨之情。① 因此我们可以说凡男性之作者用男性口吻所写的相思怨别之词,其所以有时也同样能具含一种言外的意蕴深微之美,固正由于其在表面上虽未使用女子之口吻,然而在本质上却实在已具含了女性之情思的缘故。如此,我们当然更可证明《花间集》中之艳歌小词,其美学特质乃是以具含一种双重的言外深微之意蕴者为美,而《花间》词之女性叙写及其所蕴涵的双性之人格,则实为形成此种美学特质之两项最基本且最重要之因素。至于传统词学家之所以往往将本无比兴寄托之艳歌强指为有心托喻之作,造成了牵强附会之弊,就正因为他们对此种由女性与双性形成的特质,未曾有明确之认知的缘故。不过从另一方面言,则后世之词也果然有一些有心为比兴喻托的作品,这类词之性质与《花间》一派词当然已有了很大的不同,但实在仍是《花间》词之特质的影响下之产物,关于此种情况,我们将留待后文论及《花间》

---

① Lawrence Lipking, *Abandoned Women and Poetic Tradition*, Chicago: University of Chicago Press, 1988, p. xix.

词之特质对后世之影响时,再加探讨。

其次我们所要讨论的乃是词学中之所谓"雅""郑"的问题。如我们在前文所言,《花间集》中所收录的本都是歌筵酒席的艳歌,就其所写之美女与爱情言,固当同属于淫靡之"郑声",然而就前所举之四首词例来看,则其间又果然有着优劣高下之不同,所以王国维在《人间词话》中乃提出了"词之雅郑,在神不在貌"之说。至于其"雅""郑"之分的标准,则王氏以为乃在其"品格"之高下,因此王氏遂又曾提出了"永叔、少游,虽作艳语,终有品格"之说。① 但既然同是"艳语",则品格高下之依据又究竟何在？王氏对此虽并无理论之说明,可是我们却也不难从王氏另外的几则词话中窥见一些消息。第一点值得注意的,乃是王氏之论词也同样注重言外之感发,即如其曾将晏、欧等人的一些写爱情的小词,拟比为"成大事业大学问者"的"三种境界",又以"诗人之忧生"及"诗人之忧世"来评说冯延巳和晏殊的相思怨别之句。② 而冯延巳及晏、欧诸家之令词,则正是自《花间》一派衍化出来的被北宋评词人目为艳歌小词的作品。可是这些作品又竟然可以使读者产生极高远的超乎艳歌以外的联想,这当然可能是使得王氏提出了"词之雅郑,在神不在貌"以及"虽作艳语,终有品格"之说的一个重要原因。第二点值得注意的,则是王氏论词虽然也推重引人产生言外之联想的小词,可是却对于被常州词派所推重的也足以引人生言外之想的温庭筠的词,有着不同的歧见,以为温词虽然"精艳绝人",却并无"深美闳约"的言外之丰富的意蕴。③ 这种歧见之产生,私意以为乃是由于常州派《词选》的作者张惠言与《人间词话》的作者王国维,对于小词之所具含的

---

① 徐调孚:《校注人间词话》,页19,香港:中华书局,1961。
② 同上书,页15—16。
③ 同上书,页6。

可能引起言外之联想的因素,有着不同的体认之故。张氏好以比附为说,所以重在小词中可以用于比附的文化语码,如"画眉"之可以引人联想到《楚辞》中的"众女嫉余之蛾眉","深闺"之可以引人联想到《楚辞》中的"闺中既已邃远"之类。而王氏所重视的则是作品本身之感发的品质所可能引起的读者之联想,而温词则一般说来较缺少直接之感发,且王氏又极不喜字面之比附,这很可能是王氏不认为温词有"深美闳约"之意蕴的一项重要原因。而王氏所重视的则是作品本身之感情品质所可能引起的感发之联想,即如他在词话中所举引的晏、欧等词中所写的某些感情之品质,与"成大事业大学问者"或诗人之"忧生""忧世"者的感情之品质在基本上可以有相通之处之类。所以王氏在另一则词话中,乃又曾提出过"故艳词可作,唯万不可作儇薄语"的重视感情品质之说。① 而值得注意的则是,所谓"儇薄语"的作品,大都乃是男性作者用男性口吻所写的、视女性为"他者"的作品。而另一方面则凡是用女性口吻所写的词,或者虽用男性口吻却是具含有女性之情思的作品,一般说来则大都不会有"儇薄语"的出现。经过以上的讨论,我们就会有一个奇妙的发现,那就是凡是可以引人产生深微或高远的超乎艳歌以外之联想的好词,其引发联想之因素,无论就文化语码方面而言,或者就感发之本质方面而言,原来都与小词中之女性叙写,以及作者隐意识中的一种双性的朦胧心态,有着密切的关系。如"画眉"与"深闺"之类的语码,其有合于"美人"之喻托,固自应属于"女性"之叙写。至于就感发之本质而言,则王国维所提出的"不可作儇薄语"之说,也足可使我们想到王氏所赞美的"虽作艳语,终有品格"的好词,必然不会是男性作者直接用男性口吻所写的视女性为"他者"的轻狂之作,而当是男作者用女性口吻所写的,或是虽用男性口吻但却具含有女

---

① 徐调孚:《校注人间词话》,页67,香港:中华书局,1961。

性之情思的作品,而这类作品则显然都含有一种"双性"之性质。这是我们对于《花间》一派之艳歌小词的所谓"雅""郑"之分,所当具备的一点最基本的认识。至于当小词演化为长调以后,则所谓词之"雅""郑"的分别,自然就也随之而另有了一种新的性质,也另有一种新的评量标准。不过,其性质与标准虽然有了不同,但也仍然受有《花间》词之特质的极大的影响。关于此种情况,我们也将留待后文论及《花间》词之特质对后世之影响时再加探讨。

以上我们既然对《花间》一派小词之"比兴"与"雅郑"的问题,都作了相当的探讨,现在我们就将再对此类作品之被目为"空中语",以及"空中语"之价值与意义,也一加探讨。如我们在前文所言,《花间》之词既大都为歌酒间之艳歌,因此在本质上遂与"言志"之诗,有了一种明显的区分,也就是说诗歌之写作对作者而言,乃是显意识的一种自我之表达,可是词之写作则往往只是交付给歌女去演唱的一时游戏之笔墨,与作者本身显意识中的情志和心意,本无任何必然之关系。因此黄山谷在为自己所写的艳歌小词作辩护时,乃将之推说为"空中语",这种说法,在黄氏本意不仅是对自己所写的美女与爱情之词的一种推托,而且对此类并非言志的游戏笔墨之艳词,也含有一种轻视之意。所以一般而言,北宋人在编选诗文集时,往往并不将小词编入正集之内,其不视之为严肃之作品的轻鄙之态度,自可想见。然而殊不知小词之妙处,乃正在其并不为严肃之作,而为游戏笔墨的"空中语"。下面我们便将把此种"空中语"之价值与意义,结合我们在前面所提出的"女性"与"双性"之特质,略加论述。

关于"游戏笔墨"的"空中语"之所以能在小词中产生一种微妙的作用,我以为其主要的因素约可分为以下的几点来看:第一点微妙的作用,乃在于这些"空中语"恰好可以使作者脱除了其平日在写作言志与载道之诗文时的一种矜持,因而遂在游戏笔墨中,流露出了一份更为真实的自我之本质。所以王国维在《人间词话》中,乃曾提出说:"五代北宋之诗,佳者绝少,而词则为其极盛时代。即诗词兼擅如永叔、少游者,词胜于诗远甚。以其写之于诗者,不若写之于词者之真也。"①这是可注意的第一点。第二点微妙的作用,乃在于小词之所以为"空中语",还不同于其他戏弄的笔墨,小词之为"空中语",乃是在自我从显意识隐退以后,更蒙上了一层女性之面目的作品。因此遂使其脱除了显意识之矜持以后的自我之真正本质,与作品中之女性叙写于无意中融成了一种双性之特质。这是可注意的第二点。至于第三点微妙的作用,则更在于其为"空中语"之故,遂使作者隐意识中之真正本质,与其小词中之女性叙写之融会,乃完全达成了一种全出于无心的自然运作之关系。而这也就正是何以小词所写的美女,与传统诗歌中所写的有心托喻之美女,在符表与符义之运作关系上,遂产生了极大之不同的一个基本原因。我们在前文所举引的克里斯特娃之说,就曾将符表与符义之关系,分别为"符示的"与"象征的"两种不同之作用。有心托喻之作中的美女,其符表与符义之间的关系,乃是属于"象征的"作用关系,是一种可以确指的被限制了的作用关系。可是这种"空中语"的小词中所写的美女,则恰好因其本为并无托意的"空中语",因此其符表中之女性叙写,乃脱离了所谓"象征的"关系中之固定的限制,而成为了一种自由运作的"符示的"关系。克氏以为在此种关系中,文本遂脱离了其创作者所原有的主体意识,而成为了作者、作品与读者彼此互相融变的一个场所。而就"空中语"的小词而言,则更因其创作者既本来就缺少明确而强烈的主体意识,而其对美女与爱情的叙写,又如此富含女性与双性所可能引生的微妙的作用,因此这类"空中语"的小词,遂于无意间具含了如克氏所说的融变的最大的潜能。这是可注意的第三点。

---

① 徐调孚:《校注人间词话》,页45,香港:中华书局,1961。

而这种"空中语"之微妙的作用,当然是造成了小词之双重性与多义性之特质的一个重要的因素。不过,词之发展却很快地就超越了歌辞之词的"空中语"的阶段,而在文士们的写作中逐渐走向了"诗化"和"赋化"的演进。在此种演进中,词遂脱离了所谓"空中语"之性质,而成为了具有明显的主体意识之叙写和安排的作品。但值得注意的则是,虽然这些"诗化"和"赋化"之词的性质及写作方式已与早期《花间集》的歌辞之词有了很大的不同,可是《花间》词所形成的一种双重与多义为美的特质,却仍然对这些"诗化"与"赋化"之词的优劣之评量,具有极大的影响。下面我们就将从《花间》词之女性叙写所形成的双性特质,对后世词与词学之影响方面,也略加探讨。

谈到词之演进,私意以为其间曾经过几次极可注意的转变:其一是柳永之长调慢词的叙写,对《花间》派之令词的语言,造成了一大改变;其二是苏轼之自抒襟抱的"诗化"之词的出现,对《花间》派之令词的内容,造成了一大改变;其三是周邦彦之有心勾勒安排的"赋化"之词的出现,对《花间》派令词的自然无意之写作方式,造成了一大改变。如果从表面来看,则这三大改变无疑乃是对我们前文所曾论及的《花间》词之女性语言、女性形象,以及由自然无意之写作方式所呈现的双性心态的层层的背离。因此下面我们所要探讨的,自然就该是当词之发展已脱离了《花间》词之女性与双性之特质以后的这些不同的词派,其美学特质之标准又究竟何在的问题了。关于此一问题,私意以为有一点极可注意之处,那就是当词之发展已脱离了《花间》词之女性叙写以后,虽然不再完全保有《花间》词之女性与双性的特质,但无论柳词一派之佳者,苏词一派之佳者,或周词一派之佳者,却都各自发展出了一种虽不假借女性与双性,却仍具含了与《花间》词之深微幽隐富含言外意蕴之特质相近似的、另一种双重性质之特美,而这种美学特质之形成,无疑地曾受有《花间》词之特质的影响。王国维曾云"词之雅郑,在神不在貌",这种脱离了女性与双性之后的多种方式的双重性质之美学特质的形成,可以说正是《花间》词之特质的一种"在神不在貌"的演化。下面我们就将对柳词苏词与周词所发展出来的这些各自不同的双重性质之特点,分别略加论述。

首先,我们将从柳永之长调慢词对《花间》派令词之语言所造成的转变说起。如我们在前文论及《花间》词之语言特色时所言,就其语言形成来看,《花间》令词所使用者乃是比较混乱和破碎的一种属于女性化之语言形式,也就是说是句子短而变化多的一种语言形式。即以《花间集》中温、韦二家所最喜用的《菩萨蛮》一调而言,全词一共不过只有八句,却换了三次韵,每两句就换一个韵。而这种参差跳跃的变化,事实上正是造成了如陈廷焯所称美的"发之又必若隐若现,欲露不露,反复缠绵,终不许一语道破"之富于言外之意蕴的一个重要的因素。可是柳永之长调慢词,则势不得不加以铺陈的叙述,因此柳永乃以其善用"领字",长于铺叙,为世所共称。而如果从我们在前文所引用之西方女性主义对两性语言之差别的说法来看,则这种以领字来展开铺叙的语言,无疑地乃是一种属于明晰的、理性化、有秩序的男性的语言。此一变化,遂使得柳词失去了短小之令词的"若隐若现""欲露不露"的富含言外之意蕴的女性语言之特点,而变为了一种极为显露的、全无言外之意蕴的现实的陈述。所以温庭筠《菩萨蛮》词所写的"鸾镜""花枝""罗襦""鹧鸪"等关于女性的描述,乃使读者可以生无限言外托喻之想;而柳永《定风波》词所写的"暖酥消,腻云軃,终日厌厌倦梳裹"和"针线闲拈伴伊坐"等关于女性的描述,乃不免为人所讥了。不过,柳永除去此一类被人讥为"俚俗""媟黩"的作品以外,却实在还更有一类被人称为"言近意远""神观飞越""一二笔便尔破壁飞去"的佳作①,而所谓"破壁飞去",事实上其所赞美的便应该仍是一种富于言外之意蕴的特点。那么柳永在以其领字铺叙变小词之错综含蓄为浅露之写实以后,又是怎样造成了另外一种"破壁飞去"之特点的呢?关于此点,我以为主要盖在于柳永在写相思怨别的作品中,竟然加入了一种秋士易感的成分,而对此种悲慨,柳氏又往往不作明白的叙说,却将之融入了对登山临水的景物叙写之中,于是相思怨别之情与秋士易感之悲既造成了一种双重之性质,景物的叙写与情思的融会又造成另一种双重之性质,于是遂形成了其"破壁飞去"的一种特美。何况秋士易感之悲与美人迟暮之感,在基本心态上又有着极为相似之处,所以柳永的这一类词虽以男性口吻作直接之叙写,但在其极深隐的意识深处,却实在也仍隐含有一种双性之性质。这正是柳永的这一类词之所以"言近意远",引人感发联想的一个重要缘故。从柳永的这两类词,我们自可看出虽然其长调慢词对《花间》令词之语言曾造成了一大改变,但《花间》令词所形成的以富含言外之意蕴为美的美学之要求,则即使在柳词中也仍然是判断其优劣的一项重要的准则(关于柳词之详细论说,请参看《灵谿词说》中拙撰《论柳永词》一文)。

其次,我们将再看苏轼自抒襟抱的"诗化之词"对《花间》派令词之内容所造成的改变。如我们在前文所言,《花间》词内容所叙写者,乃大都以美女与爱情为主,而苏轼则以"一洗绮罗香泽之态"著称②,一变歌辞之艳曲,而使之成为了可以抒写个人之襟抱与情志的另一种形式的诗篇。其后更有南宋辛弃疾诸人之继起,于是词学中遂产生了婉约与豪放二派之分,且由此引发了无数之困惑与争议。要想解答这些困

---

① 周济:《介存斋论词杂著》,页2b,见《宋四家词选》附录,台北:广文书局,影印滂喜斋刊本,1962;又见龙榆生《唐宋名家词选》页89引郑文焯与人论词遗札,上海:古典文学出版社,1956。

② 胡寅:《酒边词序》,汲古阁校选味闲轩藏版《宋六十名家词》第2集,第5册,页2b。

惑和争议,私意以为我们实应先对柳词与苏词之关系略加叙述。从苏轼平日往往以己词与柳词相比较的一些谈话来看,苏氏对柳词盖有两种不同之态度。一方面是对柳词之所谓"俚俗""媟黩"之作的鄙薄,另一方面则是对柳词之所谓"神观飞越"之作的赞赏。关于此两方面之关系,早在《论苏轼词》一文中,我对之已曾有相当之论述,兹不再赘。① 至于本文所要做的,则是将柳、苏之关系放在本文所提出的《花间》词之女性叙写所形成的词之美学特质中,再加一番更为根本的观察和探讨。如前文之所述,柳词之被人讥为俚俗媟黩者,主要原因实并不在其所写之内容之为美女与爱情,而在于其所使用之语言形式,使之失去了《花间》词之语言在写美女与爱情时所蕴涵的双重意蕴之潜能。至其被人称赏为"神观飞越"者,也不在其所写的单纯的秋士易感之悲或景物之高远而已,而在其能将二者相融会,且在基本心态上隐含有一种双性的性质。因此遂产生一种富含双重意蕴之美。至于苏轼对柳词,则是只从表面见到了其淫媟之失,与其超越之美,却对其所以形成此种缺乏与特美之基本因素,也就是对其是否具含言外双重之意味的一种美学特质,未曾有真正的体会和认知,因此苏词所致力者主要乃在一反柳词的淫媟之作风,而以自抒襟抱"一洗绮罗香泽之态"者为美,而对其是否具含双重意蕴的一点,则未曾加以注意。因此苏轼对词之开拓与改革,乃造成了一种得失互见的结果。而在苏词之影响下,对后世之词与词学,遂形成了几种颇为复杂的情况。因此我们对之就也不得不略费笔墨来作一点较详的论述。

先从词之写作一方面而言,此一派"诗化"之词的得失,约可分为以下三种情况:一类是虽然改变了《花间》词之女性叙写的内容,然而却仍保有了《花间》词所形成的以双重意蕴为美的词之美学特质者;另

---

① 见《灵谿词说》,页191—228,上海:上海古籍出版社,1987。

一类则是既改变了《花间》词之内容,也失去了词之特美,然而由于其"诗化"之结果,而形成了一种与诗相合之特美者;再一类则是既未能保有词之特美,也未能形成诗之特美,因之乃成为了此一类词中的失败之作品。关于第一类之作品,我们可以举苏轼与辛弃疾二家词之佳者为例证:即如我在《论苏轼词》一文所曾析论过的《水调歌头》(明月几时有)、《念奴娇》(大江东去)、《八声甘州》(有情风万里卷潮来)诸作,以及在《论辛弃疾词》一文所曾析论过的《水龙吟》(举头西北浮云)(楚天千里清秋)、《摸鱼儿》(更能消几番风雨)诸作,可以说就都是具含有词之多重意蕴之美学特质的"诗化"以后之词的佳作之代表(见《灵谿词说》)。① 至于第二类之作品,则如张元幹《贺新郎》(梦绕神州路)、陆游《汉宫春》(羽箭雕弓)及张孝祥《六州歌头》(长淮望断)诸作②,虽然缺少言外深层之意蕴的词之特美,但其激昂慷慨之气,则颇富于一种属于诗的直接感发之力量,故亦仍不失为佳作。至于第三类之作品,则如刘过《沁园春》(斗酒彘肩)(玉带猩袍)(古岂无人)诸作③,则但知铺张叫嚣,既无词之意蕴深微之美,亦无诗之直接感人之力,是以陈廷焯在其《白雨斋词话》中,乃谓刘过之所学但为"稼轩皮毛",并对其《沁园春》诸词,讥之为"叫嚣淫冶"④,像这一类作品,其为失败之作,自不待言。透过以上的例证,我们已可看出词在"诗化"以后,固仍当以其能保有词之双重意蕴者为美。至其已脱离词之双重意蕴之特美者,则其上焉者虽或者仍不失为长短句中之诗,而其下焉者则不免流入于粗犷叫嚣,岂止不得目之为词,抑且不得目之为诗矣,由此可见是否能保有词之双重意蕴之特美,实当为评量"诗化"之词之优劣

---

① 《灵谿词说》,页191—228、401—449,上海:上海古籍出版社,1987。
② 见《全宋词》第3册,页1073、1588、1688,北京:中华书局,1965。
③ 同上书,页2142—2143。
④ 《白雨斋词话足本校注》册上,页110,济南:齐鲁书社,1983。

的一项重要条件。而如我们在前文所言,《花间》派令词之所以形成其双重意蕴之特美,主要盖由于其女性叙写所形成的一种双性人格的特质。至于"诗化"之词,则既已脱离了对美女与爱情之内容的叙写,那么其双重意蕴之特美的形成,其因素又究竟何在?关于此一问题,私意以为"诗化"之词之仍能保有双重意蕴之特美者,其主要之因素,盖有二端。一则在于作者本身原具有一种双重之性格。在这方面,苏、辛二家可以为代表。就苏氏言,其双重性格之形成,主要乃在其同时兼具儒家用世之志意与道家超旷之襟怀的双重的修养。就辛氏言,其双重性格之形成,则主要乃在其本身的英雄奋发之气与外在的挫折压抑所形成的一种双重的激荡。而更值得注意的,则是苏词的儒、道之结合,和辛词的奋发与压抑的激荡,主要盖皆由于在仕途中追求理想而不得的挫伤。如果按照我们在前文所引的利普金氏的"弃妇"心态而言,则苏、辛二家词之双重意蕴之形成,当然也与这种男性之欲求行道与女性之委屈承受的双重心态有着密切的关系。因此苏、辛二家词乃能不假借女性之形象与口吻,而自然表现有一种双重意蕴之美,此其一。二则在于其叙写之语言,虽在"诗化"的男性意识之叙写中,但仍表现出了一种曲折变化的女性语言的特质。在这方面,辛词较之苏词尤有更高之成就。所以苏词有时仍不免有流于率易之处,因而损及了词之特美;而辛词则虽在激昂悲慨的极为男性的情意叙写中,却在语言方面反而表现了一种曲折幽隐的女性方式的美感。我以前在《论辛弃疾词》一文中,对辛词之艺术手段曾有过颇为详细的讨论,以为其对古典之运用,"乃造成了一种与使用美人芳草为喻托的同样的效果";而且在语法句构中又能极尽骈散顿挫的各种变化,更善于将自然之景象与古典之事象及内心之悲慨交相融会[①],因此遂能以横放杰出之姿态,却达成

---

① 见《灵谿词说》,页424—429,上海:上海古籍出版社,1987。

了一种如陈廷焯所说的"发之又必若隐若现,欲露不露,反复缠绵,终不许一语道破"的女性语言之特美。因此遂使得这一类"诗化"之词,具含了一种双重意蕴之美,而这也正是诗化之词的一种成就最高的好词。

以上我们既然从词之写作方面,对"诗化"之词的得失优劣作了简单的论述。现在我们就将从词学方面,对"诗化"之词所引起的困惑和争议,也一加论述。我们首先要讨论的,乃是所谓"本色"与"变格"的问题。如本文在前面所言,早期《花间》词之特色,既以对美女与爱情之叙写为其主要之内容,遂形成了一种以"婉约"方为正格的传统之观念。而苏轼对词之内容的开拓,自然是对《花间》传统的一大变革,如果从这方面来看,则此种目苏词为变格之观念,本来未可厚非。不过,如我们在前文之所论述,《花间》词中同样以叙写美女与爱情为主之作品,既已有优劣高下之分,"诗化"之词在"一洗绮罗香泽"之后的作品中,也同样有优劣高下之分,是则就苏词在内容方面之开拓改革而言,虽可以有"变格"之说,但在优劣之评量方面,则所谓"本色"与"变格"之别,实在并不应代表优劣高下之分。世之以"本色"与"变格"相争议者,便因其未能认清所谓"本色"的婉约之词,并非以其婉约方为佳作,而主要乃在于婉约词中对女性之叙写,往往可以形成一种双重意蕴的美学特质,而其下者则一样可以沦为浅率淫靡。至于所谓"变格"的豪放之词,则其下者固可以沦为粗犷叫嚣,而其佳者则同样也可以具含一种深微幽隐之双重意蕴的词之特美。这是我们在词学的本色与变格之争议中,所当具有的一点基本的认识。

接着我们所要讨论的,则是女词人李清照所提出的"词别是一家"之问题。李氏之说,就文学中之"文各有体"的基本观念而言,当然是不错的。只不过李氏对"词"之"别是一家"的认识,却似乎是只限于外表的区分,如"协律""故实""铺叙"等文字方面的问题,而对于词之最基本的以深微幽隐、富于言外意蕴为美的一种美学之特质,则未能有深入之认知。而缺少了此种认知,不仅影响了其词论之正确性与周密性,而且也影响了李氏自己之词作,使其未能将自己所本有的才能做出更大和更好的发挥。现在我们就将透过李氏自己的词作,来对其词论一加检讨。如我们在前文所言,早期的《花间》词原以女性之叙写为主,是中国各种文类中最为女性化的一种文类。不过值得注意的则是,这种使用女性的语言、叙写女性的形象、富有女性之风格的文体,最早却是在男性作者的手中发展和完成的。至于女性的作者,则不仅以其性别的拘限,不能在以仕隐出处为主题的、属于男性语言的诗歌创作中与男性作者一争短长,而且在极为女性化的文体"词"之创作中,更因其所叙写者多为男女相思怨别之情词,遂因而在传统的礼教中受到了更大的禁忌。即以李清照言,就曾因其在自己的词中对于夫妻间之爱情有较为生动真切的叙写,尚不免遭到词学家王灼所说的"自古缙绅之家能文妇女,未见如此无顾藉"①之讥评。私意以为李清照本有多方面之才华,如其诗、文各体之作,皆有可观,且无丝毫之妇人气,而独于其词作则纯以女性之语言写女性之情思,表现为"纤柔婉约"之风格,此种情况之出现,盖皆由于李氏心目中之存有"词别是一家"之观念,有以致之。而李氏在当时妇女中,无疑地乃是敢于使用此种"别是一家"之文体来直写自己之爱情的一位勇者。本来以女性之作者,使用女性之语言和女性化之文体,来叙写女性自己之情思,自然应该可以在其纯乎纯者之女性化方面,达到一种过人的成就。而且以李氏之喜好与人争胜之性格言,在这方面也必有相当之自觉。关于此点,我们在其极为女性化的尖新而生动的修辞方面,也可以得到证明。不过可惜的则是李氏只知其一,不知其二,只知词之以女性化为好的一面,而忽略了词

---

① 《碧鸡漫志》卷二,页4b,见《词话丛编》第1册。

之佳者更须具有双性化方为好的另一面。不过,李氏在显意识中虽并没有词之佳者以具含双性之意蕴为美的观念,但在隐意识中却实在具含了双性之条件。那就因为李氏所出生的家庭,既是传统士大夫的仕宦之家,而且以李氏在诗、文等各方面之成就而言,也足可证明其幼年必曾接受过很好的传统的教育。而所谓"传统的教育",所诵读者自是充满了男性思想意识之典籍,这我们从李氏所写的诗文中,也可以得到充分的证明。① 因此在李氏之词作中,乃出现了另一类超越了单纯的女性而表现出双性之潜质的作品。清代的沈曾植在其《菌阁琐谈》中论及李氏之词时,就曾将之分别为"芬馨"与"神骏"两类,云:"堕情者醉其芬馨,飞想者赏其神骏,易安有灵,后者当许为知己。"② 其所称赏的"神骏"一类,私意以为就当是我在前文所提出的蕴涵有双性之潜质的作品。如其《渔家傲》(天接云涛连晓雾)一首,可以为此类之代表作。只可惜这一类作品传下来的不多,这一则固可能是由于当日编选易安词者搜辑之未备,再则也很可能是由于李氏自己之限于"词别是一家"之观念,故其所写之词乃以偏于"芬馨"者为多,而偏于"神骏"者则少。是以沈氏之言就词之美学特质来看,固属甚为有见,但就易安言,则或者未必许为知己也。这也就是我在前文何以提出说,李氏只知其一,未知其二,遂使其"词别是一家"之论,乃但及于外表的音律文字之特色而未能触及词之美学本质。因而限制了李氏自己之词的成就,使其才能未能得到更大和更好的发挥的缘故。这是我们对李氏"词别是一家"之论所当具的一点认识。

其三,我们将再看一看周邦彦的"赋化之词"对《花间》派令词之写作方式所造成的改变。从表面来看,这一次改变固仅在于写作方式之

---

① 王仲闻:《李清照集校注》,页 101—182,北京:人民文学出版社,1979。
② 沈曾植:《菌阁琐谈》,见《词话丛编》第 11 册,页 3698。

不同,但如果更深入一点去看,则我们就会发现这一次改变,实隐含有对词之双重与多重之意蕴的深微幽隐之特质的一种潜意识的追求。如我们在前文所言,当柳词以理路分明之铺叙的男性之语言,改变了《花间》一派小词之婉曲含蕴的女性之语言以后,遂使得柳词中对女性与爱情的叙写,失去了《花间》一派令词之幽隐深微的多重意蕴之美,而不免流入于俗俚淫靡。苏轼有见于此,遂致力于内容之开拓改革,想借此以挽救柳词之失。不过苏词之"诗化",基本上乃是以男性之作者来直接叙写男性之思想和情志,因此除非如苏、辛二家在男性思想和情志的本身质素方面,原就具有双重之性质,否则乃极易因缺乏双重意蕴之美,而不免流入于浅率叫嚣,一般词学家之往往将苏、辛一派词目为"变格"而非"本色",其"一洗绮罗香泽"之内容方面的改变,固为一因,其缺少了双重意蕴的词之特美,实当为另一更重要之原因。只不过一般人对于更为重要的次一原因,却并没有明白的反省和认知,于是遂单纯地以"婉约"和"豪放"作为"本色"与"变格"的区分。在此种情况下,一方面既要保持词之"婉约"的"本色",一方面又要接受词之由小令转入长调的文体之演化,而且还要避免柳永之直接铺叙所造成的缺少余韵的浅俗之失,因此遂有周邦彦一派"赋化之词"的兴起,想从写作方式方面来加强词之幽隐深微的特美,以避免柳词对《花间》词女性化之语言加以改变后,所造成的浅俗淫靡之失,以及苏词对《花间》词女性化之内容加以改变后,所造成的粗犷叫嚣之失。于是所谓"赋化"之词在写作方式方面的改变,乃大都以加强词之幽微曲折之性质者,为其改变之主要趋向。即以周邦彦而言,周济即曾称:"美成思力,独绝千古。"又云:"勾勒之妙,无如清真。"[①]此外陈廷焯亦曾称周词之妙处

---

① 周济:《介存斋论词杂著》,页3a,《宋四家词选》附录,台北:广文书局,影印滂喜斋刊本,1962。

乃在其"沉郁顿挫",以为"顿挫则有姿态,沉郁则极深厚"。① 可见以"思力"来安排"勾勒",以增加其"姿态"之变化及意味之"深厚",乃是所谓"赋化之词"在写作之方式上所致力的重点。至于就周邦彦之词而言,则我在《论周邦彦词》一文中已曾对周词作过不少论述。约言之,则其以思力为安排勾勒的特色,大略可分为以下三点:其一是在声律方面好为拗句,及创用"三犯""四犯"甚至"六犯"之曲调以增加艰涩繁难之感。其二是在叙写方面好用盘旋跳接之手法,以增加词之曲折幽隐之性质。其三则是往往以有心之用意写为蕴涵托喻之作。关于以上三点,我在论周词一文中,曾分别举引其《兰陵王》(柳阴直)、《夜飞鹊》(河桥送人处)及《渡江云》(晴岚低楚甸)诸词为例证,分别做过详细的论说②,兹不再赘。

而自周词之写作方式出现以后,南宋诸词人遂不免多受有周词之影响,因而乃造成了赋化之词在南宋之世盛极一时之风气。即以南宋著名之词家如姜夔、史达祖、吴文英、周密、王沂孙、张炎诸人而言,虽然成就不同,风格各异,但就其写作之方式而言,则实在可以说莫不在周词的影响笼罩之中。这种现象之出现,当然自有其外在的社会之因素,即如南宋之竞尚奢靡与结社吟词之风气,当然就都有助于此种以安排勾勒取胜的写作方式之流行③,而除此以外,私意以为实在也有词在发展方面的本身内在之因素的存在。盖以如我在前文所言,自小令之衍为长调,此固为词之发展的必然之趋势,长调之需要铺陈,此亦为写作上必然之要求,而过于直率的铺陈则不免使婉约者流于淫靡,豪放者易流于叫嚣,此亦为一种必然之结果。在此种情形下,"赋化之词"的出

---

① 陈廷焯:《白雨斋词话足本校注》册上,页74,济南:齐鲁书社,1983。
② 见《灵谿词说》,页289—329,上海:上海古籍出版社,1987。
③ 同上书,页547—548。

现,从表面看来虽只是一种写作方式的改变,但实质上却带有一种想要纠正前二类词之缺失的一种作用。如此说来,自然就无怪乎周词之写作方式会对南宋词人造成如此重大之影响了。而在词学方面,则与此种写作方式相应合者,乃有张炎之《词源》与沈义父之《乐府指迷》两种论词专著之出现。综观二书之要旨,如其论句法、字面、用事、咏物,以及论起结、论过变、论虚字等,盖莫不属于如何安排的写作技巧方面之事,而其所以如此重视写作技巧之安排,主要目的又在避免柳词一派之淫靡与苏、辛一派之末流的叫嚣,所以张、沈二家之词论,于重视安排技巧之余,乃又提出了对于"雅"之要求。而南宋词论之所谓"雅",乃是特别重在句法与字面之雅,这与本文前面所举引的王国维之所谓"词之雅郑,在神不在貌"之针对五代北宋词所提出的论点,实在已有了很大的不同。因此张、沈二家之词论,其想要挽救词之末流的淫靡与叫嚣之失的用心,虽然不错,但可惜的是他们只见到了外表的语言文字,而未能对其何以造成了词之末流的淫靡与叫嚣之失的根本原因,也就是缺少了词之以富于引人生言外之想的双重意蕴为美的一种美学的特质,未能有深刻之反省与认知,因此一意致力于安排之技巧与避俗求雅的结果,遂形成了另外一种得失互见的偏差。其佳者固可以借写作技巧之安排,使其原有之情意更增加一种深微幽隐的富于言外意蕴之美,至其下者则因其本无真切之情意,因而遂但存安排雕饰之技巧,乃全无言外之意蕴可言。而且此一类词之深微幽隐之意致,既大都出于有心安排之写作技巧,因此如果用我们在前文所举引的克里斯特娃的解析符号学之说来加以反思,我们就会发现此类词中的符表与符义之间的关系,乃是属于克氏所谓被限制了的"象征的"作用之关系。与《花间》一派歌辞之词的深微幽隐的引人生双重意蕴之想的,属于"空中语"之全然不受限制的自然生发和融会的所谓"符示的"作用关系,其间有了很大的不同。而如果以《花间》词所树立的美学特质而言,则词之美者自当以具含后者之作用关系者,较具含前者之作用关系者尤为可贵。在此种差别中,私意以为对此类"赋化之词"的衡量,遂有了另一层更为深细的标准,也就是说,能在有心安排之写作技巧中,表现有意蕴深微之美者,固是佳作;但如果其符表与符义之间的作用关系过于被拘限,则毕竟不能算是第一流的最好的作品。举例而言,周济在评周密之词时,就曾谓其词如"镂冰刻楮,精妙绝伦",虽"才情诣力,色色绝人,终不能超然遐举"。又在评王沂孙之词时,谓其"思笔可谓双绝","惟圭角太分明,反复读之,有水清无鱼之恨"。① 于是周济在其《介存斋论词杂著》中,乃又提出了从"有寄托"到"无寄托"之说,谓:"初学词求有寄托,有寄托则表里相宜,斐然成章。既成格调,求无寄托,无寄托,则指事类情,仁者见仁,知者见知。"②也就是说学词之人虽可以从有心安排的写作技巧下手,以求其富含幽微深远的言外之意蕴,但同时又要超出有心安排所形成的符表与符义之间的被限制了的作用关系,而使之达到一种可以脱除拘限的自由的作用关系,如此方为此一类"赋化之词"中的最高之成就。而如果以此种标准来衡量,则私意以为周邦彦与吴文英二家之词,实在极值得注意。周词之佳者以"浑厚"胜,虽是以有心安排之写作技巧为之,然而却能"愈勾勒愈浑厚",不仅泯灭了安排的痕迹,而且具含了一种错综变化"令人不能遽窥其旨"的"沉郁顿挫"的意蕴。③ 这自然是在"赋化之词"中的一种可注意的成就。至于吴词之佳者,则能于艰涩沉郁中见飞动之致。所以周济之赞美吴词,乃称:"其佳者,天光云影,摇荡绿波,抚玩无斁,追寻已远。"又云:

---

① 见《宋四家词选目录序论》页 2b 及《介存斋论词杂著》页 4b,《宋四家词选》,台北:广文书局,影印滂喜斋刊本,1962。
② 《介存斋论词杂著》,页 2a,《宋四家词选》,台北:广文书局,影印滂喜斋刊本,1962。
③ 见《宋四家词选目录序论》及《白雨斋词话足本校注》页 74、76(济南:齐鲁书社,1983)。

"梦窗每于空际转身,非具大神力不能。"①况周颐也曾赞美吴词,谓:"其芬菲铿丽之作,中间隽句艳字,莫不有沉挚之思,灏瀚之气,挟之以流转,令人玩索而不能尽。"②这自然也是"赋化之词"中的一种可注意的成就。总之,"赋化之词"虽是以有心安排之写作技巧,改变了《花间》词之"空中语"的以自然无意为之的写作方式,但此类词之佳者,其仍以具含一种深微幽隐难以指说的双重或多重之意蕴为美的衡量标准,则是始终未变的。因此周济所曾提出的"临渊窥鱼,意为鲂鲤,中宵惊电,罔识东西"的一种词所特具的微妙之感发的作用,遂不仅可以适用于"歌辞之词"的佳者,也同样可以适用于"赋化之词"的佳者了。于是词学中之"比兴寄托"之说,遂也从五代北宋之本无托意而可以引人生比附之想的情况,转入为一种纵有喻托之深意,而却以使人难于指说为美的情况了。

通过以上的论述,我们已可清楚地见到,词在不断的演进中,虽然曾经过了三次重大的改变,但无论是柳永的长调之叙写对《花间》令词之语言的改变,还是苏轼的诗化之词对《花间》令词之内容的改变,或周邦彦的赋化之词对《花间》令词之写作方式的改变,尽管他们的这些改变,已曾对《花间》词之女性叙写与双性心态作出了层层的背离,可是由《花间》词之女性叙写与双性心态所形成的,以富含引人联想的多层意蕴为美的一种美学特质,则始终是衡量词之优劣的一项重要的要求。过去的词学家们之所以会对于词之雅郑的问题,词之比兴寄托的问题,词之本色与变格的问题,词在诗化与赋化以后当如何加以评赏和衡量的问题,张惠言与王国维二家说词之以不同的方式重视言外之感发的问题,不断地产生种种困惑与争议,私意以为盖皆由于旧

---

① 《介存斋论词杂著》,页3b,《宋四家词选》,台北:广文书局,影印涉喜斋刊本,1962。
② 况周颐:《蕙风词话》卷二,页48,香港:商务印书馆,1961。

日的词学家,不敢正视《花间》词中之女性叙写,未尝对之作出正面的美学特质之探讨的缘故。希望本文透过西方女性主义文评,对于中国之"词"这种特别女性化之文类的美学特质之形成与演变所作出的一番反思,对于解答旧日词学中的这些困惑与争议的问题,能够提供一点帮助。

关于中国文学批评之有待于西方理论的补充和拓展,早在1960年代,当我撰写《从比较现代的观点看几首中国旧诗》一文时,就早已有了此种认知。① 其后在1970年代初,当我撰写《王国维及其文学批评》一书时,更曾在书中第二篇之第一章,对此一问题做过相当理论性的探讨。② 不过,不久以后我就注意到了有些青年学习者在盲目引用西方理论来评析中国古典诗歌时,往往会因旧学根柢之不足,而产生了许多误谬和偏差,因此我遂又撰写了《关于评说中国旧诗的几个问题》一篇文稿,想对此种偏差加以劝导和纠正。③ 而其后自1980年代初,我与四川大学缪钺教授合撰《灵谿词说》以来,遂久久不复引用西方之文论。然而时代之运转不已,就目前世界情势言,中国之古典文学批评确实已面临了一个不求拓展不足以更生自存的危机。因此近年来我遂又接连写了几篇在西方理论之观照中,对中国传统文学批评加以反思的文稿。④ 这些文稿如果从传统的眼光来看,也许会不免被目为荒诞不经,而如果从现代的眼光来看,则似乎与西方理论也并不完全相合,而我的用意则本是取二者之可通者而融会之,而并非全部的袭用,所以我不久前在《论纳兰性德词》一篇文稿中,就曾写有"我文非古亦非今,言

---

① 见《迦陵论诗丛稿》,页240—275,北京:中华书局,1984。
② 见《王国维及其文学批评》,页122—145,香港:中华书局,1980。
③ 见《中国古典诗歌评论集》,页109—159,香港:中华书局,1977。
④ 见《中国词学的现代观》,台北:大安出版社,1988。

不求工但写心"两句诗①。而我现在则更想引用克里斯特娃的两句话来作自我辩解,那就是:"我不跟随任何一种理论,无论那是什么理论。"②

1991年9月3日完稿于哈佛燕京图书馆
原载1992年2月台湾出版之《中外文学》第20卷第9期

[附注]

本文写作之动机盖始于1990年之春,当时我在温哥华曾举行过一次标题为"词中之女性与女性之词人"的系列讲演。其后于暑期中乃开始动笔写作,而未几即应台湾清华大学之聘,赴台湾讲学。又曾赴大陆参加辛弃疾词学术会议,琐事忙碌,遂将写作搁置。直至1991年春假,倏惊光阴又易逝,乃决定利用春假期间闭户不出,陆续以将近二周之时间,完成文稿之大半。乃不慎在来往旅行途中,先后将已写成之文稿及补写成之文稿两度遗失,遂致一直拖延至1991年8月底始将全稿完成。借用一句《圣经》上的话来说,这一篇文稿对我而言,可以说乃是"死而复活,失而又得"的,故谨为此记,以为个人两次遗失文稿的不慎之戒。

作者谨识

---

① 《论纳兰性德词》,见《中外文学》第19卷第8期,页30,台北:《中外文学》月刊社,1991。

② 所引克氏之语见于《语言之意欲》(Desire in Language)一书(ed. by Leon S. Roudiez, trans. by Thomas Gora, Alice Jardine & Leon S. Roudiez, New York: Columbia University Press, 1980)页1。

对传统词学中之困惑的理论反思

"对传统词学的理论反思",这是我近年来颇感兴趣的一个研读课题。本来这些年来,我已曾对此课题作过多次报告,并发表过一些论文,但讲话之内容既往往不免过于零乱,论文之叙写又往往失之繁复,何况我所谈论和叙写的又大多是我近年来在研读和反思中的一些一己之见。因而在零乱的讲述与繁复的叙写中,或者不免会使听者与读者都产生一些疑问,所以乃决定再写此一篇文稿,来对这一课题再做一次扼要的综合叙述。

我以为,中国的词学乃是从困惑中发展下来的,至于其困惑之情况,则可以分几个阶段来加以说明:第一个阶段是对于由《花间》词发展下来的,以叙写美女与爱情为主的艳歌小令的困惑。这种困惑的由来,主要乃是由于这些小词中所叙写的美女与爱情的内容,与中国传统文学批评中所重视的"诗以言志"及"文以载道"之观念,既全然抵牾不合,因而乃使得一些论词的人,对词之文学价值与意义,完全失去了评量的依据。而在这种困惑中,遂有不少喜欢填写歌咏之词的人,纷纷起而为之作出许多不同性质的辩解之说。关于这种困惑与辩解之言,在宋人笔记中有不少记述。即如魏泰《东轩笔录》就曾载有王安石与友人谈话时,曾提出过"为宰相而作小词,可乎"的困惑之言[①];胡仔《苕溪渔隐丛话》中,则曾载有蒲传正对晏殊的"绿杨芳草长亭路,年少抛人

---

① 魏泰:《东轩笔录》卷五,见《笔记小说大观》第28编,第1册,页337。

容易去"二句词之讥讽,谓其为"妇人语",因而引起了晏殊之子晏几道想要引用白居易诗中指"少年"光阴的"年少"之意,来解说他父亲的指少年郎的"妇人语"的强辩之言①;再如释惠洪《冷斋夜话》中,也曾载有道人法云秀劝黄山谷不可写艳歌小词,而黄山谷则用"空中语"来作自我解说的强辩之言②;此外张舜民《画墁录》中还曾载有晏殊与柳永的一段问答,晏殊把自己所写的美女与爱情的歌辞,与柳永所写的美女与爱情的歌辞俨然作出了雅郑高下的区分,说"殊虽作曲子,不曾道'针线闲拈伴伊坐'"③。以上种种叙述,当然都反映了词学中对早期写美女与爱情的歌咏之词的困惑。

第二阶段之困惑,则是由苏轼的"一洗绮罗香泽之态"的作品对早期歌咏之词的风格与内容作出了绝大的改革之后而开始的。苏轼不再用歌女之口吻的"妇人之语"来写作歌辞,而是把词之写作也当做抒怀言志的一种方式。这一类作品,我曾试称之为诗化之词。本来歌咏之词之转向诗化,可以说也原是一种自然之趋势。因为一个作者在习惯于歌咏形式之创作后,当他在生活中遇到了某些使之极为感动的重大事件时,便不知不觉也会用歌咏之形式,写出了自抒怀抱与情感的诗篇。即如《花间集》的歌咏之词中,岂不也早就出现了后蜀鹿虔扆之悼念前蜀败亡的《临江仙》(金锁重门荒苑静)之词作?到了南唐李煜所写的自伤亡国之作,当然更是把词体当做自我抒写情志的诗篇,所以王国维在《人间词话》中,才会对李煜的词说出了"遂变伶工之词而为士大夫之词"④的评语。不过这些早期的诗化之词,原来并未引起人们的

---

① 胡仔:《苕溪渔隐丛话·前集》卷二六,页178,北京:人民文学出版社,1962。
② 释惠洪:《冷斋夜话》卷一〇,见《笔记小说大观》第22编,第1册,页642。
③ 张舜民:《画墁录》,引自许士鸾《宋艳》卷五,同上书第28编,第44册,页6203。
④ 王国维:《人间词话》,见唐圭璋编《词话丛编》第5册,页4242,北京:中华书局,1986。

丝毫困惑。但自苏轼之词出现后,却在词学中引起了一片争议之声。即如陈师道在其《后山诗话》中就曾说:"退之以文为诗,子瞻以诗为词。如教坊雷大使之舞,虽极天下之工,要非本色。"①胡仔在其《苕溪渔隐丛话·后集》中,也曾引有一段李清照词论中评苏轼词的话,说苏词乃是"句读不葺之诗耳",而词则"别是一家"。② 于是在苏轼词之向诗宣告靠拢与李清照词之向诗宣告背离之间,词学家们对词体之美学意义与价值之究竟何在,遂又产生了另一层新的困惑和争议。

至于第三阶段的困惑,则私意以为乃是由周邦彦对于词之写作的方式有所改变而引起的。本来中国传统诗歌之写作,一向是以直接自然之感发为写诗之主要动力的,如刘勰在《文心雕龙·明诗》一篇中,就曾明白地提出说:"人禀七情,应物斯感。感物吟志,莫非自然。"③钟嵘在《诗品序》中,也曾明白地提出说:"观古今胜语,多非补假,皆由直寻。"④可见诗歌之创作,无论就创作时情意之引发或创作时表达之方式而言,在传统方面乃是一向都以具含一种直接的感发力量为主要之美感质素的。这即使到以后歌咏之词的出现,虽然在内容观念上突破了诗歌之伦理教化的言志的传统,但在写作方式上,则反而正因其只是歌酒筵席间的游戏笔墨而更有了一种不经意而为之的自然之致。至于苏轼所开拓的诗化之词,当然就更具有传统诗歌中之自然感发的特质。可是周邦彦的词却为词之写作另外开拓出了一种以思力来安排勾勒的写作方式。周邦彦另外也长于写赋,曾经写有著名的《汴都赋》。赋与诗之主要不同,本就在于诗是"感物吟志",其写作之动力与美感之美

---

① 陈师道:《后山诗话》,见《笔记小说大观》第9编,第6册,页3671—3672。
② 胡仔:《苕溪渔隐丛话·后集》卷三三,页254,北京:人民文学出版社,1962。
③ 刘勰:《文心雕龙·明诗》,见周振甫《文心雕龙注释》,页48,北京:人民文学出版社,1981。
④ 钟嵘:《诗品序》,见古直《钟记室诗品笺》,页16,台北:广文书局,1968。

质,皆以自然之感发为主;而赋则是"体物写志"①,其写作之方式乃是以铺排勾勒之思力安排的写作方式为主的。所以我曾经试称周邦彦所开拓出来的这一类词为赋化之词。而这种写作手法,则曾对南宋的姜夔、史达祖、吴文英、王沂孙、周密、张炎诸家喜欢写慢词的作者,产生了极大的影响。② 而后世的词学家对于这一类词的好恶及评价,则产生了很多不同的看法。如清初朱彝尊之论词,极力推尊南宋之姜夔、张炎,却忽视此派之创始者周邦彦。③ 其后常州派张惠言之论词则欲以南宋王沂孙诸人赋化之词的比兴寄托的写词之法来解说五代北宋的一些歌咏之词。④ 至于清末民初的王国维,则对南宋诸家之以安排勾勒之手法所写的一些慢词,乃全然不能欣赏。凡此种种,当然都反映了第三阶段赋化之词出现后在词学中所引起的一些重要的困惑。

如果我们对以上所述及的这些多方面的困惑一加反思,我们就会发现这些困惑之所以产生的一个最基本的原因,实在是由于在中国的文学批评传统中,过于强大的道德观念压倒了美学观念的反思,过于强大的诗学理论妨碍了词学理论之建立。因此要想解开词学中的这些困惑,首先我们就应该先将诗学中的一些传统观念抛开,而对词之美感特质一加探索。说到词之美感特质的形成,我们自不能不追溯到《花间集》对后世之词与词学所造成的深远的影响。早在宋代陈振孙的《直斋书录解题》中,便曾称《花间集》为"近世倚声填词之祖"⑤,近人赵尊

---

① 刘勰:《文心雕龙·铨赋》,见周振甫《文心雕龙注释》,页80,北京:人民文学出版社,1981。
② 叶嘉莹:《论吴文英词》,见《灵谿词说》,页489—506,上海:上海古籍出版社,1987。
③ 叶嘉莹:《论浙派创始人朱彝尊之词与词论及其影响》,《中国文化》1995年第11期。
④ 叶嘉莹:《常州词派比兴寄托之说的新检讨》,见《迦陵论词丛稿》,页317,上海:上海古籍出版社,1980。
⑤ 陈振孙:《直斋书录解题》卷二一,页581,上海:商务印书馆,1939。

岳在其《词籍提要》中,在叙及《花间集》时也曾说:"盖论词学者,胥不得不溯其渊源,渊源实惟唐五代,当时词人别集莫可罗致,则论唐五代词者,舍兹莫属。"①因此我们要想解开中国词学中的多种困惑,自然也不得不从《花间集》之美学特质来寻求解答。

根据欧阳炯为《花间集》所写的序文来看,此一集编选,原来只是"庶使西园英哲用资羽盖之欢,南国婵娟休唱莲舟之引"而编录的一册供歌唱的"诗客曲子词"。② 正因为这些作品是要交给歌女去歌唱的曲子,故其所写之内容乃大多为女性之形象与女性之情思,而其语言遂亦大多为假借妇人之口吻而叙写的女性的言语。可是若就作者而言,则《花间集》所收五百首歌辞的十八位作者,却并无一个女性。私意以为正是这种微妙的情形,使得《花间集》的作品,为中国早期的词作奠立了一种极为微妙的美学特质。关于这一种美学特质的探索,数年前我在所写的《论词学中之困惑与〈花间〉词之女性叙写及其影响》一文中,曾经引用西方女性主义文论作过一些探讨。③ 首先就女性形象而言,1960年代中李丝丽·A.费德勒(Leslie A. Fiedler)在其《美国小说中的爱与死》(*Love and Death in the American Novel*)一书中,就曾指出男性作者在其文学作品中所叙写的女性形象,对于女性有一种歧视的扭曲④;其后于1980年代中,玛丽·安·佛格森(Mary Anne Ferguson)在其《文学中之女性形象》(*Images of Women in Literature*)一书中,则更曾将文学中之女性分别为多种类型,她以为传统的男性作品中之妇女形

---

① 见《词学季刊》第三卷第三号,页55,台北:台湾学生书局,1967年影印本。

② 《花间集序》,见华连圃《花间集注》,页1,上海:商务印书馆,1935。

③ 叶嘉莹:《论词学中之困惑与〈花间〉词之女性叙写及其影响》,见《词学古今谈》,页441,台北:万卷楼图书公司,1992。

④ Leslie A. Fiedler, *Love and Death in the American Novel*, New York: Stein and Day, 1966.

象,主要不外乎母亲、妻子、爱之偶像与性对象等等固定的形象①。西方文论中的这些论述,遂引起了我对中国诗歌中之女性形象的一些反思。我以为《诗经》中所叙写的女性,无论其作者为男为女,其所写者大多是具有明确之伦理身份的现实生活中之女性形象,其叙写之方式亦大多以写实之口吻出之,这是一类女性的形象。《楚辞》中所叙写之女性,则大多为非现实之女性,其叙写之方式,乃大多是男性作者以喻托之口吻出之,这是又一类女性的形象。南朝乐府之吴歌西曲中所叙写之女性则大多为恋爱中之女性,其叙写之方式大多为女子之自言,而并非出于男性的诗人文士之手,这是又一类女性的形象。至于宫体诗中所叙写之女性,则大多为男子目光中所见之女性,其叙写之方式乃大都是以刻画形貌的咏物之口吻出之,这是又一类女性之形象。到了唐人的宫怨和闺怨中所叙写之女性,则除少数作品有喻托之性质外,其余大多亦属于在现实中具有明确之伦理身份的女性,其叙写之方式则大多是以男性诗人为女子代言之口吻出之,这是再一类女性之形象。如果以词中所叙写之女性形象,与以上各文类中之不同的女性形象相比较,我们就会发现一种奇妙的现象,那就是词中所写的女性乃似乎是一种介于现实与非现实之间的美色与爱情的化身。因为如我在前文所言,《花间集》所编录的既是为了交付给歌女去演唱的"诗客曲子词",其作品中所叙写的自应是那些当筵侑酒的歌儿酒女之形象,如此说来则此一类女性自当为现实中之女性。可是这一类女性却又并无家庭伦理之任何身份可以归属,她们只不过是供男子们寻欢取乐之对象而已。而《花间集》中的作品,则正是出于那些寻欢取乐的男性作家之手,因此其写作之重点便自然脱除了伦理之关系,而一意集中于对女性之美色与爱情的叙写。"美"与"爱"则恰好又是最富于普遍之象喻性的两

---

① Mary Anne Ferguson, *Images of Women in Literature*, Houghton Mifflin Co., 1986.

种品质,因此《花间集》中所写的现实中之女性形象,遂具有并暗含了使人可以产生非现实之想的一种潜藏的象喻性。这种微妙的作用,可以说是《花间集》中关于女性形象的叙写所形成的词之美感作用的第一点特质。

  再就《花间集》中所叙写的女性情思而言,此一册词集中所收录的,既大多是交付给歌儿酒女们去歌唱的歌辞,故其所叙写者乃大多亦为歌儿酒女之情思。就一般情况而言,诗人文士们对于歌儿酒女之感情,本多为逢场作戏之性质,并没有欲与之相结合的恒久的爱情可言。所以在敦煌曲子中那些真正出于歌儿酒女之口的歌辞,本都是对薄情男子的责怨。如《敦煌曲子词》中的两首《望江南》词("莫攀我"及"天上月"),其中所写的"恩爱一时间"及"照见负心人"等词句,所表现的就都是一些歌伎酒女们对于那些一度欢爱后便抛人而去的男子们的责怨。① 可是《花间》词的作者却往往正是那些抛人而去的男性的诗人和文士,因此当他们也尝试仿效女子的口吻来写那些歌儿酒女们的情思时,就产生了极值得注意的两种现象:其一是他们大多把那些女性涂抹了一层理想化的色彩,一方面极写其姿容衣饰之美,一方面则极写其对男性情人的相思情意之深,而男子自己的自私和负心,以及由此而引起的女子对男子的责怨,则都略去不提。于是他们在词中所叙写的女性,遂成为一个忠贞而挚情的美与爱的化身,而不再是如敦煌曲中所表现的充满不平和怨意的既供人取乐又遭人抛弃的现实中的风尘女子。这是第一点值得注意之处。其二则在中国诗歌之传统中,当其叙写一个虽被男子所抛弃而对此男子一直怀着忠贞的挚爱,一直在相思期待之中的女子时,也往往会含有一种以男女喻君臣,以弃妇喻逐臣的寄托之意。曹植《七哀》诗中所写的自叹"当何依"的"贱妾"和《杂诗》中所写

---

① 任二北:《敦煌曲校录》,页58—59,上海:上海文艺联合出版社,1955。

的自叹"为谁发皓齿"的"佳人",就是最好的例证。① 因此《花间》词中所写的这些相思怨别的女性的情思,遂在熟悉于诗歌中以女子为喻托之传统的读者之阅读中,往往也竟然有了一种喻托的联想。关于这两种情思的相近之处,我曾引用西方劳伦斯·利普金在其所写的《弃妇与诗歌传统》一书中对于弃妇形象之论述,作过一些讨论。② 利氏以为男性诗人都喜欢在作品中使用弃妇的形象,正是因为在一些失意的男性的内心深处原有一种与弃妇相近的情思。③ 因此《花间》词中所写的相思怨别之情,遂在诗歌传统的弃妇与逐臣的联想以外,更有了一种作者把自我内心之不得志的情思,在无意中也流露了出来的可能性。以上这些微妙的作用,可以说是《花间集》中关于女性情思的叙写所形成的词之美感作用的第二点特质。

此外若更就《花间》词的语言来看,则《花间》之语言,也曾经对以后词之语言的女性化产生了很大的影响。本来男性与女性的语言之论争,也是西方女性主义文论中的一个重要论题。特丽·莫艾在其《性别的/文本的政治:女性主义文学理论》一书中,就曾提出说一般人以为男性的语言所代表的乃是理性、秩序和明晰,而女性语言所代表的则是非理性、混乱和破碎④,莫氏从女权之争来看此问题,所以认为一般人之观念并不完全正确。但如果我们撇开女权的问题不谈,而单纯只就词的语言之美感特质来谈,若以词与诗相比较,则诗之多以五七言为

---

① 曹植:《七哀》及《杂诗》,见黄节《曹子建诗注》页2,9,上海:商务印书馆,"蒹葭楼丛书"本,1930。
② 叶嘉莹:《论词学中之困惑与〈花间〉词之女性叙写及其影响》,见《词学古今谈》,页467,台北:万卷楼图书公司,1992。
③ 同上书,页468。
④ Toril Moi, *Sexual/Textual Politics: Feminist Literary Theory*, London & New York: Routledge, 1988.

主的整齐的句式,以及其多为隔句叶韵的整齐的韵脚,无疑乃是一种整齐明晰的属于男性的语言;而词则多为长短参差的不整齐之句式,而且既不限定隔句叶韵之定式,更且还可以在一篇中改变叶韵之韵脚的韵部,如此说来,词与诗相较自当是一种较为零乱破碎的属于女性的语言。关于形成这种形式上之差异的因素,我在多年前所写的题名为《谈吟诵之传统与诗歌之感发作用》一文中,也曾有所论述。① 在该文中我曾经引用过郭绍虞先生在《永明声病说》中的一段话,说"自诗不歌而诵之后,即逐渐离开了歌的音节,而偏向到诵的音节",又说"歌的韵可随曲协适,故无方易转",而"诵的韵须分析得严,故一定难移"。② 所以早在宋代王炎的《双溪诗余·自序》中,就已曾说过"长短句宜歌而不宜诵,非朱唇皓齿无以发其要眇之声"③。也就是说词之句法韵式之与诗的差异,是由于受了音乐的影响,而也就正由于词与诗的这种形式方面的差异,所以形成了词的一种"要眇"的美感方面的特质。所以王国维在《人间词话》中就曾说"词之为体,要眇宜修",又说"诗之境阔,词之言长"。④ 也就是说词之"要眇"的美感特质,更富于一种悠长的言外之情思。而因此也就使得"词"这种文学体式,由于其女性语言的外在形式,遂影响其美感性质更富于了一种女性的特殊美。因此缪钺先生在其《诗词散论·论词》一文中,就曾特别指出"诗"与"词"之不同性质,说"诗显而词隐,诗直而词婉,诗有时质言,而词更多比兴。

---

① 叶嘉莹:《谈吟诵之传统与诗歌之感发作用》,台北:《中外文学》第251期,1992。
② 郭绍虞:《永明声病说》,见《照隅室古典文学论集》上编,页224,上海:上海古籍出版社,1983。
③ 王炎:《双溪诗余·自序》,见金启华、张惠民、王恒展等《唐宋词集序跋汇编》,页170,台北:台湾商务印书馆,1993。
④ 王国维:《人间词话》,见《词话丛编》第5册,页4258,北京:中华书局,1986。

诗尚能敷畅,而词尤贵蕴藉"①。这可以说是《花间》词由于语言而形成的词之美感作用的第三点特质。

从以上的叙写,我们既看到了中国的"词"这种文学体式,在早期《花间集》之作品中,已由于使用女性之语言来叙写女性的形象与女性的情思,而形成了一种要眇幽微的美感特质。有了这种认识以后,我们就可以对前文所述及的中国的词与词学在演进之途中所形成的几度困惑一加反思了。

首先就歌咏之词而言,《花间》词中之温、韦与北宋初期之晏、欧,其作品大多富于一种幽微要眇之致,引人生言外之想,而《花间》词中之欧阳炯与北宋之柳永等人之作品则令人有淫靡之讥。这其间之差别可以分为两点来加以分析。其一,就叙写之口吻与情思而言,温、韦、晏、欧的一些引人生言外之想的佳作,大多是以女性口吻所写的女性情思,因而遂产生一种微妙的作用,那就是前引利普金氏的《弃妇与诗歌传统》一书中所提出的,男性作者往往假女性之形象而流露自己内心深处的某种与弃妇相近的幽约怨悱而难以言说的情思,而欧阳炯的作品则往往直写男子之情欲。此其差别之一。其二,就外在的语言形式而言,温、韦、晏、欧所写者多为短小之令调,其语言典雅而精简,而柳永之长调慢词,其语言则大多平直而浅俗,所以虽同样是写一个懒梳妆的美女的形象,而温词之"懒起画蛾眉,弄妆梳洗迟"则引人生托喻之想,柳词之"暖酥消、腻云嚲,终日厌厌倦梳裹"则引人生淫靡之诮。此其差别之二。有了这种认识,我们自然就解答了歌咏之词中某些作品何以易于引人生言外之想,以及何以有雅郑之分的困惑了。

再就诗化之词而言,私意以为诗化之词之引人产生困惑的原因,也可分两点来讨论:其一,就作者方面言,苏轼之有意以诗化为词,自然有

---

① 缪钺:《诗词散论》,页3,香港:太平书局,1962。

其想要改变柳词的淫靡之风的一种用心。不过苏轼对词之美感特质的深层因素,却未能有深刻的认知,因此其所致力者遂仅只是内容方面的拓展,而殊不知柳词之所以引人生淫靡之消,实在并不完全是由于其所写的内容,而同时也与其语言形式有着密切之关系,固已如本文前面之所论述。同样写懒梳妆之美女既可以有雅郑之分,所以同样写怀抱志意的诗化之作,自然也就可以有成功与失败之分了。即如苏氏自己的词作,其篇幅较短之作品,如《江城子》(老夫聊发少年狂)及同调之另一首(十年生死两茫茫)①,无论其为写出猎之豪情,或悼亡之哀思,都表现了一种近于诗体的直接感发之力量,虽缺少词体的要眇幽微之特美,然自不失为诗化之词中的佳作。至如其篇幅较长之作品,如《满庭芳》之"蜗角虚名,蝇头微利,算来着甚干忙"及同调的另一首之"香暖雕盘,寒生冰筯,画堂别是风光"②,则无论其所写者之为自己的襟抱,或歌舞之宴乐,乃皆不免有浮率之病矣。私意以为此中成败之差别,实在与词调之语言形式有着很大的关系。《江城子》之词调,其格式多用三字、五字或七字句,与诗之节奏相接近,所以容易形成一种直接感发之效果,这正是此一类诗化之词之所以容易获得成功的一个主要原因。至于《满庭芳》之词调,则其格式多为四字或六字句,即使偶有七字句,但其停顿亦多为三四之节奏,与诗之七字句的四三之节奏迥然不同。如此则在篇幅较长之叙写中,既不能产生如诗之节奏的直接感发之力量,则平直的散文句式的叙写,自然就不免会产生浅露浮率之弊了。苏轼对词之拓展之所以成败互见,就正由于苏氏只注意到内容之拓展,而未能留意到语言形式与词之美感特质也有着密切之关系的缘故。不过,苏氏之长调的词虽有失败之作,但也有不少成功之作。即如《八声

---

① 见《全宋词》第 1 册,页 299—300,北京:中华书局,1965。
② 同上书,页 278。

甘州》(有情风万里卷潮来)、《水龙吟》(似花还似非花)及《永遇乐》(明月如霜)诸词①,则无论其内容之为抒怀、咏物或怀古,也无论其语言形式之为三字、五字、七字之近于诗的节奏停顿,或者为四字、六字之近于散文的节奏停顿,不仅都写得非常成功,而且还同时兼有了诗之直接感发与词之要眇深微的两种特美。这一类作品之成功,私意以为就苏轼而言,实在并非有心求之而得。因为如我们在前文所言,苏氏之拓展原来所注意的只是内容方面之开拓与改变,并未曾对词之美感特质方面加以深刻的反思。这自然是使得苏氏之拓展不免有流于失败之作的主因。但值得注意的则是,苏氏在诗化的拓展中却于无意间与词之另一种美感特质的因素有了一种微妙的巧合,那就是苏氏所自我抒写的情思,与本文前面在分析《花间》词之美感特质时所提出的属于女性之情思的特质,有了一种暗合之处。《花间》词中所写的女性情思大多是女子对男子之相思的怨情,而如果按本文前面所引的利普金氏的"弃妇"之说来看,则失志不得意的男子原来也正有着一种与之相近似的怨情。苏轼在北宋的新旧党争中,迭遭迁谪,既曾罹乌台之狱,又曾远逐海南。苏氏虽善于以旷放自解,然其内心深处亦必自有一种挫伤失志之难言的情思。所以夏敬观之评苏词,乃谓其"正如天风海涛之曲,中多幽咽怨断之音"②。这正是苏词何以能在某些旷放的诗化之作中,却同时也兼有了词的幽微要眇之美的主要原因。也就是说苏词中的一些兼具诗与词之两种特美的成功之作,乃是由于在其情思之本质方面,原就具有了一种要眇幽微的词之特质的缘故。透过以上的论述,我们自可见到,苏氏对词的诗化之拓展,其所以不免于优劣成败互见,原来乃是由于就作者而言,苏氏本身对于词之美感特质就并没有深刻

---

① 见《全宋词》第1册,页297、277—302,北京:中华书局,1965。
② 龙榆生《唐宋名家词选》引《映庵手批东坡词》,香港:商务印书馆,1958。

的反思与认知之故。其二,再就读者而言,则如本文前面所引的陈师道与李清照诸人,乃对苏氏的诗化之作全取否定之态度,这自然是由于此类读者对于诗化之词中也可以具有并暗含有词的要眇深微之美的一点无所认知之故。至于另一类读者,如《酒边词序》之作者胡寅者流,则又往往对苏氏的"一洗绮罗香泽之态,摆脱绸缪宛转之度"的作品,只注意其内容方面之拓展,乃不论其优劣成败,便都一律加以赞美[①],则又是对于词之为体之以要眇深微为美,失此特美便易流于浅薄粗率之弊的一点无所认知之故。当我们对诗化之词的读者之反应也做了以上的分析之后,我们自然就可以归纳出一个结论来了。那就是诗化之词,就作者而言之不免成败互见,就读者而言之不免毁誉参半,原来乃是由于作者与读者双方对词之美感特质都未能作出深刻之反思与辨析。明乎此,则诗化之词之何以会形成毁誉参半及成败互见之困惑,自然也就得到解答了。

更就赋化之词而言,此一类词之引生困惑的原因,也可以分作两方面来加以讨论:其一,就作者而言,私意以为周氏在长调慢词之写作中,其使用安排勾勒的手法,乃是有意为之的。我之为此言,还不仅只是指其安排之手法技巧之为有意,而是指其在写作长调之作品时,其所以要采用此种手法技巧,乃是出于对长调慢词之美感特质之一种体认而有心为之的。因为从周氏之词的整体成就来看,周氏并不是一位不能写出自然感发之佳作的作者,即如他所写的一些短小的令词,如其《浣溪沙》之"楼上晴天碧四垂",《望江南》之"游妓散,独自绕回堤",《少年游》之"南都石黛扫晴山",《醉桃源》之"冬衣初染远山青"诸词[②],就都是充满自然感发的清新流利的作品。可是当他写作长调时,则完全采

---

① 胡寅:《酒边词序》,汲古阁校选味闲轩藏版《宋六十名家词》,第2集,第5册,页2b。
② 见《全宋词》第2册,页600、599—607,北京:中华书局,1965。

用了另一种手法,不仅多以思力来安排勾勒,而且在安排勾勒中,还有一种有心要追求拗涩的意味。至于其追求拗涩的方法,则有两种情况。一则是在叙写的结构方面之追求繁复曲折,所以陈廷焯的《白雨斋词话》之评周词,即曾云"美成词,有前后若不相蒙者",又云"美成词,操纵处有出人意表者"。① 即如其最为著名的《兰陵王》一词,说者对其究竟为"行客之辞"或"送客之辞"就曾引起过不少争论。② 则其结构方面之繁复曲折自可想见。再则是在音声方面之追求艰难拗涩。周氏自己通晓音律,这种追求音声之艰难拗涩的情况,在他自己所创的曲调中尤为明显。即如前文所举引之《兰陵王》一词,便不仅结构繁复,而且难于歌唱,毛开《樵隐笔录》即曾谓此词"末段声尤激越,惟教坊老笛师能倚之以节歌者"③。再如其另一名作《六丑·蔷薇谢后作》一词,就也以难于歌唱著称。周密《浩然斋雅谈》就曾记载说,徽宗"问《六丑》之义,莫能对时,急召邦彦问之,对曰:'此犯六调,皆声之美者,然绝难歌。'"④而且除乐调之艰涩外,周氏在四声平仄方面亦喜用拗句,夏承焘先生在《论唐宋词字声之演变》一文中,也曾提出说:"清真益出以错综变化,而且字字不苟。"又曾举引周氏词中诸拗句云:"总之,四声入词,至清真而极变化。"⑤虽然周氏自己对其追求拗涩的用心未曾做过任何理论的说明,但我们如果结合本文前面论及柳永一派写男女柔情之长调之易流于淫靡,与苏轼派写胸襟怀抱之长调之有时亦不免流于浅率的情形来看,我们就可以认识到长调之词之所以易于产生此两种

---

① 陈廷焯:《白雨斋词话足本校注》册上,页79—83,济南:齐鲁书社,1983。
② 同上书,页76—78。
③ 同上。
④ 周密:《浩然斋雅谈》卷下,页46,上海:商务印书馆,《丛书集成初编》第2541册,1936。
⑤ 夏承焘:《唐宋词论丛》,页67、76,北京:中华书局,1965。

流弊,原来自有其形式上的一些因素。那就是由于长调的句法音节,往往多近于散文化,若全以直笔叙写,则既缺少了诗的直接感发之美,也失去了词的要眇深微之美的缘故。而周氏之在结构方面之追求繁复曲折与在音声方面之追求艰难拗涩,则固应正是对于上述流弊的一种挽救之方。而且周氏身经新旧党争之变,所以他的一些对政海波澜的感慨,也就恰好借着这种繁曲拗折的形式,形成了一种要眇深微之意境。这自然是周氏的成功之所在。不过,周氏对他自己的这种安排勾勒的写作方式,既未曾有任何理论的说明,因此后世之模仿周词者,遂往往只知模仿其繁曲拗折的安排勾勒的写法,而缺少了本质的深曲的情思,于是自然就使得此类赋化之词产生了雕琢空疏之弊。这种情况当然是赋化之词在作者方面的困惑。其次,再就读者而言,如本文在前面所曾论述,中国的诗歌传统一向本是以富于直接感发之力量为美的,在此种强大的影响之下,一般读者对于赋化之词的艰涩拗折的叙写方式,自然怀有一种本能的反抗之心理,但对于周氏之所以要以此种方式写作的美感因素,却大多并不曾加以深思。直到清初的朱彝尊氏之出现,才开始对于小令与长调两种不同体式的不同的美感特质,有了初步的认知,所以朱氏乃在他的一些词论中,提出了"小令宜师北宋,慢词宜师南宋"的说法。① 也就是说他已经初步认识到了小令与慢词在写作的方式上应该有所不同。只不过他所标举的慢词的模范,乃是南宋的姜夔和张炎,而对北宋的赋化之词的写作方式之创始者周邦彦竟不置一论。这就因为朱氏的词论原来受了他自己主观的一点局限,他过于重视语言的骚雅,而对于在情思方面所要求的要眇深微之本质的重要性未能有深刻的认知。周邦彦之时代较早,其词作中有一部分作品不免仍留

---

① 见朱彝尊《鱼计庄词序》《水村琴趣序》及《书东田词卷后》等文字中。《曝书亭集》卷四〇,页665、666及卷五三,页860,台北:台湾商务印书馆,1966。

有早期俗曲中的语言,我想这很可能是朱氏之所以将周氏之词置之不论的一个主要的原因。至于周词长调在繁曲拗折之形式中所表现的要眇深微之美,如前文之所叙及者,则反而未受到朱氏之注意,这自然不能不说是朱氏词论中的一个盲点。① 而朱氏所倡导的标举姜、张的浙派之词,遂终于落入了雕砌空疏之弊,自然也就无怪其然了。不过,朱氏毕竟还注意到了慢词之写作方式应与令词有所不同的另一种美感特质。至于朱氏以后的词学家,虽然亦不乏有见之士,但真正能注意到慢词与令词在美感特质上之差别而作出明白之论述者,则极为罕见。其后常州派词学家张惠言的词论,虽有心要纠正朱氏所倡导之浙派末流的雕砌空疏之弊,从而提出了重视内容的比兴寄托之说,但因张氏对于歌咏之词与赋化之词之不同的写作方式和不同的美感特质未能作深入的辨别,因此遂不免误用同一的方法来诠释两类性质完全不同的作品,对于一些本无托意但在美感特质上富于要眇深微之意味的歌咏之词,也按赋化之词有心安排勾勒的另一种要眇深微的用意之作来加以比兴寄托的解说②。所以张氏之说虽然掌握了词之为体的一种要眇深微的美感品质,却终不免受到了牵强比附的讥评。这当然是由于张氏对诗化之词与赋化之词的美感品质未能善加辨别之故。至于其后之王国维,则是对于歌咏之词中所无意流露的要眇深微引人生言外之想的意蕴极有体会的一位词学家,他对北宋晏、欧诸家之伤春怨别的小词所作出的"成大事业大学问之三种境界"及"忧生"与"忧世"之说,都显示出了他对此种特美的一种深切的体会,而且他还曾提出了"遽以此意解释诸词,恐为晏、欧诸公所不许也"之不必指为作者之用心的一种通

---

① 叶嘉莹:《论浙派创始人朱彝尊之词与词论及其影响》,《中国文化》1995 年第 11 期。
② 如张惠言《词选》对温庭筠《菩萨蛮》、欧阳修《蝶恋花》及苏轼《卜算子》诸词之解说,见《词话丛编》第 2 册,页 1609、1613、1614,北京:中华书局,1986。

达的观点。① 而也就正因为王氏对于歌咏之词之特美既有此深切之体会,又有此通达之观点,所以他才对张惠言之以比兴寄托来评说歌咏之词的说法,提出了"深文罗织"②的讥评。然而可惜的则是,王氏对歌咏之词的特美虽然深有体会,可是对于赋化之词的特美则全然不能欣赏,那就因为王氏对于长调慢词之不得不以赋化之笔法来完成其美感特质的一点未能有所认知之故。经过以上的讨论,我们对于赋化之词中所引出的一些困惑,当然也就得到解答了。

以上是近年来我对于中国的词这种文学体式,在其演进和发展中所形成的一些困惑之问题的一点反思。简单地写下来,向爱好词与词学的一些朋友们请求指教。

1997 年 3 月 6 日完稿于加拿大之温哥华
原文发表于 1998 年 4 月之《燕京学报》新四期

---

① 王国维:《人间词话》,见《词话丛编》第 5 册,页 4244、4245,北京:中华书局,1986。
② 同上书,页 4246。

对常州词派张惠言与周济二家词学的现代反思

早在1970年代初期,我就曾发表过一篇题名为《常州词派比兴寄托之说的新检讨》(下简称《常州词派》)的文稿。在那篇文稿中,我对张惠言与周济二家的词说,本来已作过相当详细的论述。不过近二十年来我对词之本质既逐渐有了更深入的体会,而且久处西方,对西方文论也逐渐有了更多认识,如此再反观当年自己的旧作,便不免觉得其中似乎仍有许多应加以补充说明之处。下面我将把近年来我对这两家词学的一些新体会,略加叙述。

首先我要补充说明的,就是我对张氏比兴寄托之说的今昔不同的看法。在《常州词派》那篇旧稿中,我首先就指出了张氏比兴寄托之说中的许多牵强误谬之处,即如其以许慎《说文解字》中释语词之"词"的"意内言外"之说,来解释歌辞(词)的"词"字;以及其以"变风之义"与"骚人之歌"的比兴寄托之说,来评说歌辞中的叙写美女与爱情之作,其牵强附会之处,自然都是显然可见的。其次,我也曾分析张氏之所以形成了以上的牵强谬误之说的一些因素:我以为张氏之发为比兴寄托之说,一则乃是由于张氏本为经学家,以道德文章自命,所以有心发为比兴寄托之说以推尊词体;再则乃是由于张氏欲以比兴寄托之说,来挽救浙西词派与阳羡词派所造成的空疏与叫嚣之弊;三则乃是由于张氏原是一位精研虞翻之《易》学的学者,而虞氏《易》学的特色,则正是依象而言理,与诗之比兴之说颇有相近之处。不过,这虽说明了张氏之发为比兴寄托之说原有其主观之因素在,但主观之因素却并不能代表客观之正确性;因此我在该文中就又按照词之发展的历史,作了一些分析。以为词在初起时本为配合当时流行之宴乐而歌唱的曲词,并无比兴寄托之用意,其后士大夫阶层的作者,乃逐渐在歌辞之词中掺入了士大夫的理念和情思,于是词在历史的发展中,遂果然产生了有比兴寄托之用意的一类作品。在该文中,我曾经尝试以词中之有无比兴寄托之意来作为分类之标准,把词分成了四类:第一类词如《花间集》中欧阳炯的《浣溪沙》(相见休言有泪珠)及魏承班的《菩萨蛮》(罗裾薄薄秋波染)诸词,就都是令读者一望便可知其为艳词之作,这是最不会引起比兴寄托之争的一类词;第二类词如《花间集》中所收温庭筠之《菩萨蛮》词,其"懒起画蛾眉"与"照花前后镜"诸句,则是最容易引起读者有无比兴寄托之争的一类词;第三类词如韦庄之《菩萨蛮》五首、冯延巳之《蝶恋花》诸作,以及北宋初期之晏殊与欧阳修等人的一些令词,这类词是最易于引起读者之感发与联想的作品,但在解说时却不可遽加指实,而当取谨慎之态度;第四类词则如辛弃疾的《菩萨蛮·书江西造口壁》、王沂孙的《齐天乐·蝉》诸作,这类词就作者之身世,叙写之用字及口吻,以及作品所产生之历史背景来看,自然该是确有比兴寄托之用意的作品,但即使是这一类词,说词者也只应将有关之种种史料提出,以供读者之思索与体会,而不可过于字比句附地加以实指。因此在那篇旧稿中,我遂指出了张惠言之词说的几点明显的错误:其一,张氏对早期本无托意的歌辞之词与后来士大夫的有心托意之词,未能善加区分,遂不免以解释第四类词之方式,来指说第二和第三类词,此其误谬之一;其二,张氏对作者之品格为人不加详辨,而遽指温庭筠之艳词为有屈子《离骚》之托意,此其误谬之二;其三,张氏之说词过于字比句附,其立论自不免有许多牵强之处,此其误谬之三。①

以上是我二十余年前对张惠言的比兴寄托之说的一些看法,这些看法,虽自今日反观,基本上也仍不失其正确性。不过,当我近年来对于词之特质有了更深入之体会后,我却发现张氏之说表面看来虽不免有许多谬误,但却自有其探触到词之本质的某些可贵之处。我以为张惠言之以"意内言外"说词,就此语之出处而言,虽不免有牵强附会之处,但他指出了词之贵在有一种言外之意蕴,则确实探触到了词之一种特殊的美感。关于此点,我在1988年所写的《对传统词学与王国维词论在西方理论之观照中的反思》,及在1991年所写的《论词学中之困惑与〈花间〉词之女性叙写及其影响》两篇文稿中,已曾作过相当的探讨。② 一般而言,诗之内容乃是以"言志"为主的,是叙写诗人内心之情志的作品;而词在早期则只不过是交给歌女去演唱的以叙写美女与爱情为主的曲子。而且诗之形式大都为五言或七言的整齐之句式;而词则往往为参差变化的长短不齐之句式。由于这种种不同的因素,诗与词也就形成了基本上并不相同的两种美感特质。诗之美感特质,主要乃在于能以其整齐之韵律,使读者在吟诵间对其内容所写之情志,自然产生一种直接的感发和共鸣,所以对于一首伟大的诗篇,人们常赞美其有动天地、感鬼神、移风俗、美教化的功能。可是就词而言则不然了,早期歌辞之词所写的内容既大都为男性作者所写的供歌女们去演唱的歌辞,故其内容乃不仅多为美女与爱情之叙写,而且并不代表作者自我之情志。这正是何以北宋之士大夫们对于是否应写作此一类歌辞之词,不免产生了许多困惑,而黄山谷则把自己所写的艳词推说是"空中语"

---

① 叶嘉莹:《迦陵论词丛稿》,页317,上海:上海古籍出版社,1980。
② 叶嘉莹:《词学古今谈》,页371—441,台北:万卷楼图书公司,1992。

的缘故①,然而也就是这种并不合乎传统文学批评中伦理道德之衡量标准的小词,人们却逐渐在对之不断的写作和欣赏,并在对其价值与意义的不断反思中,体会出了一种较之明白言志的诗篇更为微妙的美感特质和功能。那就是小词中所写的女性化的情思,似乎更能引发读者内心深处之一种幽隐难言的情意。这种体会,早在宋人的词论中就已显露了端倪。即如李之仪在其《跋吴思道小词》一文中,就曾特别推崇北宋初年之晏殊与欧阳修诸人之小词,谓其"语尽而意不尽,意尽而情不尽"②。黄昇在其《唐宋诸贤绝妙词选》中,亦曾赞美唐人之小词,谓其"语简而意深,所以为奇作也"③。至于南宋之词人刘克庄,则更曾在其《跋刘叔安感秋八词》一文中,赞美此八首词,谓其可以"借花卉以发骚人墨客之豪,托闺怨以寓放臣逐子之感"④。降而至于清初之朱彝尊氏,遂在其《红盐词序》中提出了"善言词者,假闺房儿女子之言,通之于《离骚》变雅之义"⑤之说。于是继朱氏之后,张惠言在其《词选序》中,也提出了"极命风谣里巷男女哀乐,以道贤人君子幽约怨悱不能自言之情"的说法,而且也同样将小词所传达的"言外之意"比之于《诗》《骚》,说:"盖诗之比兴,变风之义,骚人之歌,则近之矣。"⑥

从以上所征引的一些说法来看,可见张惠言所提出的比兴寄托之说,就中国词学之发展来看,原来也自有一段历史渊源,而这种历史渊源则正反映了历代词学家对于词之特质的一种反思和认知的过程,也就是说小词中所叙写的闺房儿女的相思怨别之情,果然具有一种可以

---

① 释惠洪:《冷斋夜话》,见《笔记小说大观》第22编,第1册,页642。
② 李之仪:《姑溪居士文集》卷四〇,页310,上海:商务印书馆,1937。
③ 黄昇:《唐宋诸贤绝妙词选》卷一,页11,香港:中华书局,1962。
④ 刘克庄:《后村题跋》卷一,页140,张钧衡《适园丛书》本。
⑤ 朱彝尊:《曝书亭集》卷四〇,页662,台北:台湾商务印书馆,1968。
⑥ 张惠言:《词选序》,见唐圭璋编《词话丛编》第2册,页1617,北京:中华书局,1986。

使读者产生对贤人君子不得志于时者的幽约怨悱之情的联想。这种微妙的作用,原是艳歌小词所具含的一种特殊的美学特质,与传统诗歌中的有心为之的比兴寄托之作原有着很大的差别。张惠言之以比兴寄托说词,而且对某些作品作出字比句附的诠释,这当然是一种误谬的牵强比附之论,但是我们却也不应该便因此而将张氏对于这一类词的美感特质由历史积淀所得出的反思的体认,就全部加以抹杀。而要想对张氏词说之得失作出正确的判断,我以为西方的一些文论,似乎颇有可供参考之处。

说到词之美感特质,我们自然不能忽视早期《花间》词对后世所造成的广泛而悠久的影响。《花间集》之编选,据欧阳炯之《序》文所言,原是"庶使西园英哲用资羽盖之欢"的一些供给"绣幌佳人"去"拍按香檀"而歌唱的当筵侑酒的香艳的歌曲①,故其内容所选录者乃大都为以女性之形象及女性之口吻,所表达的一种相思怨别的爱情歌曲。然而其作者则全部为男性之诗人,而也就正是这种特殊的情况,所以形成了《花间》词的一种引人生托喻之想的特殊的美感作用。关于此种作用,我在数年前所写的《论词学中之困惑与〈花间〉词之女性叙写及其影响》一文中,也已曾有所论述,约言之,则《花间》词既大都为交付给歌儿歌女去演唱的歌辞,故其词中所写的女性形象,既不是现实伦理关系中为妻为母的女性,也不是《楚辞》中非现实的象喻,而只是男性在歌舞场中寻欢作乐的"美"与"爱"的对象,因此《花间》词所写的女性遂有了一种既可引人生托喻之想,却又并非作者有心托喻的微妙的作用,此其特色之一;其次则《花间》所写的女性,既出于男性之手笔,故其所强调者往往只是女子之美色以及女子对男子的相思怀念。关于这种相思怀念中之女子的形象,前文叙及的美国学者劳伦斯·利普金在《弃

---

① 《花间集》,页1,上海:世界书局,1936。

妇与诗歌传统》一书中认为,无论古今中外的诗人,都喜欢叙写一种女性形象,那就是孤独寂寞的、对爱情有所期待或有所失落的女子,也就是利氏所谓的广义的"弃妇"之形象。利氏以为此类弃妇及思妇之情,也原是男子内心深处所常有的一种情思,只不过男性在社会中要做一个强者,纵使在功名事业各方面有一种被弃的失落之情,但往往不肯开口言说,所以利氏认为男性的作者实在更需要这种"弃妇"的形象来表达他们内心深处的一种难以言说的情思。利氏之所言,在中国诗歌中实在可以找到不少例证,因为就中国传统而言,自汉代以来就有了"三纲五常"之说,其所谓"三纲"者,就正是"君为臣纲,父为子纲,夫为妻纲"的三种伦理关系,所以用"弃妇"来比喻"逐臣",可以说就正是中国诗歌中的一个悠久的传统。像建安时代曹植在《七哀》诗中所写的"君怀良不开,贱妾当何依"的"贱妾",可以说就正是一个很好的例证。①因此《花间》中所写的对爱情有所期待的相思怨别的女性,自然也就具含了一种可以引人生托喻之想的作用,不过《花间》词中的女性,只不过是歌伎酒女一类的形象而已,与曹植的有心托喻原有着很大的差别,因此《花间》词所写的相思怨别的女性的情思,遂也产生了一种可以引人生托喻之想,却不可以做托喻之实指的微妙的作用,此其特色之二。以上的两点特色,当然正是造成了一些词学家们之以比兴寄托说词的重要原因,这种说法纵使有牵强比附之处,但这种说词的联想,则确实也掌握到了《花间》一类歌辞之词的一种重要的美感特质,这也是不可否认的。张惠言当然就正是在历代词学家们对词之此种美感特质之体验的积累下,所产生的一个重要的词学家。此外,张惠言的词说还有一点值得注意的说法,那就是他把这类词之引人生托喻之想的因素,归纳为"兴于微言"四个字。"兴"当然是兴发感动的意思,至于"微言"则

---

① 见《曹集诠评》卷五,页41,上海:商务印书馆,1933。

可以有多重的含意。首先"微言"二字可以给我们一个出处的联想,因为在《汉书·艺文志》开端,就曾有"仲尼没而微言绝,七十子丧而大义乖"①的话,可见"微言"二字原可以有义理之微的含意;其次再从词之为体的本身来看,王国维在《人间词话》中就曾提出说"词之为体,要眇宜修",而"要眇"二字据《楚辞·远游》篇洪兴祖注,则正是"精微貌"②。可见"微言"原也可以指一种精致而细微的语言品质,而这种品质则正是词的语言品质。张惠言所提的"兴于微言、以相感动"之说,就正表示张氏的比兴寄托之说,原是由"微言"之兴发感动而产生的。关于那些引发张氏感动的"微言",张氏在其《词选》一书中,于评说诸家的作品时,也都曾有所指说,即如其说温庭筠之《菩萨蛮》词,谓其"'照花'四句,《离骚》'初服'之意",又谓其"'青琐'、'金堂'、'故国吴宫'略露寓意"。③ 又如其说欧阳修之《蝶恋花》(庭院深深深几许)一词,谓"'庭院深深',闺中既已邃远也。'楼高不见',哲王又不寤也。'章台''游冶',小人之经。'雨横风狂',政令暴急也。'乱红飞去',斥逐者非一人而已,殆为韩、范作乎……"④云云,可见张氏之说词,也原是有其"兴于微言"之根据的。而这种评说诗词作品的方式,则也使我联想到了西方的一些文学理论。首先是洛特曼所提出的文化符码之说⑤,其次是另一位符号学家艾柯所提出的显微结构之说⑥。前者是指诗歌语言中的某些语言符号,在某种文化中被使用得长久了以后,便会

---

① 《汉书》,页1701,北京:中华书局,1962。
② 洪兴祖:《楚辞补注》,页69,台北:广文书局,1962。
③ 张惠言:《张惠言论词》,见《词话丛编》第2册,页1609—1610,北京:中华书局,1986。
④ 同上书,页1613。
⑤ Iurii Mikhailovich Lotman, *Analysis of the Poetic Text: Verse Structure*, Ann Arbor: Ardis, 1976.
⑥ Umberto Eco, *A Theory of Semiotics*, Bloomington: Indiana University Press, 1976.

携带有丰富的文化信息,从而引起说诗者对文化传统方面的某些已成定型的联想;后者则是指诗歌语言中的另一类语言符号,此类语言并没有文化传统中某种定型的联想关系,但在语言符号的结构中包含有许多可以引发读者之联想的细致而丰美的质素。如果从张惠言《词选》一书中对诸家作品所作的评说来看,他所凭据的"微言"可以说原是包含有上述两种语言符号之作用的,只不过就西方文论而言,各种语言符号在文本中,虽然对读者的理解与诠释起着某种作用,而就西方的诠释学及接受美学而言,则读者的诠释既未必能完全合乎作者的原意,而读者在接受中更可以有很多自我创造的空间。可是张惠言在评说时,却并没有西方文论中这种种反思的认知,而他所凭借的遂只剩下了中国文论传统中的比兴寄托之说。因此张氏说词的许多误谬和拘限,可以说乃是完全由于受到传统文论比兴寄托之说的限制的缘故,至于他所提出的"意在言外"之说,则既掌握了词之美感的一种特殊品质,而他所提出的"兴于微言"之说,则也显示了他对于词之语言符号之作用的一种敏锐的感受和掌握的能力。所以尽管张氏说词之方式不免有牵强附会之讥,但张氏的词说却依然获得了不少的追随者,而且张氏的缺失之处,很快就在常州派之继起者周济的词论中,得到了补正和发扬。下面我们就将对周氏的重要词说也透过西方的文论来一加反思。

关于周济的词论,早在我当年撰写的《常州词派比兴寄托之说的新检讨》一文中,也已曾有所论述。周氏之词论主要见于其所编著的《介存斋论词杂著》《宋四家词选目录序论》及《词辨·自序》之中。周氏词论所涉及的方面甚广,无论是对于词的作法声律,或对于作品与作者的品评,不仅皆曾有所涉及,而且不乏颇具见地的评论,不过本文在此却并不想对周氏之词说作全面的论述,本文只是想对周氏词说中有关张惠言的比兴寄托的一些说法,略加讨论。现在我们先把周氏的重要论点抄录下来一看:

一、感慨所寄,不过盛衰,或绸缪未雨,或太息厝薪,或己溺己饥,或独清独醒,随其人之性情学问境地,莫不有由衷之言。见事多,识理透,可为后人论世之资。诗有史,词亦有史,庶乎自树一帜矣。①

二、初学词求有寄托,有寄托则表里相宣,斐然成章。既成格调,求无寄托,无寄托,则指事类情,仁者见仁,知者见知。②

三、夫词非寄托不入,专寄托不出。一物一事,引而伸之,触类多通。驱心若游丝之胃飞英,含毫如郢斤之斫蝇翼,以无厚入有间。既习已,意感偶生,假类毕达,阅载千百,謦欬弗违,斯入矣。赋情独深,逐境必寤,酝酿日久,冥发妄中。虽铺叙平淡,摹绩浅近,而万感横集,五中无主。读其篇者,临渊窥鱼,意为鲂鲤,中宵惊电,罔识东西。赤子随母笑啼,乡人缘剧喜怒,抑可谓能出矣。③

关于以上的三则词说,早在多年前我所写的《常州词派》一文中,也已曾有所讨论。约言之,则第一则词说所提出的乃是寄托之内容的问题。第二则与第三则词说所提出的,则是从作者与读者两方面,就创作之有无寄托与阅读之能否出入,而作出的精微的辨析。我们现在先从第一则谈起。从表面来看此一则词说所提出的,原来只是词中所寄托的内容问题。周氏的主张是以为所谓寄托者,当以具含"史"的意义,可以反映时代之盛衰者为主。要想讨论此一问题,私意以为应从两方面来加以思考。首先从周氏之性格为人及清词中兴之因素来看,据清光绪十九年(1893)荆溪周氏家刊本周济的遗著《求志堂存稿》中之记叙,周氏原是一位深研经史、关怀时世、讲求实用之学的人物,曾经著

---

① 周济:《介存斋论词杂著》,见《词话丛编》第2册,页1630,北京:中华书局,1986。
② 同上。
③ 周济:《宋四家词选目录序论》,同上书,页1643。

有《晋略》一书,为周氏写本传的丁晏,曾经自言"余读其史论"可以"推见治乱,若身履其间"①。这当然是使得周氏重视词中寄托当以反映时代历史背景为主的一个因素。而且就清词中兴之发展而言,甲申国变的历史背景也正是促成清词之中兴的一个重要原因。因为词在明代原是处于一种衰落不振的状态,词在早期《花间》之作,及北宋初期晏、欧诸人之作中,所形成的要眇深微富含言外之意的美感特质,在明词中已难以复见,直到明末云间诸才人如陈子龙等,在经历国变危亡之忧患后所写的词作,才把这种已经失落的词之美感特质,重新寻找回来。所以龙沐勋在编选《近三百年名家词选》一书时,乃不仅取陈子龙词以冠篇首,而且更在评语中提出说:"词学衰于明代,至子龙出,宗风大振,遂开三百年来词学中兴之盛。"关于甲申国变与清词中兴的关系,我在《论子龙词》《从云间派词风之转变谈清词的中兴》及《清词名家论集·序言》诸文中,都已曾有所讨论。总之清词之中兴,与当时历史的衰亡危乱的时代背景,确实有密切的关系,所以叶恭绰在其《广箧中词》中,于论及清初词派时,就也曾提出过"丧乱之余,家国文物之感,蕴发无端,笑啼非假……分途奔放,各极所长"②的说法。这种情况,当然是使得周氏论词中之寄托时,重视其所反映的历史时代背景的另一个因素。

除去以上较易见到的两项因素以外,我以为周济之把词中的"寄托"与"史"结合上密切的关系,实在应该有一项更深层的属于词之美感特质的因素,而且这项因素甚至可以一直推源到《花间》词的美感特质之形成的一些基本原因。如本文在前面所言,《花间》词的内容,乃

---

① 周济:《求志堂存稿》,页3b,光绪十九年(1893)荆溪周氏家刊本。
② 叶恭绰:《广箧中词》卷一,页47,见杨家骆主编《历代诗史长编》第22—23种,台北:鼎文书局,1971。

是男性作者所写的女性形象,以及由女性语言所表述的女性情思,而且这种情思更是一种寂寞无偶的属于"弃妇"之类型的情思。而若按我们在前文所引举的利普金氏的说法来看,则男性的作者却可能正是在这种叙写中,无意间流露了一种男性的失志不偶的感情心态。所以张惠言在《词选序》中,就曾特别提出说词人所写的"男女哀乐"的情词,可"以道贤人君子幽约怨悱不能自言之情"。而造成男士们之"幽约怨悱"的失志不偶之情的,自然与他们所生活的时代背景及个人经历有着密切的关系。即以五代时的词人而言,其作品中最具含有词之美感特质者,自当属温、韦、冯、李诸家。温庭筠在科第与仕宦生涯中的失志不偶,人所共知;至于韦庄在他的五首《菩萨蛮》中所写的离情,其所反映的其实也正是韦庄所经历的唐代之覆亡与自身不得不终老他乡的悲慨;至于南唐的冯延巳与二主的词,其所反映的当然更是南唐之国势自衰危走向败亡的一段历史的经历,所以五代的小令,表面看来虽大都只不过是伤春怨别的歌之词,却往往含有一种深微幽隐的引人生言外之想的微妙的作用。这种美感的形成,当然也正与五代乱离之历史背景,结合有密切的关系。而这种在危亡忧患中的情思,当然也就正有合于张惠言所说的"幽约怨悱"的感情心态。清词之中兴其实也就正与甲申国变在当时士大夫间所造成的"幽约怨悱"的感情心态有着密切的关系。所以周氏此一则词说所提出的虽是寄托之内容的问题,但他所举引的所谓"绸缪未雨""太息厝薪""己溺己饥""独清独醒"等,却无一不是属于"贤人君子幽约怨悱"的感情心态,而这其实也就正涉及了词在美感方面的一种特殊的品质。

其次我们再看前面所举引的周氏的后两则词说。其第二则词说中所提出的"求有寄托"与"求无寄托",自然是就作者方面而言的;至于所谓"表里相宣,斐然成章"与"指事类情,仁者见仁,知者见知",则是就读者方面而言的。前后两两相应。也就是说有心求寄托的作品,其语言符号的符表与符义之喻示的关系,是"表里相宣",有一种"斐然"的"章"法,可以推寻。而无意于求寄托的作品,其符表与符义之间,虽或者也可以引起读者一种"指事类情"的联想,但并没有固定的关系可以指说,因此读者自然就有了一种可以"仁者见仁,知者见知"的联想与解说的自由性。这一则词说,是对作品之是否有心寄托,从作者与读者两方所作的一个最基本的区分。至于下一则词说,则是对于作品中是否有心寄托,从作者与读者两方面的心思与感受,所作的细致的体察和分析。关于这一则词说,我在多年前所写的《常州词派》一文中,也已曾有论述。约言之,则周氏乃是以为作词当从"求有寄托"入手,至于入手的用心之法,则首先应培养对于"一物一事"都能"引而伸之,触类多通"的联想能力。至于入手的方法则应该以像"游丝"一样的精微的心思与像"郢斤"一样的敏锐的笔法去观察和描述。以如此精微敏锐的"无厚"的心思与笔法,来观察和描述处处可以引发联想的"有间"的事事物物,相习日久,于是乎心中有任何感慨"意感偶生",都可以托借于任何事物来"假类毕达",这是周氏所提出的如何来做到能"入"和能"有"的方法。至于如何能自"入"转到"出",自"有"转到"无",则是在有了前一种功夫以后,修养既久,就可以不必拘执于寄托,而无论赋写什么事物,都会自然就投入较深微的情意,此所谓"赋情独深",同时又会对任何景物情事都有较丰富的联想,此所谓"逐境必寤",于是乎作者虽不是有心于求寄托,可是却会"冥发妄中",自然而有较深厚的意境,甚至连作者都难于确言其所感,所谓"万感横集,五中无主",这样写出来的作品,就是所谓能"出"的"无"寄托的作品了。以上可以说是就作者写作之用心方面,所作的"有无"与"出入"的精微的分辨。至于就读者阅读之感受方面而言,则周氏也作了精微的分辨,他以为当读者阅读那些所谓能"入"的有寄托之作品时,其所感受者乃是"阅载千百,馨欬弗违",也就是说纵然读者之时代距离作者已有千百年之久,读者对作者所寄托的用意,也依然能有正确的理解。而当读者读那些所谓能"出"的无寄托之作品时,其所感受者则是"临渊窥鱼,意为鲂鲤,中宵惊电,罔识东西",也就是说读者对作者之是否有托意,乃全然无法指说。不过读者对其托意虽不能确指,但确实又可以感受到使人引起感发和联想的一种力量,也就是周氏所谓的恍如"赤子随母笑啼,乡人缘剧喜怒"的一种作用。

以上我们所举引的周氏之词说,实在是对词之美感特质深有体会的一些话语。关于词之美感特质在富于一种引人生言外之想的微妙的作用,固已如前文之所论述,这种作用原本来自于词中之"微言"所传达出来的一种具含"幽约怨悱"之性质的女性化的情思。这种美感作用虽然可以引发读者许多丰美的联想,但就作者而言,则当其写作时却不必然有托喻的用心。像这种来自于作品之文本中的微妙的作用,如果我们要为之找到一个在西方文论中的术语来加以说明,我以为西方接受美学家伊塞尔所提出的"潜能"一词,颇有参考之价值。伊氏认为文学作品有两个极点(two poles),一个极点是作者,另一个极点是读者。一篇作品,如果未经读者的阅读,则完成的作品便只是一个艺术成品而已,全无美学的价值与意义可言,美学的价值与意义是经由读者的阅读方能完成的,而读者对作品的反应,则并不能被固定在一点之上,阅读的快乐就正在其有一种不被固定的活动性和创造性。伊氏以为文本与读者之关系,就在于文本提供了读者一种可能的潜力(也就是前文所简译的"潜能"),这种潜能的作用,是在阅读过程中完成的,读者所完成的虽不一定是作者显意识中的本意,但确实是作者所创作的文本中某些质素作用的结果。① 张惠言的词说其实原本也已感受到了文

---

① Wolfgang Iser, *The Act of Reading: A Theory of Aesthetic Response*, Baltimore: Johns Hopkins University Press, 1978.

本中所具含的一种引人联想的作用,只不过因为他过于被传统的比兴喻托之说所拘限,所以竟将读者一己之感受与联想,都指说成了作者有心之托意,因此才形成了牵强误谬之弊。至于周济对张惠言之说的拓展与补救,则在于他把张氏的"寄托"之说,分别成了"有"与"无"及"入"与"出"两种不同的情况,周氏对所谓"无"与"出"之情况所作的叙写,如其谓"无寄托"之作品,读者可以"仁者见仁,知者见知",又谓能"出"的作品,就作者而言乃是"万感横集,五中无主",并没有固定的托意;而就读者而言,则更如"临渊窥鱼,意为鲂鲤,中宵惊电,罔识东西",对篇中之意旨乃全然不能作明白之指说。其实这种说法也已经颇近于本文前面所提及的接受美学中所谓"潜能"之作用,不过周济仍不免受到了张惠言之说的拘限,所以虽然提出了"无寄托"的能"出"之说,但却以为"无寄托"是从"有寄托"蜕化出来的结果,则其所说对张惠言之说的突破自然就不免仍有未尽彻底之处了。其实周氏所提出的"有"与"无"及"出"与"入"的两种情况,我们也可以征引西方的一些文论来略作理论性的说明。当代有一位原籍保加利亚的法国女学者克里斯特娃,她自己为语言学及符号学发展出了一条新的研究途径,她自称为解析符号学,她曾经把诗歌中语言符号的作用,分别为两种不同的性质:一类是符示的作用,另一类是象喻的作用,克氏以为在后者的情况中,其符表之符记单元与其所指的符义对象之间的关系,乃是一种被限制的作用关系。而在前者的情况中,其符表之符记单元与其所指的符义对象间,则并没有任何限制之关系。克氏以为一般语言作为表意的符号,其作用大抵是属于象喻式的作用。但在诗歌的语言中,则可以有一种属于克氏所谓的符示的作用。也就是其符表与符义之关系,往往带有一种不断在运作中的生发之特质,而诗歌之文本遂成为一个可供给这种生发运作的空间。在这情形下,文本遂可以脱离其创作者的主体意识,而成为作者、作品及读者彼此互相融变的融变所(transformer)。① 如果从克氏的理论来看,中国传统的寄托象喻,其符表与符义之间的关系是被限制了的一种可以确指的作用关系,符示的作用则是不可确指的且不被限制的一种作用关系,也就是克氏所谓的符示的作用。所以自《花间》词至北宋初年的一些歌辞之词,虽然蕴涵了丰富的象喻之潜能,却决然不可以用比兴与寄托的拘狭的观念去指说,那就因为小词中的语言,其符表与符义之关系,与传统的比兴寄托之语言的作用,其性质全然不同的缘故。

以上就是我对多年前所写的《常州词派》一文所作的一些简单的补充说明,其中自不免有征引旧作之处;至于所谓新的补充说明,则又因目前身居大陆,对所引用之英文著作也因检索不便而未能多作发挥,仓促成篇,还请编者及读者多加原谅。

1996年12月8日完稿于南开大学

---

① Julia Kristeva, *Revolution in Poetic Language*, translated by Margaret Waller, New York: Columbia University Press, 1984. See chapter I. "The Semiotic and the Symbolic", pp. 19-106.

对传统词学与王国维词论在西方理论之观照中的反思

前 言

近几年来,我因为曾多次回国讲学及从事科研活动,常与国内青年同学们有所接触。从他们与我的谈话中,我深深地感受到目前青年们的趋势,乃是对于求新的热衷和对于传统的冷漠。作为一个多年来从事古典诗歌之研读与教学的工作者,我对他们的这种态度,可以说是一则以忧,一则以喜。忧的是古典诗歌的传承,在此一代青年中已形成了一种很大的危机;而喜的则是他们的态度也正好提醒了我们对古典的教学和研读都不应该再因循故步,而面临了一个不求新不足以自存的转折点。而这其实也可以说正是一个新生的转机。因为现在毕竟已进入到一个一切研究都需要有世界性之宏观的信息的时代,我们自然也应该把我们的古典诗歌的传统放在世界文化的大坐标中去找寻一个正确的位置。只是这种位置的寻觅,却既需要对中国传统有深刻的了解,也需要对西方理论有清楚的认识。我个人自惭学识浅薄,无力对中国古典文化在世界文化中的位置作出全面正确的比较和衡量。只是近年来我因偶然的机缘,既曾撰写了一系列有关唐宋名家词的专论,又撰写了一系列试用西方文论来探讨王国维词论的随笔。在写作过程中对于中国词学与王国维的词论颇有一点小小的心得,以为中国传统词学及王国维对词的评赏方式,都与西方近代的文论有某些暗合之处。只是我在撰写那些专论时既曾为体例所限,在撰写那些随笔时又曾为篇幅所限,都未能对自己的想法畅所欲言,因此才又撰写了这一篇文稿,希望能通过西方理论的观照,对中国词学传统与王国维的词论作出一种反思,以确定其在世界性文化的大坐标中的地位究竟何在。不过,本文的题目既原是一个截搭题,因此为行文方便计,遂将之分为了三个探讨的层次。第一部分为"从中国词学传统看词之特质",第二部分为"王国维对词之特质的体认——我对其境界说的一点新理解",第三部分为"从西方文论看中国词学"。本来,以上三个层次,每一层次都可写为一篇专论来加以探讨;只是本文之主旨既在作宏观的反思,而且其中某些个别的问题,我在近年所撰写的文稿中也已有相当的讨论,因此本文乃但以扼要之综述为主,其间有些我已在其他文稿中探讨过的问题,就只标举了已发表过的文题和书目,请读者自己去参看,而未再加以详述,这是要请读者加以谅解的。至于我这种观照和反思的方式之是否可行,以及我所推衍出来的结论之是否切当,自然更有待于读者们的批评和指正。我只不过是把个人的一点想法试写下来,提供给和我一样从事古典诗歌之研读和教学的朋友们作为参考而已,因写此前言如上。

一 从中国词学之传统看词之特质

词,作为中国文学中之一种文类,具有一种极为特殊的性质。它是突破了中国诗之言志的传统与文之载道的传统,而在歌筵酒席间伴随着乐曲而成长起来的一种作品。因此要想对词学有所了解,我们就不得不先对词学与诗学之不同先有一点基本的认识。一般说来,中国诗歌之传统主要乃是以言志及抒情为主的。早在今文《尚书·尧典》中,就曾有"诗言志"之说;《毛诗大序》中亦曾有"诗者,志之所之"及"情动于中而形于言"之说。本来关于这些"言志"与"抒情"之说,历来的学者已曾对之作过不少讨论,朱自清先生的《诗言志辨》就是其中一种考辨极详的重要著作,因此本文并不想再对此多加探讨。我们现在所要从事的,只是想要从诗学的"言志"与"抒情"之传统,提出诗学与词学的一点重要区别而已。私意以为在中国诗学中,无论是"言志"或"抒情"之说,就创作之主体诗人而言,盖并皆指其内心情志的一种显意识之活动。郑玄对《尧典》中"诗言志"一句,即曾注云:"诗所以言人之志意也。"孔颖达对《毛诗大序》中"诗者,志之所之也"一句,亦曾疏云:"诗者,人志意之所之适也";又对"情动于中而形于言"一句,亦曾疏云:"情谓哀乐之情,中谓中心,言哀乐之情动于心志之中,出口而形见于言。"据此看来,可见诗学之传统乃是认为诗歌之创作乃是由于作者先有一种志意或感情的活动存在于意识之中,然后才写之为诗的。这是我们对中国诗学之传统所应具有的第一点认识。其次则是中国诗学对于诗中所言之"志"与所写之"情",又常含有一种伦理道德和政教之观念。先就"言志"来看,中国一般所谓"志"本来就大多意指与政教有关的一些理想及怀抱而言。即如《论语·公冶长》篇即曾记载孔子与弟子言志的一段话。另外在《论语·先进》篇也曾记载有"子路、曾皙、冉有、公西华侍坐",孔子令他们各谈自己的理想怀抱的一段话,而结尾处孔子却说是"亦各言其志也"。这些记述自然都足可证明中国传统中"言志"之观念,乃是专指与政教有关之理想怀抱为主的。在《诗经》中明白谈到作诗之志意的,据朱自清先生《诗言志辨》之统计共有十二处。如"家父作诵,以究王讻"及"作此好歌,以极反侧"之类,其诗中所言之志莫不有政教讽颂之意更是明白可见的。至于就抒情而言,则《论语·为政》也曾记有孔子论诗的"诗三百,一言以蔽之,曰:'思无邪'"之言。《毛诗大序》更曾有"发乎情,止乎礼义"之言。《礼记·经解》篇论及诗教,也曾有"温柔敦厚"之言。这些记述自然也足可证明纵然是"抒情"之作,在中国诗学传统中,也仍是含有一种伦理教化之观念的。然而词之兴起,却是对这种诗学之传统的一种绝大的突破。下面我们就将对词之特质与词学之传统略加论述。

所谓"词"者，原本只是隋唐间所兴起的一种伴随着当时流行之乐曲以供歌唱的歌辞。因此当士大夫们开始着手为这些流行的曲调填写歌辞时，在其意识中原来并没有要借之以抒写自己之情志的用心。这对于诗学传统而言，当然已经是一种重大的突破。而且根据《花间集·序》的记载，这些所谓"诗客曲子词"，原只是一些"绮筵公子"在"叶叶花笺"上写下来，交给那些"绣幌佳人"们"举纤纤之玉手，拍按香檀"去演唱的歌辞而已。因此其内容所写乃大多以美女与爱情为主，可以说是完全脱除了伦理政教之约束的一种作品。这对于诗学传统而言，当然更是另一种重大的突破。然而值得注意的则是，这些本无言志抒情之用意，也并无伦理政教之观念的歌辞，一般而言，虽不免浅俗淫靡之病，但其佳者则往往能具有一种诗所不能及的深情和远韵。而且在其发展中，更使某些作品形成了一种既可以显示作者心灵中深隐之本质，且足以引发读者意识中丰富之联想的微妙的作用。这可以说是五代及北宋初期之小词的一种最值得注意的特质（请参看拙撰《唐宋词名家论稿》中论温、韦、李、大晏、欧阳诸家词之文稿）。这种特质之形成，我以为大约有以下几点原因：其一是由于词在形式方面本来就有一种伴随音乐节奏而变化的长短错综的特美，因此遂特别宜于表达一种深隐幽微的情思；其二则是由于词在内容方面既以叙写美女及爱情为主，因此遂自然形成了一种婉约纤柔的女性化的品质；其三则是由于在中国文学中本来就有一种以美女及爱情为托喻的悠久的传统，因此凡是叙写美女及爱情的辞语，遂往往易于引起读者一种意蕴深微的托喻的联想；其四则是由于词之写作既已落入了士大夫的手中，因此他们在以游戏笔墨填写歌辞时，当其遣词用字之际，遂于无意中也流露了自己的性情学养所融聚的一种心灵之本质。以上所言，可以说是歌辞之词在流入诗人文士手中以后之第一阶段的一种特美。不过这些诗人文士们既早已经习惯了诗学传统中的言志抒情的写作方式，于是他们对词之写作遂也逐渐由游戏笔墨的歌辞而转入了言志抒情的诗化的阶段。苏轼自然是使得词之写作"一洗绮罗香泽之态",脱离了歌筵酒席之艳曲的性质,而进入了诗化之高峰的一位重要的作者。只是苏氏的诗化之演进,在当时却并未被一般其他作者所接受,而一直要等到南宋时张孝祥、陆游、辛弃疾、刘克庄、刘过等人的出现,这种"一洗绮罗香泽之态""于翦红刻翠之外,屹然别立一宗"的超迈豪健的抒写怀抱志意的作品才开始增多起来。不过值得注意的则是,这一派作品实在又可分为成功与失败两种类型。关于此一类词的递变之迹象,及其成功与失败之因素,我在《论苏轼词》《论陆游词》及《论辛弃疾词》诸文稿中,也都已曾分别有所论述(均见《唐宋词名家论稿》)。约而言之,则此一派中凡属成功之作,大多须在超迈豪健之中仍具一种曲折含蕴之美。因此近人夏敬观评苏词,即曾云:"东坡词如春花散空,不着迹象,使柳枝歌之,正如天风海涛之曲,中多幽咽怨断之音,此其上乘也。"陈廷焯论辛词,亦曾云:"辛稼轩,词中之龙也,气魄极雄大,意境却极沉郁。"凡在内容本质及表现手法上都能达到此种虽在超迈豪健中也仍有曲折含蕴之致的,自然是此一派中的成功之作。我在《论苏轼词》中所举的《八声甘州》(有情风万里卷潮来),在《论辛弃疾词》中所举的《水龙吟》(举头西北浮云)及《沁园春》(叠嶂西驰),这些作品自然都可作为此一类成功之词的例证。至于属于失败一类的作品,则大多正由于缺少此一种曲折含蕴之美而伤于粗浅率直。因此谢章铤在其《赌棋山庄词话》中就曾说:"学稼轩要于豪迈中见精致。近人学稼轩只学得莽字、粗字,无怪阑入打油恶道。"可见词虽在诗化以后,纵使已发展出苏、辛一派超迈豪健之作,而其佳者也仍贵在有一种曲折含蕴之美,这正是词在第二阶段诗化以后而仍然保有的一种属于词之特质的美。其后又有周邦彦之出现,乃开始使用赋笔为词,以铺陈勾勒的思力安排取胜,遂使词进入了发展的第三阶段,而对南宋之词产生了重大的影响。当时的一些重要词人,如史达祖、姜夔、吴文英、周密、王沂孙、张炎诸作者,可以说无一不在周氏影响的笼罩之下。这一派作品不仅与前二阶段的风格有了极大的不同,而且更对中国诗歌之传统造成了另一种极大的突破。如果说第一阶段的歌辞之词是对诗学传统中言志抒情之内容及伦理教化之观念等意识方面的突破,那么此第三阶段的赋化之词,则可以说主要是对于诗学传统中表达及写作之方式的一种突破。早在《论周邦彦词》一文中,我对于这一种突破也已曾有过相当详细的讨论(见《唐宋词名家论稿》),约而言之,则中国诗歌之传统原是以自然直接的感发之力量为诗歌中之主要质素的。刘勰《文心雕龙·明诗》就曾明白提出说:"人禀七情,应物斯感。感物吟志,莫非自然。"钟嵘《诗品序》也曾明白提出说:"观古今胜语,多非补假,皆由直寻。"可见无论就创作时情意之引发或创作时表达之方式言,中国传统乃是一向都以具含一种直接的感发力量为主要质素的。其后至唐五代歌辞之词的出现,在内容观念上虽然突破了诗歌之言志抒情与伦理教化之传统,然而在写作方式上则反而正因其仅为歌酒筵席间即兴而为的游戏笔墨,因此遂更有了一种不须刻意而为的自然之致。而也就正因其不须刻意的缘故,遂于无意中反而表露了作者心灵中一种最真诚之本质,而且充满了直接的感发的力量。然而周邦彦所写的以赋笔为之的长调,却突破了这种直接感发的传统,而开拓出了另一种重视以思力来安排勾勒的写作方式,而这也就正是何以有一些习惯于从直接感发的传统来欣赏诗词的读者们,对这一类词一直不大能欣赏的主要缘故。而且这一类赋化的词也正如第二类诗化的词一样,在发展中也形成了成功与失败的两种类型。其失败者大多堆砌隔膜,而且内容空洞,自然绝非佳作。至其成功者则往往可以在思力安排之中蕴涵一种深隐之情意。只要读者能觅得欣赏此一类词的途径,不从直接感发入手,而从思力入手去追寻作者所安排的蹊径,则自然也可以获致其曲蕴于内的一种深思隐意。这可以说是词之发展在进入第三阶段赋化以后而仍然保留的一种属于词之曲折含蕴的特美。我在《论周邦彦词》一文中所举出的《兰陵王》(柳阴直)、《渡江云》(晴岚低楚甸),及在《论吴文英词》和《谈梦窗词之现代观》二文中所举出的《齐天乐》(三千年事)、《八声甘州》(渺空烟)、《宴清都》(绣幄鸳鸯柱),以及在《论王沂孙咏物词》和《碧山词析论》二文中所举出的《天香》(孤峤蟠烟)、《齐天乐》(一襟余恨宫魂断)诸词(请参看《迦陵论词丛稿》及《唐宋词名家论稿》),可以说就都是属于这一派以思力安排为之的赋化之词中的成功之作。而在以上所述及的由歌辞之词变而为诗化之词,再变而为赋化之词的演进中,有一位我们尚未曾述及的重要作者,那就是与以上三类词都有着渊源影响之关系而正处于演变之枢纽的人物——柳永。柳词就其性质言,固应仍是属于交付乐工歌女去演唱的歌辞之词,这自然是柳词与第一类词的渊源之所在,只不过柳词在表达之内容与表现之手法两方面,却与第一类词已经有了很大的不同。先就内容看,柳词之一部分羁旅行役之作,就已经改变了唐五代词以闺阁中女性口吻为主所写的春女善怀之情意,而代之以出于游子之口吻的秋士易感的情意。并且在写相思羁旅之情中,表现了一份登山临水的极富于兴发感动之力量的高远的气象。这可以说是柳词在内容方面的主要开拓。再就表现之手法而言,则柳词既开始大量使用长调的慢词,因此在叙写时自然就不得不重视一种次第安排的铺陈的手法。王灼《碧鸡漫志》即曾称柳词"序事闲暇,有首有尾",周济《介存斋论词杂著》亦曾称柳词"铺叙委婉",这种重视安排铺叙的写作方式,自然可以说是柳词在表现手法方面的一种重要开拓。而这两方面的开拓,遂影响了苏轼与周邦彦这两位在词之演进中开创了两派新风气的重要作者。关于此种影响及演变,我在《论柳永词》《论苏轼词》《论周邦彦词》诸文稿中,也都已曾有所讨论(均见《唐宋词名家论稿》)。约而言之,则苏轼乃是汲取了柳词中"不减唐人高处"之富于感发之力的高远的兴象,而去除了柳词的浅俗柔靡的一面,遂带领词之演进走向了超旷高远而富于感发之途,使之达到了诗化之高峰。至于周邦彦则是汲取了柳词之安排铺叙的手法,但改变了柳词之委婉平直的叙写,而增加了种种细致的勾勒和错综的跳接,遂使词走向了重视思力之安排,以勾勒铺陈为美的赋化之途,并且对南宋一些词人产生了极大之影响。

  以上我们既然对唐五代及两宋词在发展演进中所形成的几种重要词风,都已作了简单的介绍,现在我们就可以把此数种不同词风的作品结合词学评论之传统略加归纳了。约而言之,第一类歌辞之词,其下者固不免有浅俗柔靡之病,而其佳者则往往能在写闺阁儿女之词中具含一种深情远韵,且时时能引起读者丰富之感发与联想;第二类诗化之词,其下者固在不免有浮率叫嚣之病,而其佳者则往往能在天风海涛之曲中,蕴涵有幽咽怨断之音,且能于豪迈中见沉郁,是以虽属豪放之词,而仍能具有曲折含蕴之美;至于第三类赋化之词,则其下者固在不免有堆砌晦涩而内容空乏之病,而其佳者则往往能于勾勒中见浑厚,隐曲中见深思,别有幽微耐人寻味之意致。以上三类不同之词风,其得失利弊虽彼此迥然相异,然而若综合观之,则我们却不难发现它们原有一个共同的特点,那就是三类词之佳者莫不以具含一种深远曲折耐人寻绎之意蕴为美。这种特美,历代词评家自然也早就对之有所体认。只可惜却都未能将此三类词综合其异同作出理论性的通说,因而便只能提出一些片段的抽象而模糊的概念。即如李之仪在其《跋吴思道小词》(见《姑溪居士文集》卷四〇)一文中,就已曾提出说:"长短句于遣词中,最为难工,自有一种风格。"又赞美北宋初期大晏、欧阳诸人之词,谓其"语尽而意不尽,意尽而情不尽,岂平平可得仿佛哉"。此外如黄昇在其《唐宋诸贤绝妙词选》(卷一)于所选唐人词之前有一短序,亦曾赞美唐人之小词,谓其"语简而意深,所以为奇作也"。从这些话读者自不难看出,他们对词之特美都已经有了相当的体认,只不过他们的体认仍只是一种模糊的概念,而且所称美者也只限于唐五代及北宋初期一些短小的令词之特色而已,而并未及于长调之慢词。此盖因慢词在篇幅方面既有所拓展,乃不得不重视铺叙之安排,于是前一类短小之令词的语简意深含蕴不尽的特美,遂难以继续保存。因此以长调写为豪放之词者,在难于含蕴的情况下,其失败者乃不免流入于粗率质直;而以长调写为婉约之词者,在难于含蕴的情况下,其失败者乃不免流入于平浅柔靡。一般人既看到了豪放一派之末流的粗率质直之弊,于是遂以为词本不宜于豪放,即如王炎在其《双溪诗余·自序》中,就曾经提出说:"夫古律诗且不以豪壮语为贵,长短句命名曰曲,取其曲尽人情,惟婉转妩媚为善,豪壮语何贵焉。"又有人看到了婉约一派之末流的浅俗柔靡之失,于是遂欲在写作方式上追求典雅深蕴之安排以为挽救。这正是何以周邦彦以思力安排为之的一类词乃在南宋形成了极深远之影响的缘故。因此张炎之《词源》及沈义父之《乐府指迷》两家词论,遂并皆注重写作之安排的技巧,即如二家之论起结与过片之关系、论字面之锻炼、论句法之安排、论咏物之用事,凡此种种,盖莫不属于安排之技巧。而且二家论词都对柳永之俗词及苏、辛之末流的豪气词表现了不满。于是张炎乃推重姜夔而倡言"清空",沈义父则取法吴文英而倡用"代字"。推究其立论之本旨,私意以为二家之说盖亦皆有见于词之佳者应具有一种含蕴深远耐人寻绎之特美。故张氏言"清空",盖取其有超妙之远韵;沈氏倡"代字",盖取其有深曲之意致。唯是二人之立论皆过于偏重表现之技巧,而对情意之本质则未能予以适当之重视。因此张氏甚至对辛弃疾的"豪气词"也予以贬低,以为是"戏弄笔墨为长短句之诗耳",谓其"非雅词也",而殊不知苏、辛词之佳者,原来也都在其能于超旷豪放中,而仍具有一种含蕴深远耐人寻绎的属于词之特美。只不过由于苏、辛二人之达致此种特美之境界,主要乃在其情意之本质,而不重在安排之技巧而已。

关于苏、辛二家词之佳处所在,我于《论苏轼词》及《论辛弃疾词》二文中,都已曾论述及之(见《唐宋词名家论稿》)。简言之,则苏词之所以能含蕴深远者,乃由于苏氏在本质中原来就具有儒家忠义之天性及道家超旷之襟怀的两种质素。因此苏词之佳者才能在天风海涛之曲中蕴涵有幽咽怨断之音。至于辛词之所以能具含曲折深蕴之美者,则由于辛氏内心中一直有两种力量的盘旋激荡,一方面是源于他自己的带着家国之恨而欲有所作为的奋发的动力,另一方面则是来自外界的摈斥谗毁的强大的压力,因此辛词才能在豪壮中见沉郁。像这种从本质中表现出来的曲折深蕴耐人寻绎的作品,可以说是诗化之词中的一种特美,而这种美自然不是只在技巧上讲求就可以达致的。所以谢章铤《赌棋山庄词话》乃谓"读苏、辛词,知词中有人,词中有品",刘熙载《艺概·词曲概》亦曾谓"苏、辛皆至情至性人,故其词潇洒卓荦,悉出于温柔敦厚"。张炎及沈义父二家之词论则是只见到了学苏、辛之末流的粗率之病,而未能见到此一派词之佳作其真正的特美之所在,所以对苏、辛之个别词句虽亦有所赞美,但在立论中乃但知重视以安排之技巧来避免淫靡浅率之失,反而对词中最重要的情意之本质方面不免忽略了。而另外与南宋时代相当的北方之金元,则盛行受苏轼影响之豪放词,其中最重要的作者元好问即曾极力推崇苏词,其论词亦重视本质而轻视技巧。即如其在《新轩乐府引》中,便曾提出说:"自东坡一出,情性之外,不知有文字,真有'一洗万古凡马空'气象。"至元氏之所自作,则亦能于"疏放之中,自饶深婉"(刘熙载《艺概》卷四《词曲概》)。此盖亦由于其个人之才性及身世之遭遇使然,因而乃将"神州陆沉之痛,铜驼荆棘之伤,往往寄托于词"(况周颐《蕙风词话》卷三)。是亦正如苏、辛二家能在本质中含有一种合乎词之特质的曲折深蕴之美者。只是就其词论而言,则是竟将词与诗等量齐观,是则对词之特质,便未免缺乏深切之体认矣。其后至于明代,则不仅在创作方面呈现了衰退现象,就是在词论方面也并没有什么杰出的见解。如陈霆的《渚山堂词话》、杨慎的《词品》、王世贞的《弇州山人词评》等著作,除去对个别词之评说偶有不同之见解外,一般而言,其论词之见则大多推重婉约之作。即如王世贞对苏、辛二家虽亦颇知欣赏,却终以其为次等之变调。王氏曾综论词之特质,谓"词须宛转绵丽,浅至儇俏……至于慷慨磊落,纵横豪爽,抑亦其次",又云"长公丽而壮,幼安辨而奇,又其次也,词之变体也"。像这些词论,其所称美的婉约之作,自然是具有词之曲折深蕴之特质的作品,然而若只知赞美外表上婉约的作品,而不能从根本上认识词之所以形成委婉曲折之美的多种质素之所在,且不能从词之演进中通观其不同之特色与渊源,则其所论自然就不免有失于浅薄偏狭之处矣。至于清代,则一向被人目为词之复兴的时代,不仅作者辈出,蔚然称盛,即以词论言,亦颇能探隐抉微,各有专诣。本文为篇幅限制,不能作普遍周详之讨论,兹仅就其最重要者言之。

一般论者大多将清词分为浙西、阳羡及常州三派:浙西标举姜、张之骚雅,以朱彝尊为领袖;阳羡则崇尚苏、辛之豪放,以陈维崧为领袖;常州则倡言比兴寄托,以张惠言为领袖。在此三派中,阳羡一派之创作成就虽亦颇有可观,但未曾在理论方面有所建树,姑置不论;至于浙西及常州二派则不仅皆在理论方面有所建树,而且在相异之论点中,也颇可以觇见其渊源影响之迹。约而言之,则浙西一派之词论主要盖继承南宋张炎之余绪,以清空骚雅为宗旨而推尊姜、张。关于张炎词论之得失,我们在前面已曾论述及之,自不须更为重复。而值得注意的则是浙西一派在继承南宋词论之余,自己又衍生出来的几点见解:其一是朱彝尊在主张"词以雅为尚"(《乐府雅词跋》)之余,又曾提出了"假闺房儿女子之言,通之于《离骚》变雅之义,此尤不得志于时者所宜寄情焉耳"(《红盐词序》)之说;其次是浙派继起的厉鹗则在倡言雅正之时,更结合了尊体之说,谓"词源于乐府,乐府源于诗,四诗大小雅之材合而有五,材之雅者,风之所由美,颂之所由成。由诗而乐府而词,必企夫雅之一言而可以卓然自命为作者。……词之为体委曲喑缓,非纬之以雅,鲜有不与波俱靡而失其正者矣"(《群雅词集序》)。这些说法自有许多不甚周全之处,本文现在对此不暇详论,兹仅就其对词之特质之体认,及其在词学发展中之作用言之。本来如我们在前文论述唐五代词之特质时,已曾言及词之易于引发读者的托喻之想;只不过早期的作者及评者都未曾在显意识中标举过此种托喻之用心。其后南宋之刘克庄在其《跋刘叔安感秋八词》一文中,虽曾提出了"借花卉以发骚人墨客之豪,托闺怨以寓放臣逐子之感"之说,然而也不过只是对刘叔安个别作品的一种看法而已,并未曾标举之为论词之标准。而且终有宋之一代,这种以喻托说词的观念并未曾正式成立,这正是何以南宋后期之张炎及沈义父二人虽分别写了论词之专著,然而并未曾有一语及于托喻的缘故,此盖亦由于词在当时仍是可以合乐而歌的一种歌曲,所以张、沈之论词乃多偏重于其乐歌之性质及写作之技巧,而并未曾标举出什么比兴寄托之说。至于清代,则词既失去了可以歌唱的背景,而成为了一种单纯的案头之文学,于是乃由南宋词论的雅正之说,及身经南宋败亡的一些作者如王沂孙诸人的寄托之作,而推演出托喻及尊体之观念,这自然是词学在演进之中的一种极可注意的现象。因而其后遂有常州派词论之兴起。常州派词论一方面虽然对浙西词派末流的浮薄空疏之弊颇有微词,而另一方面则其比兴寄托之说,实在也未尝不受有浙西派的某些启发和影响。只不过浙西词论主要仍以追求雅正为主,其偶然发为托喻及尊体之言,实在只是想要为其雅正之说找到更多一点依据而已。这正是何以浙西词派之末流在一意追求雅正之余,终不免流入于浮薄空疏之弊的缘故,以至于常州词派则竟以比兴寄托作为评词的主要标准。关于常州派词论的得失利弊,我在多年前所写的《常州词派比兴寄托之说的新检讨》一文中,对之已曾有相当详细的论述。现在我们就将把此一派词论,也放在本文所讨论的词学之传统中来再作一次观察。张惠言对词之为义所提出的"意内而言外谓之词"及"诗之比兴,变风之义,骚人之歌"的说法,就词之本为歌辞的性质而言,自然乃是一种牵强比附之说;然而若就词之贵在有一种曲折含蕴之美,而且足以引起读者的联想及寻味的特质来看,则张氏所说便也未尝不是对词之此种特质的一种有见之言,只可惜张氏所说过于牵强比附而全无理论的逻辑,因此乃存在不少引人讥议之处。不过正因其所说既未始无见而又不够完美,因此才引起了后人不少的思索和反省,于是常州派继起的周济和谭献两家,才提出了不少更为精辟的词论。最值得注意的,我以为乃是周济所提出的"有无"及"出入"之说,周氏在《介存斋论词杂著》中曾提出说:"初学词求有寄托,有寄托则表里相宣,斐然成章。既成格调,求无寄托,无寄托,则指事类情,仁者见仁,知者见知。"周氏又在《宋四家词选目录序论》中曾提出说:"夫词非寄托不入,专寄托不出。一物一事,引而伸之,触类多通。驱心若游丝之罥飞英,含毫如郢斤之斫蝇翼,以无厚入有间。既习已,意感偶生,假类毕达,阅载千百,謦欬弗违,斯入矣。赋情独深,逐境必寤,酝酿日久,冥发妄中。虽铺叙平淡,摹缋浅近,而万感横集,五中无主。读其篇者,临渊窥鱼,意为鲂鲤,中宵惊电,罔识东西。赤子随母笑啼,乡人缘剧喜怒,抑可谓能出矣。"关于这两段话,我在多年前所写的《常州词派比兴寄托之说的新检讨》一文中,已曾就作者与读者两方面对之作过分析和说明。总之,依周氏之说,则作者在写词之际既可以由其"入"与"有"之说而避免了浮靡空率之病;又可以由其"出"与"无"之说而不致过分被狭隘的寄托之说所拘限,这自然较之张惠言的死于句下的说法要活泼和高明得多了。而就读者而言,则更可以因其"临渊窥鱼,意为鲂鲤,中宵惊电,罔识东西"的感发和联想,而对作品作出"仁者见仁,知者见知"的各种不同的解说,这自然就更为后来之以比兴寄托说词者,开启了一个广大的法门。于是谭献在《复堂词录叙》中,就曾推衍周氏之说而更提出了"甚且作者之用心未必然,而读者之用心何必不然"的说法。如此则说词者之联想遂得享有绝大之自由,而不致再有牵强比附之讥,这自然是常州派词论的一大拓展。只不过周、谭二氏毕竟未能脱除张惠言的影响,因此其联想乃莫不以比兴为依归,这就未免仍有其局限之处了。除去周济、谭献二家之说以外,其他时代较晚的清代词评家,大多也曾受有常州派词论之影响,本文在此不暇详说,现在只能对各家词论简述其要旨:即如丁绍仪在其《听秋声馆词话》中,曾提出过"语馨旨远"之说,江顺诒在其《续词品二十则》中,曾提出过"诗尚讽谕,词贵含蓄"之说,谢章铤在其《赌棋山庄词话》中,曾提出过"即近知远,即微知著"之说,刘熙载在其《艺概·词曲概》中,曾提出过"空中荡漾,最是词家妙诀"之说,蒋敦复在其《芬陀利室词话》中曾提出过"以有厚入无间"之说,陈廷焯在其《白雨斋词话》中,曾提出过"沉郁顿挫"之说,沈祥龙在其《论词随笔》中,曾提出过"词贵意藏于内,而述离其言以出也"之说,况周颐在其《蕙风词话》中,曾提出过"重、拙、大"之说,陈洵在其《海绡说词》中曾提出过"词笔莫妙于留"之说。归纳以上各家之论,私意以为首先我们应该分别从两个方面来看,其一是自其同者而视之,则我们就会发现他们对于词之曲折深蕴之特美,都有一份共同的体认;其次再就其异者而视之,则我们又会发现他们对词之所以形成此种特美之质素,却各有不同的看法。关于这方面的差别,我以为大概可以分为三类:一类是尊仰张惠言及周济之说,对词之曲折深蕴之美常以比兴寄托为之解释者,刘熙载、蒋敦复、陈廷焯、沈祥龙、陈洵诸家属之;再一类是虽亦推重常州之词论,却反对其拘执,因之各有不同之见者,丁绍仪、江顺诒、谢章铤诸家属之;更有一类则是虽曾自常州词论得到启发,而其立说乃完全不为常州之论所局限者,况周颐属之(本文为篇幅所限,但能略述其概要如此,他日有暇,当再分别详论)。以上所述,乃是我们对于自两宋以迄晚清之词学的一个极简单的介绍,有了此种认识,我们就既可以在下一节中把王国维的词论放在这个历史的演进结构中,对其得失长短之所在,作出更为正确的衡量,也可以在下一节中在西方理论的观照中,对中国词学作出更为正确的反思了。

二 王国维对词之特质的体认
——我对其境界说的一点新理解

从上一节对中国词学之简单的介绍中,我们已可以约略看到词学之发展中的一些重要迹象。其一是词学家们对于词之曲折深蕴耐人寻绎的特质,越来越有了明白的反省和认识;其二则是对于词中之此种特质应如何加以发掘和诠释的问题,也越来越有了更为深入的思索。而更值得注意的则是,词学发展到了此一阶段的晚清时代,中国的固有文化又受到了西方文化的一次重大的冲击。而王国维的《人间词话》就正是在此种历史背景中所写成的一册极值得注意的论词专著。因此在王氏之《人间词话》中,我们遂可以发现其既有对传统词学的继承和突破,也有对西方理论的接受和融会。关于王氏之文学批评中此种旧修养与新观念的结合,我在多年前所写的《王国维及其文学批评》一书中,已曾有过相当详细的论述。当时我既曾自其早期之杂文中,为之归纳出了有关文学批评的几点重要概念;又曾自其《人间词话》中,为之归纳出了一套简单的理论体系;而且在讨论其《人间词话》时,还曾将之分为了批评之理论与批评之实践两大部分。约而言之,则我以为其《人间词话》中之第一则至第九则,乃是王氏对其评词之标准的一种理论性的标示:第一则提出"境界"一词为评词之基准。第二则就境界之内容所取材料之不同,提出了"造境"与"写境"之说。第三则就"我"与"物"之间的关系之不同,分别为"有我之境"与"无我之境"。第四则说明"有我"与"无我"两种境界其所产生之美感有"优美"与"宏壮"之不同,是对于第三则的一种补充。第五则论写作之材料可以或取之自然或出于虚构,又为第二则"造境"与"写境"之补充。第六则论"境界"非但指景物而言,亦兼指内心之感情而言,又为对第一则"境界"之说的补充。第七则举词句为实例,以说明如何使作品中之境界得到鲜明之表现。第八则论境界之不以大小分优劣。第九则为境界之说的总结,以为"境界"之说较之前人之"兴趣""神韵"诸说为探其本。关于此数则词话所标举的几项重要论点,我当时都曾就中国固有之传统及外来理论之影响两方面对之作过相当的论析。因此本文对以上诸点遂不拟再作重复的讨论。我现在所要提出来一谈的,乃是我近来对王氏词论的一点新的认识和理解。

首先我要提出来一谈的乃是我对王国维所标举的"境界"一词的一点新的理解。本来早在多年前当我撰写《王国维及其文学批评》一书时,在《对"境界"一词之义界的探讨》一节中,我就已曾说明王氏在使用"境界"一词时,往往在不同之情况中有不同之含义。盖"境界"一词并非王氏所首创,一般人在评论文学艺术之时亦曾往往用之,是以王氏在《人间词话》中使用此一批评术语时,乃产生了两种情况:其一是将"境界"一词作为评词之标准而赋予一种特殊之含义者,如《人间词话》开端所提出的"词以境界为最上。有境界则自成高格,自有名句",其所提出之境界便具有一种特殊之含义。其二则在《人间词话》其他各处使用此词时亦往往具有一般人使用此词时的多种含义。当时我对此一问题曾做过较详细的探讨,先就其特殊含义而言,当时我曾引用佛典中的"境界"之说,指出"所谓'境界'实在乃是专以感觉经验之特质为主的"。如《俱舍论颂疏》即曾云:"功能所托,名为境界。如眼能见色,识能了色,唤色为境界。"是则境界之存在乃全在吾人感受功能之所及,因此外在世界在未经过吾人感受之功能而予以再现时,并不得称之为"境界"。王氏在引用此"境界"一词作为评词之标准时,其取义与佛典自然并不完全相同,然而其着重于"感受"之特质的一点则是相同的。当时我也曾尝试对王氏所标举的评词之标准的"境界"一词之含义略作说明,我以为"《人间词话》中所标举的'境界',其含义应该乃是说凡作者能把自己所感知之'境界',在作品中作鲜明真切的表现,使读者也可得到同样鲜明真切之感受者,如此才是'有境界'的作品。所以欲求作品之'有境界',则作者自己必须先对其所写之对象有鲜明真切之感受。至于此一对象则既可以为外在之景物,也可以为内在之感情;既可为耳目所闻见之真实之境界,亦可以为浮现于意识中之虚构之境界。但无论如何却都必须作者自己对之有真切之感受,始得称之为'有境界'"。这是当时我对王氏所标举的境界一词作为评词标准之特殊含义的一点理解。再就王氏将境界一词作为一般使用时之多种含义而言,则大约分别有以下几种情况:第一是用以指作品内容所表现的一种抽象之界域而言,如《人间词话》第十六则所云"境界有二:有诗人之境界,有常人之境界",便应为此种取义;第二是用以指修养造诣的各种不同之阶段而言,如《人间词话》第二十六则所云"古今之成大事业大学问者,必经过三种之境界",便应为此种取义;第三是用以指作品中所叙写的一种景物而言,如《人间词话》第五十一则所云"'明月照积雪'、'大江流日夜'、'中天悬明月'、'黄河落日圆',此境界可谓千古壮观",便应为此种取义。

  以上所言,是我多年前对王氏词论中"境界"之说的一点理解。现在回顾所言,我以为基本上也仍是正确的。只是近来我却逐渐发现,事实上这种理解原来却存在有一点极明显的不足之处。那就是凡以上所言者,都不仅可以作为论词之标准,同时也可以作为论诗之标准。而王氏在《人间词话》开端标举"境界"之说时,他所提出的最重要的一句话,却原来乃是"词以境界为最上",可见在王氏之意念中,词固应原有不同于诗的一种特质,而"境界"一词就正代表了王氏对此种特质的一点体认。而且从《人间词话》的全部来看,王氏原来乃是对这种特质具有极深切之体认的一位评词人;只可惜王氏在他自己将《人间词话》编订而发表于《国粹学报》之时,在前九则较具系统的词话中,未曾将某些有关这方面的词话列入其内,这当然原是中国旧日缺乏理论体系的诗话及词话等著作的一般通病,于是遂使得一些极精辟的见解都成为了零星琐屑的谈话。因此也就使得后来讨论《人间词话》的人,都将注意力集中于对"境界"一词之一般性的义界,及对于"造境""写境""有我""无我"与"优美""宏壮"等问题的探讨,如此所得的结论遂往往只是对文学及美学方面的一些一般性的观点,而对于王氏标举"境界"来作为评词之术语,其所意指的对于词之特质的一种体认反而忽略了。而如果要想了解王国维对词之特质的体认,及其所提出的"境界"一词与词之特质的关系,我们就不得不先对王氏所提出的另外几则词话也略加探论:

一、词之为体,要眇宜修。能言诗之所不能言,而不能尽言诗之所能言。诗之境阔,词之言长。

二、词之雅郑,在神不在貌。永叔、少游虽作艳语,终有品格。

三、南唐中主词"菡萏香消(按:当作"销")翠叶残,西风愁起绿波间",大有众芳芜秽,美人迟暮之感。乃古今独赏其"细雨梦回鸡塞远,小楼吹彻玉笙寒"。故知解人正不易得。

四、古今之成大事业大学问者,必经过三种之境界:"昨夜西风凋碧树。独上高楼,望尽天涯路",此第一境也;"衣带渐宽终不悔,为伊消得人憔悴",此第二境也,"众里寻他千百度,回头蓦见(按:当作"蓦然回首"),那人正(按:当作"却")在,灯火阑珊处",此第三境也。此等语皆非大词人不能道。然遽以此意解释诸词,恐为晏、欧诸公所不许也。

五、"我瞻四方,蹙蹙靡所骋",诗人之忧生也。"昨夜西风凋碧树。独上高楼,望尽天涯路"似之。"终日驰车走,不见所问津",诗人之忱世也。"百草千花寒食路,香车系在谁家树"似之。

先看第一则词话。我以为此一则词话乃是王氏对其所体认的词之特质的一段极为简要的说明。当然对词之此种特质之体认也并不自王氏始,早在清代的词评家们就已曾用"要眇"二字来形容词之特质了。即如张惠言在其《词选序》中,就曾谓词可以"道贤人君子幽约怨悱不能自言之情,低徊要眇,以喻其致"。其后,沈祥龙沿承张氏之说,在其《论词随笔》中也曾提出说"盖心中幽约怨悱,不能直言,必低徊要眇以出之,而后可以感人"。从他们所标举的这些"低徊要眇"及"要眇宜修"等评词之术语的相近似来看,可见他们对于词之特质原是具有一种共同之体认的。至于此种所谓"要眇"之特质究竟何指,我在不久前所写的《要眇宜修之美与在神不在貌》一篇文稿中,也已曾有所论述。约言之,则所谓"要眇"者盖专指一种精微细致的富于女性之锐感的特美。此种特美既最适于表达人类心灵中一种深隐幽微之品质,而且也最易于引起读者心灵中一种深隐幽微之感发与联想。只不过这种特质在词之不断的演进中,又曾逐渐形成了几种不同的情况:在五代宋初的歌辞之词的阶段,作者填写歌辞时,在意识中既往往并没有言志抒情之用心,故其表现于词中的此种特美,遂亦往往只是作者心灵中一种深隐幽微之品质的自然流露。因此这一类词遂亦往往可以给读者一种最为自由也最为丰美的感发与联想。这可以说是属于词之第一类的"要眇"之美。至于在苏、辛诸人的诗化之词中,则作者虽然在意识中已有了言志抒情的用心,然而由于作者本身之修养、性格、志意和遭遇的种种因素,因而遂形成了一种曲折深蕴的品质,而且在抒写和表达时,其艺术形式也足以与其内容之曲折含蕴之品质相配合。所以虽在超旷和豪迈中,便也仍能具有一种深隐幽微之意致(请参看《唐宋词名家论稿》中对苏、辛词之论析)。这可以说是属于词之第二类的"要眇"之美。至于周、姜、史、吴、王诸家的赋化之词,则往往是以有心用意的思索和安排,来造成一种深隐幽微的含蕴和托喻,这可以说是属于第三类的"要眇"之美。当我们对以上三类不同性质的"要眇"之美,已有了分别之认知以后,再回头来看张惠言与王国维二家对词之特质所作的相近似的论述,我们就会发现他们二人在相似之中实在存在有一点绝大的不同,那就是张惠言之以比兴说词乃是先肯定了作者一定有一种贤人君子幽约怨悱之情,不过只是用低徊要眇的方式来传达而已。这种说词的方式,就前面所举的第三类词的"要眇"之美而言,原是可行的;而张氏之错误则是想要用此第三类的"要眇"之美,来概括和说明前两类的"要眇"之美。然而前两类的"要眇"之美的性质既与此第三类迥然不同,因此张氏之说自然就不免有牵强比附之讥了。至于王国维此一则词话之所说,则可以算是对此种"要眇"之美的一种通说,足可以将此三类不同性质的"要眇"之美都概括于其中。这自然是王氏之说较张氏之说更为周全也更为灵活之处。只是王氏在此一则综合的论述中,其所言虽似乎可以概括此三种不同性质的"要眇"之美,然而若就王氏《人间词话》之整体而言,则我们就会发现王氏在批评之实践中,对属于第三类的"要眇"之美的作品,却始终未能真正了解和欣赏。这自然是王氏词论中之一项重大的缺憾。至于对第二类的"要眇"之美,则王氏虽然论述不多,但像他在评苏、辛词时所提出来的一些论点。如"东坡之词旷,稼轩之词豪。无二人之胸襟而学其词,犹东施之效捧心也"及"读东坡、稼轩词,须观其雅量高致,有伯夷柳下惠之风"诸言,则都颇能掌握评赏此类词之重点所在。盖以诗化之词的作者,既已经具有了与写诗相近似的言志抒情之意识,因此其最易产生的一项流弊就是流于直抒胸臆,而失去了词所独具的"要眇"之特美。所以此类词之佳者,其作者乃更须在本质上先具有一种"要眇"的品质,然后才能在其作品中存有此种"要眇"之特美。王氏对苏、辛词之评赏,每自其作者之品质为说，此自不失为一种有见之言，只是王氏之所说似只为一种直觉之感受，而并无理论性之反思。而且早在清代词评家之论苏、辛词时，已从其修养品格方面为说了，我们在前一节所曾举引过的谢章铤《赌棋山庄词话》中对苏、辛词的一些评论便足以为证。是则王氏对第二类词的"要眇"之美虽亦能有所认知，却与前人之说甚为相近，而并未能树立起真正属于自己的精义和创见。经过如此的比较和观察，我们就会发现王氏论词的最大之成就，实乃在于他对第一类词之"要眇"之美的体认和评说。盖以第一类的歌辞之词，其特色乃在于作者写作时并无显意识的言志抒情之用心，然而其作品所传达之效果，却往往能以其"要眇"之美而触引起读者许多丰美的感发和联想。此种感发和联想既难以用作者显意识之情志来加以实指，因此也就很难用传统的评诗的眼光和标准来加以衡量，私意以为这才是王国维之所以不得不选用了"境界"这一概念极模糊的词语，来作为评词之标准的主要缘故。只是王氏在当时虽对此一类词的"要眇"之特美已有了相当的体认，却并未能形成一种义界严明的理论体系。因此当他在《人间词话》中使用"境界"一词时，才产生了如我们在前文所述及的多种解说之模棱性。而我以前在《王国维及其文学批评》一书中所提出的对"境界"一词之理解，以为当其被用为一种具有特殊含义之批评术语时，乃是指"凡作者能把自己所感知之'境界'，在作品中作鲜明真切的表现，使读者也可得到同样鲜明真切之感受者，如此才是'有境界'的作品"的说法，原来应该只是王氏标举"境界"一词作为文学批评术语的第一层含义。此一层含义是既可以用以评词，也可以用以评诗的，可是当他在词话开端特别提出"词以境界为最上"的说法时，此"境界"一词便实在还应具有专指词之特质的另一层的含义。而这一层更为深入的含义，我以为才正是王氏词论中最重要的一点精华之所在。因此王氏遂又在这一则词话中提出了词"要眇宜修"之特质。而且还曾对此一特质加以申述说:"能言诗之所不能言,而不能尽言诗之所能言。诗之境阔,词之言长。"那就因为若将此一类歌辞之词与诗相比较,则诗之作者既在显意识中多存有言志抒情之用心,而且可以写为五、七言长古之各种体式,可以说理,可以叙事,可以言情,此种广阔之内容,自非小词之所能有。然而小词的"要眇"之美所传达的一种深微幽隐的心灵之本质,其所能给予读者的完全不受显意识所拘限的更为丰美也更为自由的感发与联想,则也决非诗之所能有。所以在我们前面所举引的第二则词话中,王氏乃又曾提出说"词之雅郑,在神不在貌"。其所谓"貌",应该就是指词中所叙写的表面之情事,而其所谓"神"则应是指其"要眇"之特质所能给予读者的一种触引和感发的力量。因为如果只以"貌"而言,则五代宋初之小词表面所叙写的情事,原来都只不过是一些儿女相思伤春怨别的内容而已。若以评诗之标准论之,则此种内容之诗歌固应皆属于郑卫淫靡之作,并无深远之意义与价值可言;然而若以评词之标准论之,则虽然外表同是写儿女之情的作品,可是其中却有一些作品除去外表所写的情事以外,还特别具有一种足以引起读者之深远而丰美的感发与联想的力量,而这一类小词自然就正是王氏所谓"在神不在貌"的不能再以郑卫之音目之的作品了。像这种不被内容所写之情事所拘限,而能触引读者极自由之感发与联想的一种艺术效果,一般而言自然并非只以写显意识中之情事为主的诗之所能有。因此我以为这才是王氏之所以提出"词以境界为最上。有境界则自成高格,自有名句"之说来作为评词之标准的更深一层的意旨之所在。只可惜王氏对于这一类词的"要眇"之特质,虽有相当深切的体认,然而却并未能作出更有系统的理论化的说明,因此我们便只能从他在评词实践的一些其他诸则词话中,来求取印证了。所以下面我们便将对前面所举引的第三至第五则词话略加讨论。

  这三则词话,我以为恰好可以代表王氏之不被作品所叙写的外表情事所拘限,而以感发及联想来评词和说词的几种不同的方式。先看第三则词话,在这则词话中,王氏所举引的南唐中主李璟的《山花子》一词,就其外表所写的情事而言,原来乃是一般歌辞之词所常写的伤离怨别的思妇之情,然而王氏却以为其开端之"菡萏香销"二句"大有众芳芜秽,美人迟暮之感",这当然可以作为王氏之"遗貌取神",不从作品所写之外表情事立说,而从作品之感发作用所予读者之联想来立说的一则例证。再看第四则词话,在这则词话中,王氏所举引的晏、欧诸人的小词,就其外表所写的情事而言,原来也是一般歌辞之词所常写的伤离怨别的儿女之情,然而王氏却居然以为其所写之内容,足以代表"成大事业大学问者"的"三种境界",这当然也可以作为王氏之"遗貌取神",不从作品所写之外表情事立说,而从作品之感发作用所予读者之联想来立说的又一则例证。至于第五则词话,则王氏乃竟然以晏殊及冯延巳所写的歌辞之词中的伤离怨别的词句,来与《诗经·小雅·节南山》及陶渊明《饮酒》诗中的一些忧生忧世的诗句相比拟,其"遗貌取神",能超越于作品所写的外表情事以外,而独重读者感发之所得的一贯的读词和说词的态度,也是明白可见的。而且王氏在第四则词话中,既曾把晏殊《蝶恋花》词中的"昨夜西风"数句,比拟为"成大事业大学问者"的"第一种境界",而在第五则词话中,又把此三句词与《小雅·节南山》中的"我瞻四方,蹙蹙靡所骋"数句相比拟,以为其与"诗人忧生"之情意有相似之处,则王氏之以联想说词时的自由和不受拘限的情况,自亦可概见一斑。

　　从以上这些批评实践中的个例,已足可证明我在前面所提出来的说法,那就是王氏评词之最大的成就,乃在于他对第一类歌辞之词的"要眇"之美的体认和评说。这种评说之特色就正在于评者能够从那些本无言志抒情之用心的歌辞之词的要眇之特质中,体会出许多超越于作品外表所写之情事以外的极丰美也极自由的感发和联想。这种感发和联想与诗中经由作者显意识之言志抒情的用心而写出来的内容情意,当然有很大的不同。我想这可能才正是王氏之所以不得不提出"境界"这一义界极模棱的批评术语,来作为评词之标准的更深一层的含义之所在。因此"境界"一词也含有泛指诗歌中兴发感动之作用的普遍含义,却并不能径直地便指认为作者显意识中的自我言志抒情之内容,而是作品本身所呈现的一种富于兴发感动之作用的作品中之世界。而如果小词中若不能具含有这种"境界",则在唐五代之艳词中,固原有不少浅薄淫亵的鄙俗之作,而这些作品当然是王国维所不取的,因此私意以为这才是王氏何以要提出"词以境界为最上。有境界则自成高格,自有名句"来作为评词之标准的主旨所在。而且在这一则词话的最后,王氏还曾提出了另一句极值得注意的话,说"五代北宋之词所以独绝者在此"。则王氏之"境界"说其重点乃专指这一类歌辞之词的引人感发与联想的要眇之特质,岂不显然可见?

以上我们虽然曾就中国词学之传统及王国维之词论,把词之"要眇"的特质归纳为"歌辞之词""诗化之词"与"赋化之词"三种不同的类型,并曾提出说张惠言的比兴寄托之说特别适用于第三类赋化之词之有心安排托意的一些作品,而王国维的境界说则特别适用于第一类歌辞之词之富于感发作用的作品。然而这种归纳实在不过只是一种极为简单的说明而已。关于张、王二家词说之优劣长短及其理论之依据何在,还都有待于更深一层的探讨。而传统词说既缺乏周密的理论分析,因此下一节我们便将借用一些西方的理论来对之略加检讨。

三 从西方文论看中国词学

在前两节的讨论中,我们已曾就中国词学之传统,对词之特质作了扼要的探讨,以为词与诗之主要差别,乃在于词更具有一种深微幽隐引人向言外去寻绎的"要眇"之特质。而且还曾就词之发展过程,将此种

"要眇"之特质分做了"歌辞之词""诗化之词"及"赋化之词"三种不同的类型。并曾指出张惠言之以比兴寄托说词的方式,较适用于第三类的"赋化之词";王国维之以感发联想说词的方式,较适用于第一类的"歌辞之词";至于第二类的"诗化之词",则是虽然也以具有深微幽隐的"要眇"之特质者为佳,然而并不须以比兴及联想向作品本身之外去寻绎,而是在作品本身所写的情事之中,就已经具含了"要眇"之特质了。以上我所作的这些探讨和归纳,可以说主要都是以中国传统词说为依据的。只可惜中国文学批评一向缺少逻辑严明的理论分析,因此虽有一些极精微的体会,却都只形成了一些模糊影响的概念,而不能对其所以然的道理作出详细的说明。而近来我却发现这些传统词学,与西方现代的一些文论颇有暗合之处,因此下面我便将借用一些西方文论来对中国这些传统的词说略作反思和探讨。不过,在引用西方理论之前,我却要首先作一个简单的声明,那就是本文既不想对西方理论作系统性的介绍,也不想把中国词学完全套入西方的理论模式之中,我只不过是想要借用西方理论中的某些概念,来对中国词学传统中的一些评说方式,略作理论化的分析和说明而已。

首先我要提出来一谈的是西方的阐释学(hermeneutics),此一词之语源盖出于希腊罗马神话中赫尔默斯(Hermes)一词,赫尔默斯为大神宙斯(Zeus)与美亚(Maia)所生之子,是一位为神传达信息的使者。因此西方遂将诠释《圣经》中神的语言的学问,称为 hermeneutics,本义原是解经之学。而另外自亚里士多德开始,欧洲也原有一个对古典加以阐释的传统。其后经德国的神学家与哲学家施莱尔马赫(F. Schleier-macher)及狄尔泰(W. Dilthey)等人把二者加以发扬和融会,于是原来的解经之学,遂脱离了教条的束缚,而发展成为一种可以普遍适用于哲学与文学之解释的总体的阐释学。本文因主题及篇幅所限,对此自无法作详细之介绍。我现在只想把中国传统词学与西方阐释学的一些暗合之处,略加叙述。第一点我要提出来一谈的是西方对《圣经》的阐释,往往至少有两层意义,因为经文中常有一种喻言的性质,因此说经之人对于经文遂至少要作出两层解释,第一层是对于经文之语法及词意等字面之解释,第二层是对其精神内含的寓意的解释(圣奥古斯丁在其《基督教教义》一书中,甚至曾将之分为"字面的""寓言的""道德的"及"神秘的"四重含义,因过于繁复,兹不具论)。如果以这一点特色与中国词学传统相比较,则如我在前一节之所论述,中国词与诗的差别,就在于词更具有一种幽微要眇引人向更为深远之意蕴去追寻的特质,这正是张惠言之所以提出了"意内言外"的比兴寄托之说,王国维之所以提出了"在神不在貌"的境界之说的缘故。可见对于词的欣赏和评说都更贵在能透过其表面的情意而体会出一种更深远的意蕴。像这种对于两层意蕴的追寻和探索,我以为这正是中国词学与西方阐释学的第一点暗合之处。第二点我要提出来一谈的,则是阐释学中的多种解释的可能性。西方的阐释学,其最初之本意原是要推寻出经文中神的旨意,或古代作品中的作者之本意,可是在实践的发展中,他们却发现自己面临了一个重大的困难,那就是每一个诠释人都有其时代与个人之背景的种种限制,因此当他们对不同时间不同空间不同之作者的作品作出诠释时,自然就免不了会产生种种偏差,于是从作品中所体会出来的,遂往往不一定是作品的本义(meaning),而只是诠释者自作品中所获得的一种衍义(significance)。而且不仅不同的诠释人可以自作品中获得不同的"衍义",甚至同一位诠释人在不同的时空背景下阅读同一篇作品,也可以因不同背景而获得不同的衍义。如果以阐释学中这种衍义之说与中国传统词学相比较,则如张惠言之评温庭筠的《菩萨蛮》词,谓其"照花前后镜"四句有"《离骚》初服之意",王国维说李璟的《山花子》词,谓其"菡萏香销翠叶残"二句有"众芳芜秽,美人迟暮之感",像这种解说,依阐释学言之,自然就都可以被视为一种衍义。

而这种衍义的评说,既可以因诠释人的时空背景之不同而作出种种不同的解说,因此常州词派之周济和谭献二人,遂又提出了"仁者见仁,知者见知"与"作者之用心未必然,而读者之用心何必不然"之说。于是晏殊之《蝶恋花》词之"昨夜西风凋碧树"三句,遂既可以被王国维评说为"成大事业大学问者"的"第一种境界",又可以被王国维评说为有"诗人忧生"之意。像这种衍义的评说,我以为也正可以用西方阐释学来加以说明。这是中国传统词学与西方阐释学的第二点暗合之处。第三点我要提出来一谈的,则是阐释学中阐释之依据的问题,而一切阐释的依据当然都在所阐释的"文本"(text,一译为"本文"),是"文本"为阐释者提供了材料,且提供了各种阐释的可能性。如果以此一点与传统词学相比较,则如张惠言之评温庭筠的《菩萨蛮》词,就曾提出说:"'照花'四句,《离骚》初服之意。"可见"照花"四句便是张惠言之评说所依据的"文本"。王国维之评李璟的《山花子》词,也曾提出说:"'菡萏香销'二句,大有众芳芜秽,美人迟暮之感。"可见"菡萏香销"二句也就是王国维之评说所依据的"文本"。这自然可以说是传统词学与西方阐释学的第三点暗合之处。只是我们虽然承认了张惠言与王国维之评说各有其所依据的文本,然而这些文本何以竟会引发了他们所诠释的那些"衍义",则还是一个应该探讨的问题。因此下面我们便将再征引一些其他的西方理论,来对这方面的问题也略加论述。

所谓"文本",其组成的因素自然是文本中所使用的语言,而语言则是传达信息的一种符号。因此我们现在就将对西方的符号学(semiotics)也略加介绍。本来早在我所写的《从符号与信息之关系谈诗歌的衍义之诠释的依据》一文中,我对符号学已作过简单的介绍,而且曾引用符号学的一些理论,对张惠言之以比兴寄托说词的依据也作过简单的分析(见《迦陵随笔》之七)。约言之,则根据瑞士符号学之先驱者结构语言学家索绪尔之说,作为表意符号的语言,其作用主要可以归纳为两条轴线,一条是语序轴,另一条是联想轴。语序轴指语法结构的次序而言,当然是构成语言之表意作用的一种重要因素。但索氏认为语言之表意作用除了在语言中实在出现的语序轴以外,还要考虑到每一语汇所可能引起的联想的作用。一些有联想关系的语汇可以构成一种语谱(paradigm)。如果以中国文学为例证,则如我们要叙写一个美丽的女子,则我们便可以联想到"美人""佳人""红粉""蛾眉"等一系列的语谱。而语谱中的每一个语汇都可以提供给说话人一种选择,当我们选择此一语汇而不选择彼一语汇时,其间就已经有了一种表意的作用了。而且当这些语汇依语法次序排列成一个语串之时,则此一语串除去依语序轴之次序所表明的语意以外,便还可以由联想轴之作用而隐含有另一组潜伏的语串。索氏的此一理论,实在为以后的学者提供了不少可提供发挥的基础。至于把符号学用之于对于诗歌的研讨,则以雅各布森和洛特曼二人之说最为值得注意。雅各布森原为国际上著名的语言学家,并曾结合语言学与符号学来探讨诗学。他曾以索绪尔的二轴说为基础,而发展出一种语言六面六功能的理论(此说过繁,此处不暇介绍,从略),其中之一就是所谓诗的功能(poetic function),这种功能之形成,主要就是由于把属于选择性的联想轴的作用加在了属于组合性的语序轴之上,于是就使得诗歌具有了一种整体的、象征的、复合的、多义的性质,这自然就使得我们对于诗歌的内涵和作用,有了更为丰富也更为深入的认识和了解。不过,雅氏也曾对语言的交流提出了一项重要的条件,那就是说话人和受话人双方必须具有相当一致的语言的符码。其后另一位俄国的符号学家洛特曼则更把符号学从旧日的形式主义及结构主义中解放出来,使之与历史文化相结合,并且接受了信息交流的理论,而提出了更进一步的说法。洛氏认为人类不仅用符号来交流信息,同时也被符号所控制,符号的系统也就是一个规范系统。而且此中规范系统还可以分为两个层次:我们日常普通所使用的语言,是第一层的规范系统;而当我们把文学、艺术及各种风俗、习惯加之其上,于是就形成了第二层的规范系统。因此当我们研析一篇文学作品时,就不应只注意其第一层的规范系统,还应注意其外在时空的历史文化背景所形成的第二层的规范系统。同时洛氏还曾把符号分成了理性的认知与感官的印象两种不同的性质。前者多属于已经系统化了的符号,后者则多属于未经系统化的符号。前者可以给人知性的乐趣,后者则可以给人感性的乐趣。通常一般人读诗都只注意诗篇之语汇在语序轴上所构成的表面的信息与意义,而依洛氏之说,则无论是语序轴或联想轴所可能传达的信息,无论是知性符号或感性符号,甚至诗篇外的历史文化背景,都可视作诗歌的一个环节。因此洛氏的理论遂把诗篇所能传达的信息的容量大幅度地扩展了。

  以上我们既然征引了一些西方符号学之说,说明了在语言符码中之联想轴的重要性,也说明了这些符码系统与历史文化背景有着密切的关系,现在我们就可以借用这些理论来对张惠言说词之依据略加说明了。即如我们在前文所举出的张惠言对于温庭筠《菩萨蛮》(小山重叠)一词中"照花"四句的评说,此四句词原文本是"照花前后镜,花面交相映。新贴绣罗襦,双双金鹧鸪"。如果只从语序轴表面的叙写来看,则此四句词原不过只是写一个女子的簪花照镜及其衣饰之精美而已。可是张惠言却从其中看出了"《离骚》初服之意",那便因为就中国历史文化之传统而言,则《离骚》中既多以"美人"喻为"君子",而且常以美人之修容自饰来比喻君子之高洁好修。《离骚》中"初服"一句,原文就是:"进不入以离尤兮,退将复修吾初服。"据王逸注即曾云:"退,去也,言己诚欲遂进竭其忠诚,君不肯纳,恐重遇祸,将复去修吾初始清洁之服。"而其所喻示的则是贤人君子之不遇者的一种高洁美好的品德,所以紧接着"初服"一句,《离骚》就写了一大段"芰荷为衣""芙蓉为裳""缤纷繁饰""芳菲弥章"的衣服容饰之美。可见张惠言之说温词以为其有屈子《离骚》之意,他所依据的原是由于文本中一些语码所提示的带有历史文化背景的联想轴的作用(温氏此一词中的语言符号,如其"画眉""照镜"等叙写皆可以有引人联想之符码作用。请参看《迦陵随笔》之八)。而像张惠言的这种说词方式,实在可以说是中国词学以比兴寄托说词的一个传统方式,即如鲖阳居士之说苏轼《卜算子》(缺月挂疏桐)一词(见张惠言《词选》所引)谓其"'缺月',刺明微也,'漏断'暗时也……"云云,端木埰之说王沂孙《齐天乐》(一襟余恨宫魂断)一词谓其"'宫魂'句点出命意,'乍咽''还移'慨播迁也"云云(见四印斋刻《花外集》王鹏运跋文),他们所采用的就都是以文本中某些语码来比附某种托意的方式。这种解说方式,从表面看来虽然似乎也是一种可以使词之诠释更为丰富的衍义,但实际上反而给词之诠释更加上了一层拘执比附的限制。关于这种诠释的缺点,西方符号学家也已曾注意及之。即如艾柯在其《读者的角色》(*The Role of the Reader*)一书之"诗学与开放性作品"("The Poetics of the Openwork")一节中,就曾认为西方阐释学中像这种以道德性(moral)、喻托性(allegorical)及神秘性(anagogical)来作解释的中古时期的说诗方式,是一种被严格限制了的僵化的解说,事实上已经背离了诗歌之自由开放的多义之特质。在中国词学中,张惠言这一派比兴与寄托的常州词论之所以往往受到后人的讥评,就也正是由于这种缘故(请参看《迦陵随笔》之九)。因此王国维遂批评张氏之说词为"深文罗织",而王氏自己遂发展为一种更重视读者之联想的更富于自由性的说词方式。下面我们便将对王氏说词之方式,也借用西方之文论来略加论述。

如果以王氏说词之方式与张氏说词之方式一加比较,我们就会发现其间实在有两点极大之差别。其一是张氏之说词其所依据的主要是一种在历史文化中已经有了定位的语码,这一类语码在文本中是比较明白可见的;而王氏之说词则并不以其中已有定位的语码作为依据,此其差别之一。其次则张氏之说词乃是将自己之所说直指为作品之本意与作者之用心;而王氏则承认此但为读者之一想,此其差别之二。从以上两点差别,我们已可清楚地见到,张、王二氏不仅是在说词方式上有着明显的不同,而且在批评的重点方面,也已经有了极大的转移。张氏的批评主要仍是以追求和诠释作者之用心与作品之原义为评说之重点;而王氏则已经转移到以文本所具含之感发的力量,及读者由此种感发所引起的联想为评说之重点了。为了要对王氏说词的方式也略加理论化的分析,因此我们就不得不对另一些西方文论也略加介绍。首先我要提出来一谈的,就是西方的接受美学(德文为 rezeptions ästhetik,英译为 aesthetic of reception),此一学派源起于联邦德国的康茨坦斯大学(University of Konstanz)。当时该大学有一批学者经常聚会,如尧斯(Hans Robert Jauss)及伊塞尔诸人皆在其中。他们曾把一些共同讨论的主题,写为论文发表在一本名为《诗学与诠释学》(*Poetik und Hermeneutik*)的杂志中,所谓"诗学"与"诠释学"虽然研究的重点不同,前者重在对于诗之性质及其内在结构的分析,而后者则重在对于意义的解说,但经由诗学的分析实在可以产生出对于诠释的重大影响,因此二者间自然有一种密切的关系。而所谓"接受美学"就是综合了诗学与诠释学而发展出来的一种新兴的文学批评理论。而且在发展的过程中还曾结合了结构主义与现象学的一些影响,因此牵涉的问题颇为广泛,本文对此不暇详述。我现在只想对此一派文学理论所提出的读者之重要性略加介绍。约言之,盖早自捷克的结构主义学者莫卡洛夫斯基就已曾提出了艺术品有待读者或欣赏者来加以完成的说法,他认为一切艺术品在未经读者或欣赏者的再创造以前,都只不过是一种艺术成品而已,一定要经过读者或欣赏者的再创造来加以完成,然后此一艺术品才成为一种美学的客体(见莫氏所著《结构、符号与功能》[*Structure, Sign and Function*])。而波兰的现象学哲学家英伽登则认为作品本身只能提供一个具含很多层次的架构,其中留有许多未明白确定之处,要等读者去阅读时,才能将之加以具体化的呈现。而且一切作品都必须经由读者或欣赏者以多种不同之方式加以完成,才能产生一种美感经验,否则此一艺术品便将毫无生趣(见英氏所著《文艺作品的认知》[*The Cognition of the Literary work of Art*]及《文艺作品的本体性、逻辑性及理论性探讨》[*The Literary Work of Art: An Investigation on the Borderline of Ontology, Logic and Theory of Literature*])。而接受美学的学者伊塞尔在其《阅读过程:一个现象学的探讨》一文中,遂明白地提出了文学作品的两极之说。他认为文学作品具有两个极点,一方面是艺术的(artistic),一方面是美学的(aesthetic)。前者指的是作者所创作的文本,后者则指的是阅读此一文本的读者。因此我们对文学的研讨,就不应该只把重点放在作者的文本上面,而应该对于读者的反应也同样加以重视。伊氏又曾主张,读者对作品的反应不能被严格地固定在一点之上,而阅读的快乐也就正在其不被固定的活动性和创造性。而另一位接受美学家尧斯,在其《关于接受美学》(*Toward An Aesthetic of Reception*)一书中,则更提出了一种主张,以为一篇诗歌的内涵可以在读者多次重复的阅读中呈现出多层含义,而且读者的理解并不一定要作为对作品本文之意义的解释和回答。此外还有一位意大利的接受美学的学者墨尔加利在其《论文学接受》一文中,则曾把读者分为若干类:第一类是普通的读者,他们只看做品表面的意思;第二类是超一层的读者,他们在阅读时对于作品带有一种分析和评说的意图;第三类的读者,他们都只把作品当成一个出发点,从而透过自己的想象可以对之作出一种新的创造性的诠释。墨氏称此类读者对其所阅读的文本造成了一种创造性的背离。(墨氏此文见于法文之《比较文学杂志》[*Revue de Littérature Comparée*]1980 年第 2 期,134—149 页。)

当我们对以上这些理论有了简单的认识以后,我们就会发现王国维说词之方式与这些理论确实有不少暗合之处。其一,接受美学主张一切艺术作品都有待于读者来完成,如果不然,则此一作品便只是一件艺术成品而毫无生趣。王氏之以"众芳芜秽,美人迟暮之感"来说李璟的《山花子》词,又以"三种境界"来说晏、欧诸人的小词,主要就是透过读者的感发,而给作品赋予了一种新鲜的生趣。这可以说是与此一派理论的第一点暗合之处。其二,接受美学以为一篇作品可以对读者呈现出多层含意,而且读者的理解和诠释并不一定要作为对作品本文之意义的解释和回答。因此王氏对晏、欧诸人之小词,遂可以既将之评说为"成大事业大学问者"的一种境界,又可以将之评说为有诗人"忧生""忧世"之心。这可以说是与此一派理论的第二点暗合之处。其三,接受美学既曾提出读者对于文本之诠释可以透过自己之想象而形成一种创造性的背离。因此王氏在以三种境界说晏、欧诸人之小词时,遂也曾提出说"遽以此意解释诸词,恐为晏、欧诸公所不许也"。可见王氏对自己的解说之背离了作品的原义,也原是有所认知的。这可以说是王氏词说与此一派理论的第三点暗合之处。如果只从以上几点来看,则读者对作品之接受与诠释,乃似乎可以享有绝大之自由了。但事实上却也并非全然如此。因此接受美学还有一则极重要的理论,那就是一切诠释都必须以文本中所蕴涵的可能性为依据。关于这一方面,伊塞尔在其《阅读活动:一个美学反应的理论》(*The Act of Reading: A Theory of Aesthetic Response*)一书之序文中,就曾提出他对于文本与读者之关系的看法,认为文本提供了一种可能的潜力,而这种潜力是在读者阅读的过程中加以完成的。因此美感的反应乃是在文本与读者的交互作用中所产生的一种辩证的关系。如此看来,则旧日之只重视作者与作品而忽略了读者之美感反应的文学批评,固然是一种偏差;而如果只重视读者的反应而忽略了作品之文本的根据,则其所作出的诠释势必也将形成为荒谬妄诞而泛滥无归,则是另外一种偏差。因此我们在承认了王国维之以一己感发之联想来说词的方式以后,就还应该更对其在文本方面的依据也略加探讨。

　　说到文本中的依据,当然就要以实践的批评为例证,而西方的著作则往往偏重理论的成分多,而实践的例证少。即使有一些例证,如伊塞尔对于班彦(John Bunyan)和司考特(Walter Scott)等人著作的分析,乃大多以小说为主,而缺乏讨论诗歌的范例。至于尧斯则虽然曾经讨论过法国波德莱尔(Charles Baudelaire)的一首诗歌,然而东西方的文化背景和语言特质既都有很大的不同,因此我们也不能生硬地便把西方的个例来作为我们的典范。如此则我们在探讨王国维说词方式在文本中的依据之时,便不得不再对中国古典诗歌之特质一加回顾。本来关于此一问题,我在《王国维及其文学批评》一书中于论及"境界说与中国传统诗说之关系"一节内,已曾对中国古典诗歌之传统及特质作过简单的论述。另外我在《中国古典诗歌中形象与情意之关系例说》一篇文稿内(见《迦陵论诗丛稿》),也曾把中国诗论与西方诗论之差别作过一番比较。约言之,则西方的创作与批评都重视有心的设计与安排,而中国的创作与批评则较重视自然的感动和兴发,这正是何以在中国诗论中特别重视"兴"的作用,而在英文的批评术语中乃竟然找不到一个与之相当的语汇的缘故。现在我们如果要把西方的接受美学与读者反应论引用到对中国古典诗歌的评说中来,我们自然也就不能不重视中国传统中之所谓"兴"的作用。而且中国诗论中之所谓"兴"原来乃是可以兼指作者与读者而言的。就作者而言,所谓"兴"者,自然是指作者"见物起兴"所引起的一种感发;而就读者而言,所谓"兴"者,则是指读者在阅读时由"诗可以兴"而引起的一种感发。"诗可以兴"最早见于《论语》,本是孔子论诗的一句话。关于孔门说诗之重视读者读诗时之"兴"的感发作用,我在《"比兴"之说与"诗可以兴"》一篇文稿中已曾有所讨论,兹不再赘(见《迦陵随笔》之十)。总之,孔门说诗所着重的,乃是读者要能从诗歌中引起一种感发和联想。这种读诗和说诗的方式,与西方的接受美学及读者反应论虽然也有可以相通之处,然而基本上并不完全相同。这自然因为就阅读现象而言,无论古今中外的读者在接受作品中所传达的信息时,都必然会引起某种反应,这原是人类认知过程中之一种共性,所以基本上有可以相通之处。但对于如何接受和反应,以及如何对之作出诠释,则因为古今中外之文化历史背景不同,自然也会因此而产生极大之差别。我以为王国维的说词方式,可以说就是在理论上,虽与西方文论有可以相通的暗合之处,而在实践中则实在是带有中国传统的"诗可以兴"的深远之影响的一种重视诗歌之感发作用的说词方式。因此当我们要为王氏说词方式之个例找出其文本中之依据的时候,我们自然就不得不对其文本中所蕴涵的感发之潜能加以重视。所谓感发之潜能是与文本中每一个符号所呈现出来的形式和作用都有着密切之关系的,这种鉴别需要一种极细致的感受和体察,当然不似张惠言一派说词所依据的在文化历史已有定位的语码之明白可见。因此要想说明王氏说词之方式在文本中的依据,我们就要对其所依据的文本作一番深细的观察和探讨。

关于王氏说词方式在文本中之依据,我在《感发之联想与作品之主题》及《三种境界与接受美学》两篇文稿中,本已曾论述及之(见《迦陵随笔》之十二及十三)。约言之,则李璟《山花子》一词之所以引起了王氏的"众芳芜秽,美人迟暮"之慨,乃是因为在"菡萏香销翠叶残,西风愁起绿波间"二句文本中,原来就蕴涵了足以引起王氏此种感发的一种潜能。首先是"菡萏"一词在此一文本中的作用和效果。原来"菡萏"乃是荷花之别名,见于《尔雅·释草》。不过,每个不同的语汇都各有其不同的品质,也各自带有其不同的作用。即以"菡萏"与"荷花"而言,它们所指向的名称虽然相同,然而其所传达的品质方面的感受则有所不同。"荷花"一词予人之感受较为通俗,也因此而显得更为写实;

而"菡萏"一词则因其较为古雅,因此乃别有一种高贵而疏远的感觉。于是此一词汇乃因其推远了现实之距离,而似乎具含了一种象喻的意味。再看"翠叶"二字,所谓"翠叶"者,自然是指绿色的荷叶,如果说"绿叶",自亦未尝不可;可是如果以"绿叶"与"翠叶"相比较,我们就会感到"绿叶"似较为浅薄而庸俗,而把"绿"字换成了"翠",则不仅把绿色表现得更为鲜明具体,而且还可以由"翠"字所引起的"翡翠""翠玉"等联想而表现出对于珍贵美好之品质的一种喻示,因此"翠叶"二字在与开端之"菡萏"一词的相呼应之间,遂造成了一种珍贵美好之品质的重叠出现,于是遂使得此种品质形成为此一句文本中足以引起读者象喻之联想的重点。何况与此"菡萏"及"翠叶"二者相映衬的,还有中间的一个"香"字。此一"香"字所提示的,也同样是一种芬芳美好的品质,因此也就更增强了此一句中的象喻的意味。同时更可注意的则是夹在这种珍贵美好之名称的叙写之中,诗人所用的两个述语,一个是"销"字,一个是"残"字。这两个动词的重叠出现,遂同样也因其质量的增强,而使得其所叙写的消毁和残破的现象,也同样具含了一种象喻的意味,如此则"菡萏香销翠叶残"七个字一口气读下来时,遂自然就使得读者产生了一种恍如见到无数珍贵美好的事物都同时走向了销毁和残破的感受。至于次句的"西风愁起绿波间",则"西风"一词本身就带有一种萧瑟和摧残的暗示,而且西风吹起的所在,所谓"绿波间",实在也就是前一句中之"菡萏"的美好之生命的托身之所,所以此一句的叙写,也就更加强了首句所喻示的一切珍贵美好之生命都已走向销毁残败之无可遁逃的整个场景之悲剧感。是则仅就此二句文本中所蕴涵的足以引起读者感发的潜能而言,固已足可说明王氏对此二句词之评说的依据了。而如果我们若更结合了中国的历史文化背景来看,则秋日草木之萧瑟凋零,本来也早就有一种悠久的象喻的传统。早在《诗经·小雅·四月》中,就曾有过"秋日凄凄,百卉具腓。乱离瘼矣,奚其适归"的句子,表现了由秋日之百卉凋伤所引发和象喻的在乱离中无所遁逃的哀感。另外在《离骚》中也曾有过"惟草木之零落兮,恐美人之迟暮"的句子,则是把芬芳美好的植物与象喻着贤人君子的美人相结合,藉草木之零落而喻示了才人志士之生命落空的悲慨。其后宋玉之《九辩》则更写有"悲哉秋之为气也,萧瑟兮草木摇落而变衰"的句子,于是"悲秋"在中国文学传统中,遂形成为一个经常出现的"母题",所以唐代的杜甫乃写下了"摇落深知宋玉悲"的句子。可见草木之摇落一直是引起诗人感发的因素,而诗歌中对草木摇落的叙写,也就一直成为一个使读者引起感发的重要因素了。因此王国维遂谓李璟之"菡萏香销"二句"大有众芳芜秽,美人迟暮之感",这其间便不仅是有文本之依据,而且也是有历史文化背景为之依据的了。只不过王氏所依据的乃是文本中所蕴涵的一种感发的潜能,而并不只是语言中的符码而已。像王氏的这种说词方式,当然需要对文本中语言符号的每个成分的功能都要有精微细致的感受和辨别的能力,然后才能对文本中的潜能作出正确的发挥;而不致流入于荒谬的妄说。关于语言符号中这种精微细致的质素之重要性,艾柯在其《符号学的一种理论》一书中,曾经特别提出过所谓"显微结构"一词,来与所谓"符码"一词相对举。他以为"符码"所传达者乃是一种已经定型的意义(established meaning);而"显微结构"所传达的则不仅是表面的意义,而且是符号本体中所具含的一种质素(elements),而也正是这种质素给用以表达的语言符号提供了一个更为基本的表达形式。所以从表面看来,张惠言从语言符号之带有文化定位的语码所作出的阐释,虽然似乎更有可信的依据,但事实上则王国维对词之评说,有时却似乎反而更能掌握住文本所传达的某些基本的质素。我在《感发之联想与作品之主题》一文中,在讨论李璟这一首《山花子》时,就曾提出说:"此词显意识之所写,固原为闺中思妇之情。这种情事自表面看来与'美人迟暮'之喻托虽然似乎是截然不同之事,但自《古诗十九首》之写思妇之情,就曾说过'思君令人老,岁月忽已晚'的话,李璟此词在'菡萏香销'二句之后便也曾写了'还与韶光共憔悴'的话。是则思妇之恐惧于韶华流逝容颜衰老之情,在本质上与'众芳芜秽,美人迟暮'的悲慨之情固也原有其可以相通之处。……而王国维之所说乃正为一种'在神不在貌'的直探其感发之本质之评说。"并且我还曾自此推论说:"就作者李璟所处身的南唐之时代背景而言,其国家朝廷在当日固正处于北方后周的不断侵逼之下,因此这首词之'菡萏香销'二句所表现的一切都在摧伤之中的凄凉衰败的景象,也许反而才正是作者李璟在隐意识中的一份幽隐的感情之本质。而王国维却独能以其直接之锐感探触及之,这实在正是王国维说词的最大的长处与特色之所在。"而且艾柯在其《符号学的一种理论》一书中,于论及符号学的主体(subject)之时,也曾提出过一种看法,以为符号的主体(也就是使用符号的人——作者)是可以经由符号的活动来加以界定的。因此王氏乃透过"菡萏"二句语言符号的某些特殊质素,从而引起了一种与主体意识之本质相暗合的感发,这当然就不仅是个人之锐感,而且也是在符号学中足以为之找到理论之依据的了。

经过上面的论述,我们已可清楚地见到王国维之以感发说词的方式,从表面看来虽然似乎只是一己读词时偶发之联想,但实际上则是既可以为之找到西方理论的依据,而且同时也是有中国传统之重视感发的深厚之根基的。本来我们对王国维说词之方式的讨论,原可到此即告一结束;只是我们在前文中,既然还举有其他两则王氏说词的例证,当然我们就应该对此也略作交代。只是为篇幅所限,我们不能再对之作详尽的分析,现在只简单说明如下:第一点我们要加以说明的,当然是王氏以"三种境界"来评说晏殊诸人之小词之一则词话的文本之依据,关于此点,我在《文本之依据与感发之本质》一篇文稿中,已曾有所论述(见《迦陵随笔》之十四),兹不再赘。第二点我们要加以说明的,则是王氏以"诗人之忧生"及"诗人之忧世"来评说晏殊及冯延巳二人之词的一则词话。在这则词话中,实在包含了两个例证。前一个例证是说"'我瞻四方,蹙蹙靡所骋',诗人之忧生也。'昨夜西风凋碧树。独上高楼,望尽天涯路'似之";后一个例证是说"'终日驰车走,不见所问津',诗人之忧世也。'百草千花寒食路,香车系在谁家树'似之"。现在我们先看前一个例证,在这个例证中王氏所举引的"我瞻四方"二句,原出于《诗经·小雅·节南山》之第七章。这一篇诗是《诗经》中少数有主名的作品之一。作者在此诗之末一章,曾明白地写有"家父作诵,以究王讻"的诗句,清楚地表现了此诗之有讽刺之意。只不过历代说诗人对其所刺之对象,则颇有不同的说法,或以为是刺幽王,或以为是刺师尹。总之无论其所刺者为何人,我们从这首诗中所叙写的"天方荐瘥,丧乱弘多""昊天不佣,降此鞠讻""不吊昊天,乱靡有定"等诗句看来,这首诗乃是一首忧危念乱之诗,殆无可疑。至于"我瞻四方,蹙蹙靡所骋"二句,则据《毛传》郑笺云:"蹙蹙,缩小之貌。我视四方土地日见侵削于夷狄,蹙蹙然虽欲驰骋无所之也。"是其所喻言者,自然乃是诗人对自己生于乱世不得顺遂其志意的一种慨叹,也就是王氏所云"忧生"之意。而晏殊的"昨夜西风"几句词,则就其表现所写之情事来看,其所写者固原为伤离怨别的对远人怀念之词,与所谓"忧生"之意实在本不相干,不过若自其语言符号中所蕴涵的更深一层的基本质素言之,则"昨夜西风"一句所表现的寒劲之"西风"对于"碧树"的摧残,固正有如诗人所遭受到的外界危乱之苦厄,而"独上高楼"二句所表现的登高望远之情意,便也似乎与诗人之意欲有高远之追寻而无法实践的悲慨大有可以相通之处。而这很可能也就是王氏之所以认为此数句词与《节南山》一诗之"我瞻四方"二句一样,同是有"忧生"之意的缘故了。而另一方面则此种登高望远的追寻向往之情,当然与"成大事业大学问者"的"第一种境界",在本质上也有相通之处,因此王氏在另一则词话中,遂又曾以"第一种境界"说之。从表面看来,其所说的意思虽有不同,但同样有文本中所传达的一些基本的质素为依据。我在前文介绍西方接受美学之时,曾经提到所谓文本中的"潜能",也就是文本中本来就蕴涵有多种解说的可能性。另外我在《三种境界与接受美学》一文中,也曾提出说"按照西方接受美学中作者与读者之关系而言,则作者之功能乃在于赋予作品之文本以一种足资读者去发掘的潜能,而读者的功能则正在使这种潜能得到发挥的实践"。所以王国维在"三种境界"一则词话中,乃又曾提出说"此等语皆非大词人不能道",那便因为只有最为优秀的诗人才能对其所使用的文本赋予如此多层次的潜能,也惟有最优秀的读者才能从所阅读的文本中,发掘出如此多层次的潜能。若就此点而言,则王国维无疑乃是一位最优秀的读者和说词人。他对晏殊之"昨夜西风"几句词所作的两种不同的评说,就是一个最好的证明。其次,我们再看这一则词话中的第二个例证,在这则词话中王氏所举的"终日驰车走,不见所问津"二句,原是陶渊明《饮酒》诗末一首中之诗句。关于陶氏《饮酒》诗之托意深远,当然已早为世人之所共同认知。尤其末一首既为此一组二十首诗之总结,故其感慨乃尤为深至。若从此诗前半所写之"羲农去我久,举世少复真。汲汲鲁中叟,弥缝使其淳"及"如何绝世下,六籍无一亲"诸句来看,则此诗之有"忧世"之意,殆无可疑。黄文焕《陶诗析义》(卷三)说此二句诗,即曾云:"怅怅迷途,不知以六籍为津梁。"又云:"既不亲六籍,终日奔走世俗,夫复何为?"是则此二句盖慨叹世人之劳劳奔走而未能得一正途之意。而冯延巳《鹊踏枝》词之"百草千花寒食路,香车系在谁家树"二句,就表面所写之情事言之,则本意盖原写游子在外之游荡不返,与所谓"忧世"之意本不相干。不过,如果不只看其表面之意义,而从其所蕴涵之更深一层的感发质素而言,则冯氏此二句词固原也表现有一种在百草千花之中游荡而茫然不知其止泊之所的迷惘和悲哀。而这很可能也就是王氏之所以认为冯氏此数句词与陶诗之"终日驰车走"二句一样,同是有"忧世"之意的缘故了。而当我们讨论过王氏这几则说词之例证以后,我们就会发现王氏之以衍义说词的方式,除去其所依据者多为文本中更为基本的一种感发之质素以外,还有一点值得注意之处。那就是他所说的衍义,无论是"众芳芜秽,美人迟暮""成大事业大学问"的"三种境界"或"忧生"与"忧世"之意,它们所指向的都是有关人生的一些基本的态度与哲理,而并不以个别的一人一事为拘限。凡此种种当然都是使得王氏之词说显得比张氏之词说既更能探触到一篇作品之本质,也显得更为开阔通达的缘故。只是王氏却也由此而养成了一种偏好,遂特别欣赏五代宋初之某些专以感发取胜的属于第一类歌辞之词的作品,而却对于以思索安排取胜的属于第三类赋化之词的作品有了成见,因此在其《人间词话》中乃对南宋的姜、史、吴、王诸家词大加贬抑,这就未免也有失于偏狭之弊了。

经过以上对于张惠言与王国维二家词说之讨论和分析,我们对他们以衍义来说词的方式,既有了理论的认知,也有了实例的考察。如果我们要在此为之下一结论的话,则我们自不难加以归纳说:张氏说词所依据者,大多为文本中已有文化定位的语码,而其诠释之重点则在于依据一些语码来指称作者与作品的原义之所在。像他这种以思考寻绎来比附的说法,自然可以说是属于一种"比"的方式。至于王氏说词所依据者,则大多为文本中感发之质素,而其诠释之重点则在于申述和发挥读者自文本中的某些质素所引生出来的感发与联想。像他这种纯以感发联想来发挥的说法,自然可以说是一种属于"兴"的方式。张氏之方式适用于对第三类有心以思索安排取胜的赋化之词的评论,而王氏之方式则适用于对第一类以自然感发取胜的歌辞之词的评说。至于属于第二类的诗化之词,则如我在《从中国词学之传统看词之特质》一节中之所言,这一类词乃是不需要在诗篇的本意之外更去推寻什么衍义的,因为其在本意的叙写中,就已经蕴涵了一种曲折深蕴的属于词之特美了。因此对这一类词的评说所采用的实在应该是一种属于"赋"的方式。而也就因为这个缘故,遂使人觉得对于如何欣赏这一类词反而更没有一种模式可以依循。我想这很可能也就是何以在中国词学传统中,对于这一类诗化之词一直认为是别调,而且也一直未能产生出一位有如张、王二家对其他两类词之评说的理论大师来的原因之所在吧。只是为了使本文对于中国词学之探讨更臻完整起见,我们在下面便将这一类诗化之词应该如何加以评说的方式,也略加理论的探讨和个例的说明。

一般而言,我以为对此一类诗化之词的评赏,似乎应注意以下的两个方面:第一,我们要认识的是此一类词既已经有了与"言志"之诗相近似的诗化之倾向,其所叙写之情志也已成为了作者显意识中的一种明白的概念,因此自然就不再容许读者以一己之联想对之作任意的比附和发挥。可是作为一种"词"的文学类型(genre),这一类诗化之词中的好的作品,就也仍需要具含一种属于词之特质的曲折含蕴之美,因此遂必然要求其在所表达的情志之本质中,就具含有此种特美,而读者在评说这一类词时,当然也就最贵在能对此种在内容本质中所具含的曲折含蕴之特美能有深入的掌握和探讨。第二,我们也要认识到,除去情志之本质方面所含蕴之美以外,这一类作品,作为"词"的文类而言,在表达形式方面便同样也需要具有一种曲折含蕴之美,如此写出的作品才能算是这一类诗化之词中的成功的作品。关于这一类词的评赏,我在《论辛弃疾词》一文中曾经做过一点尝试(见《唐宋词名家论稿》)。首先我曾对辛词情意方面之本质,提出了"万殊一本"之说,以为"辛词中感发之生命,原是由两种互相冲击的力量结合而成的。一种力量是来自他本身内心所凝聚的带着家国之恨的想要收复中原的奋发的冲力;另一种力量则是来自外在环境的,由于南人对北人之歧视以及主和与主战之不同,因而对辛弃疾所形成的一种谗毁摈斥的压力。这两种力量之相互冲击与消长,遂在辛词中表现出了一种盘旋激荡的多变姿态"。我以为这种在情意之本质方面的特色,乃是形成了辛词的曲折含蕴之美的一项重要原因。再则我对于辛词在表达方面的艺术特色,也曾作了一点分析和说明,我以为辛词之富于曲折含蕴之美,就其表达之艺术方面言之,约可归纳为以下几点特色:首先是在语言方面既常以古典之运用而造成一种艺术距离,又常以骈散之变化及句读之顿挫而造成一种委婉之姿态;其次则在形象方面既能以状语与述语传达出一种感发之作用,又能将静态之形象拟比为动态之形象而有生动之描述,更能将具体之形象拟比为抽象之概念而加深其意境,且能将自然景物之形象及历史事件之形象与所叙写之情事完全融会为一体,互相感发映衬而造成一种既丰厚深隐而又极直接强大的感人的力量,这自然是形成了辛词的曲折含蕴之美的又一项重要原因。

如果想对以上这种重视作品中情意之本质的评赏方式,也找一点西方文论来作为参考的话,则我以为近年来西方新兴起的所谓"意识批评"(criticism of consciousness)或有可参考之处。此一批评学派曾受有近代西方哲学中现象学之影响,而现象学所重视的原是主体意识与客体现象相接触时之带有意向性的意识活动(consciousness as intentional),因此意识批评所重视的也就正是在文学作品中所呈现的这种意识活动,只不过有一点要说明的,就是意识批评所着重的并不是作者在创作时的现实之我的心理分析,他们所要探讨的乃是作品之中所表现的一种意识形态(patterns of consciousness,亦有人称之为动机的形态[patterns of impulse],或经验的形态[patterns of experience],或感知的形态[patterns of perception])。而且他们以为很多伟大的作者,我们都可以从他们的一系列作品中,寻找出这一种潜藏的基本的形态。本来当这一种意识批评才开始兴起时,曾经颇受到以前所流行的所谓新批评一派的讥评，认为他们忽略了作品的独立性和作品的美学价值。其实我以为西方很多文论本来各有其探索之一得，也各有其长短之所在，原可以互相参考而并行不悖。因此所谓意识批评其所重视的虽是作品中之意识形态，然而其他各派批评的理论学说，也未尝不都可以借为参考。即如我在论述辛稼轩词时，对其万殊一本的本质之探讨，虽有近于意识批评之处，然而当我对其艺术特色加以探讨时，则又似乎与新批评颇有相近之处了。而且我以为正是新批评的所谓细读的方式，才使我们能对作品的各方面作出精密的观察和分析，因此也才使我们能对作品中之意识形态得到更为正确和深入的体认。可是新批评一派所倡导的评诗方式，确有其值得重视之处。只是新批评把重点全放在对于作品的客观分析和研究，而竟将作者与读者完全抹杀不论，而且还曾提出所谓"原意谬论"（intentional fallacy）及"感应谬论"（affective fallacy）说，把作者与读者在整个创作过程及审美过程中的重要作用加以全部否定，这就不免过于偏狭了。所以我虽然早在1950年代所写的说诗的文稿中，就已曾用细读的方式作为分析的依据，但对新批评之完全抹杀作者与读者，且不顾历史文化背景的狭隘的观点，一向未能接受。我一直认为西方各派的文论各有其优劣短长之所在，也正如中国各派的诗论词论，也各有其优劣短长之所在，而无论对任何一家一派之说，如果只知生硬死板地盲从都是偏颇而且狭隘的。本文的尝试就是想从一个较广也较新的角度，把中国传统的词学与西方近代的文论略加比照，希望能藉此为中国的词学与王国维的词论，在以历史为背景的世界文化的大坐标中，为之找到一个适当而正确的位置。不过，因为我自己学识的有限和写作之时间与篇幅的限制，虽然已写得如此冗长，却仍感到有许多偏狭不足之处，也只好等待广大的读者再加以补充和指正了。

1988年5月27日

论词之美感特质之形成及反思与世变之关系

词之为体,本为配合隋唐以来新兴起之宴乐而演唱的歌辞,早期只流行于市井之间,无论是各阶层各行业的人们,只要熟悉此种乐曲的音调,都可以依曲调写作歌辞来唱出自己的心声。所以今日所见敦煌曲子词中所收录的歌辞,其内容乃甚为博杂,任二北在其《敦煌曲初探》中,即曾按歌曲之内容将之分为二十多类,以为"文臣、武将、边使、番酋、侠客、医师、工匠、商贾、乐人、伎女、征夫、怨妇……无不有词"①,其所反映者乃社会多方面之生活情事,与所谓世变原来并无必然之关系。及至五代西蜀赵崇祚之编选《花间集》,则据欧阳炯序文之所叙写,其所选录者固原为当日所传唱之"诗客曲子词",而其编选之目的,则不过是为了要使"西园英哲,用资羽盖之欢;南国婵娟,休唱莲舟之引"②,其无关于世变,自亦不待言,因此一般士大夫历来多将词之写作仅视为一种小道末技,以为其所写者不过只是一种歌筵酒席间之艳曲,固全然无与于世道人心,所以历来的词学家们也很少有人论及小词与世变之关系。但清代常州派的词学家周济,在其《介存斋论词杂著》中,却公然提出:"感慨所寄,不过盛衰,或绸缪未雨,或叹息厝薪,或已溺己饥,

---

① 任二北:《敦煌曲初探》,页275,上海:上海文艺联合出版社,1954。
② 赵崇祚:《花间集》,页2,上海:商务印书馆,1935。

或独清独醒,随其人之性情学问境地,莫不有由衷之言。见事多,识理透,可为后人论世之资。诗有史,词亦有史,庶乎自树一帜矣。若乃离别怀思,感士不遇,陈陈相因,唾沈互拾,便思高揖温、韦,不亦耻乎。"①周氏这一段话,不仅把词之写作与世变结合上了密切的关系,而且远追温、韦,俨然把五代《花间》的艳词也与世变结合上了密切的关系。这种观念的形成,在词学之发展中当然曾经历了一段复杂而漫长的过程。要想对此一段过程加以论述,私意以为必须从两方面来加以探讨:其一是词之美感特质的形成及发展,与外在之世变有着怎样的关系?其二是词学家对于词之美感的反思和认知,又与外在之世变有着怎样的关系?下面就将对这两个问题略加论述。

首先所要讨论的乃是《花间》词所表现的美感特质之问题。五代时所编选的《花间集》,乃是最早的一部文人诗客之词的总集,对后世影响深远,其所形成的美感特质,与以后的词及词学之发展有着密切的关系。但《花间》词之美感特质却并不易说明,这首先因为《花间集》所收录的大多乃是歌筵酒席之艳曲,这自然先在士大夫之间引起了一种是否应写作此种艳歌的困惑。不过士大夫们虽心存困惑,却又耽溺于此种写作,于是遂有意欲将此类艳歌之地位加以提高,而提出了"比兴寄托"之说,竟然欲将此类艳歌与《诗》《骚》并列,这种牵强比附的做法,当然在词学中又引起了另一种困惑。所以早在20世纪90年代初期,笔者就曾写作过一篇题名为《论词学中之困惑与〈花间〉词之女性叙写及其影响》的长文,指出了"中国词学之所以长久陷入于困惑之中",盖"与中国士大夫一直不肯面对小词中对美女与爱情之叙写作出正面的肯定和研析有着密切的关系"。因此在该文中,笔者遂从西方女性文论着手,就小词之形式与内容作出了几点论述。(见《迦陵论词

---

① 唐圭璋编:《词话丛编》,第2册,页1630,北京:中华书局,1986。

丛稿》)其一,小词之参差错落的形式乃属于一种女性化之语言,此种语言与诗歌之句式整齐的男性化之语言,在美感特质上有着很大的不同。诗歌之整齐的句式,宜于表现一种直接感发的气势之美;小词之参差错落的句式,则宜于表现一种低徊婉转的姿致之美。这是形成了小词之要眇幽微之特质的第一因素。其二,小词中所写之形象不仅多为女性,而且其原型大多乃是取自于当筵侑酒的歌伎与酒女之形象,这不仅与诗歌之大多写男性之形象者有所不同,而且与诗歌中所写的女性形象之或取诸社会伦理现实之女性,或取诸理想中象喻之女性者,也有所不同。小词中之女性,若就其所取材之原型的歌伎酒女而言,自然乃是现实中之女性,而非有心之托喻。但此类歌伎酒女既完全脱离了社会伦理之关系,而只以美色与爱情为其突出显著之特质,因而遂于无意中产生了一种引人生托喻之想的作用,这自然是使得小词特别具含了一种要眇幽微之特美的第二点因素。其三,小词中所叙写者,大多为伤春怨别的一种女性之情思,但小词之作者则原是属于诗人文士一类的男性,因此当此一类男性作者在叙写女性的伤春怨别之情思时,遂往往也于无意中流露了自己内心中的一份失志不偶的哀伤,这自然是使得小词特别具含一种幽微要眇之特美的第三点因素。以上我们对于《花间》词之美感特质及其形成之因素,已有了大概的认识,下面就将对此种词之特美与世变之关系,也略加论述。

谈到词之美感特质与世变之关系,自唐五代迄于晚清之世,真可谓历尽沧桑。词之内容与风格既经历了漫长的演进和变化,词之美感特质与历史之世变更形成了互为因果的多重复杂之关系。下面就将依时代之先后,结合词体之演进与历史之世变,对二者之互相作用之关系,略加简单论述。

先从晚唐五代说起,此一时期本属于一个干戈战乱的多难之时代,但若从表面来看,则小词之风格内容与当时的世变之间,其所呈现的却似乎乃是一种相悖逆的关系。即如南宋之诗人陆游在其所写的《跋〈花间集〉》一文中,就曾慨叹说:"《花间集》皆唐末五代时人作,方斯时,天下岌岌,生民救死不暇,士大夫乃流宕如此,可叹也哉。"① 陆氏之言,若就《花间》词表面所写的香艳柔靡之内容来看,与当日之战乱流离的时代,不免有一种悖逆之感。不过值得注意的乃是,在当日大时代之战乱中,在某些小地区却仍能侥幸地保有一种富足安乐的生活,《花间集》既出于西蜀赵崇祚之编选,其所辑录也大多是流行于西蜀的歌辞。而西蜀之地区,若相对于中原而言,则在五代之世确实保有了较为安定的环境,何况根据史书之记载,前蜀之王建与王衍父子,及后蜀之孟知祥与孟昶父子,又都是耽于饮宴及伎乐之生活的君主。近年来考古学者在前蜀王建墓中所发现之乐俑,其所演奏者即多为燕乐之乐器,亦可为证。② 这自然就无怪乎西蜀人所编选的《花间集》,其风格内容之以香艳柔靡为主了。不过此一小地区既然仍处于动乱的大时代之中,则二者之间自不能毫无影响,何况《花间集》中所收录的作者,原也有一些是从中原流寓到西蜀的词人。③ 如此则中原之乱离对于这些作者而言,当然更有着密切的关系。因此,《花间集》中的艳词,遂往往在其表面所叙写的伤春怨别之情事以外,更暗含有一种大时代之阴影隐现其间。而也就正是在这种大环境之乱离与小环境之安乐的既相悖逆又相重叠的双重关涉中,遂使得小词原有的幽微要眇之特美,更结合上了一种足以触及人内心深处的悱恻难言的情致。而最能表现此种特美

---

① 陆游:《渭南文集》,第 1 册,页 212,台北:世界书局,1970。
② 参见《仁寿本二十六史》,第 33 册,页 18788;第 34 册,页 19281;第 2 册,页 615,台北:成文出版社,1971。夏承焘:《唐宋词人年谱》,页 113—172,上海:上海古籍出版社,1979。杨荫浏:《中国古代音乐史稿》,第 1 册,页 256,北京:人民音乐出版社,1981。
③ 当时高祖所用多为唐名臣世族,如韦庄、毛文锡、牛峤诸人,皆可为代表。参见《四库全书珍本三集》,第 40 册,页 5;第 41 册,页 11;第 44 册,页 6,台北:台湾商务印书馆,1971。

的《花间》词人,当推自中原流寓西蜀的韦庄为代表。所以清代常州词派的创始人张惠言,在其所编选的《词选》一书中,就曾说韦庄的《菩萨蛮》词乃是"留蜀后寄意之作"①。张氏能自韦庄所写的"美人和泪辞"之相思怨别的小词中,看到其底层深处的世变之阴影,当然原不失为一种有见之言,只可惜张氏之说过于字比句附,完全要以有心托喻为说,既不免失之牵强,且不能融会贯通,因此张氏对韦氏的五首《菩萨蛮》词,遂仅只评说了其中的第一、第二、第三、第五诸阕,而对其第四首则缺而未论。那是因为第四首词中所写的"劝君今夜须沉醉"的及时行乐之言,使张氏感到难于以字比句附为说的缘故。于是后世之选本遂往往也将韦庄的这五首词任意割裂,而殊不知这五首词所反映的,正是韦庄身经世变以后,其生活与心情的几次重大转折。关于这五首词,早在1967年笔者所写的《从〈人间词话〉看温韦冯李四家词的风格》一篇长文中,已曾对之有详细之评说,读者可以参看。总之,我们既不必强相比附,将韦词指说为有心托喻之作,但韦词在其所写的相思怨别的小词中,确实有一层世变的哀感隐现其中,则是决然可信的。至于其他词人,则温庭筠虽未经亡国之变,但其所生活之时代则正值晚唐多事之秋,朝廷之党争,宦竖之专权,文宗时甘露之变与庄恪太子之暴卒,以及温庭筠个人的恃才不遇之身世,凡此种种,既在其诗歌中多有反映,则其词作虽属艳歌,但在其所写的伤春怨别的思妇之情中,其偶尔流露有潜意识中的某些失志之悲,当然也仍是可能的。② 再如后蜀鹿虔扆的《临江仙》(金锁重门荒苑静)一词,其为直写前蜀的亡国之痛,当然更

---

① 张惠言:《词选》,页38—40,台北:艺文出版社,1959。

② 关于温庭筠词,张惠言在其《词选序》中亦早有喻托之说,参见《词选》,页1—13。近年台湾大学张以仁教授曾撰写多篇文稿,对张氏之说加以诠释及讨论,参见《温飞卿〈菩萨蛮〉词张惠言说试疏》,台北"中研院"文哲研究所集刊,页185—197,1992;《温庭筠〈菩萨蛮〉词的联章性》,《词学研讨会论文集》,页1—26,台北"中研院"文哲所筹备处,1996。

不待言。不过私意以为在《花间》词中更值得注意的,实在还不是这些对世变之背景比较明白可以探求的作品,而是那些全无世变之背景可资探求的,即只以叙写美女与爱情之离别怀思为主的一类作品。以前台湾的一位哲学大师方东美教授,在为辅仁大学讲授"宋明清儒家哲学"的一次讲演中,当论及宋代学术之传承时,就曾特别提到五代小词之重要性,也曾以韦庄为例,云:"再如韦庄,其传意言情,凄婉悱恻,乱世忠荩,可追《离骚》。"又云:"在五代这个堕落的时代,依然有美丽的艺术灵魂在那儿挣扎跃动,所以五代的诗人们以其至情至性,化诗为词,发为新韵,以写象其内心最凄清婉约的意蕴。"①上海华东师范大学的一位词学家万云骏教授,在其所写的《晚唐诗风和词的特殊风格的形成及发展》一文中,也曾特别指出伤春怨别之感伤情绪在诗词中的重要作用。他曾引述李商隐的《杜司勋》一首中之"刻意伤春复伤别,人间惟有杜司勋"两句诗,说:"伤春,不只是伤春天的逝去,而且是伤华年的凋谢,以至伤封建王室的衰颓。"又说:"伤别,不只是伤男女的离别,也伤离京去国,转徙异乡。"②方氏与万氏二位教授之说,都是对五代小词深美之意蕴的极为有见之言。而《花间》词之所以具含有此种深美之意蕴,则正是由于这些伤春怨别的小词,虽然产生于听歌看舞的安定的小环境之中,原来却正有一个大环境之世变的流离战乱的哀伤为其底色的缘故。

除去西蜀的作品以外,在五代的世变中还有一个较为安定的地区,那就是建都在金陵的另一个小国南唐。南唐也是处于小地区之安乐与大环境之动乱的两重情境的关涉之中,只不过南唐的小词与世变之关

---

① 方东美:《新儒家哲学十八讲》,页68,台北:黎明文化事业股份有限公司,1983。
② 华东师范大学中文系中国古典文学研究室编:《词学论稿》,页37,上海:华东师范大学出版社,1986。

系,却要分成两个阶段来看待。冯延巳与中主李璟之词,所反映的乃是亡国以前的情境;后主的晚期作品所反映的则已是亡国以后的情境了。在前一阶段中,南唐之情境与西蜀之情境颇为相似,都是在大环境之世变中仍能保有小地区之安定,所以冯延巳与中主李璟的词,其表面所写的也同样是伤春怨别之情,而完全看不到世变的影子。宋嘉祐间与冯延巳有着戚族后裔之关系的陈世修,在其为冯氏《阳春集》所写的序文中,就曾说:"南唐相国冯公延巳,乃余外舍祖也……公以金陵盛时,内外无事,朋僚亲旧或当宴集,多运藻思为乐府新词,俾歌者倚丝竹而歌之,所以娱宾而遣兴也。"①此外,在马令《南唐书》中,也曾载有中主李璟写作小词之事,说:"王感化,善讴歌。……元宗尝作《浣溪沙》二阕,手写赐感化,曰'菡萏香销翠叶残……'云云。"②可见冯延巳与中主李璟之词,原来也大多是应歌之作,并没有反映世变之用心。但冯氏之词却曾引起了后世读者的不少有关世变之想,即如张惠言在其《词选》中,即曾谓冯氏之词"忠爱缠绵,宛然骚辨之义"③。冯煦在其《四印斋刻本〈阳春集〉序》中,更曾推衍张氏之说,谓冯氏"俯仰身世,所怀万端,缪悠其词,若显若晦,揆之六义,比兴为多",更曾结合当时之世变云:"周师南侵,国势岌岌……翁负其才略,不能有所匡救,危苦烦乱之中,郁不自达,一于词发之,其忧生念乱,意内而言外,迹之唐五代之交,韩致尧之于诗,翁之于词,其义一也。"王鹏运在其《鹜翁集》中,收录有冯延巳的六首《鹊踏枝》词,前有短序,亦云:"冯正中《鹊踏枝》十四阕郁伊惝恍,义兼比兴。"④张尔田在其《曼陀罗龛词序》中,亦曾结合世变而对之加以评说,谓:"正中身仕偏朝,知时不可为,所为《蝶恋花》

---

① 陈世修:《阳春集序》,《四部刊要·重校〈阳春集〉》,页2,台北:世界书局。
② 马令:《南唐书·诙谐传》,《丛书集成初编》,第3852册,页167,商务印书馆,1935。
③ 张惠言:《词选》,页1,台北:艺文出版社,1959。
④ 《清名家词》,第10册,页14,页1,香港:太平书局,1963。

(按此乃《鹊踏枝》一调之别名)诸阕,幽咽惝恍,如醉如迷,此皆贤人君子不得志发愤之所为作也。"① 直至当代,香港之饶宗颐教授,也曾结合世变来评说冯氏之《鹊踏枝》词,谓"'不辞镜里朱颜瘦',鞠躬尽瘁,具见开济老臣怀抱",又云"'为问新愁,何事年年有'则进退亦忧之义",更云"'惊残好梦'似悔讨闽兵败之役;'谁把钿筝移玉柱'则叹旋转乾坤之无人矣"。② 从这些评语来看,则我们纵然不必指说冯氏为有心之托喻,而其词之特美则固在其隐然有一种被世变所笼罩的忧危之感,则是确实可以使读者感受得到的。至于李璟的《摊破浣溪沙》词,虽然从其表面所写的内容来看,原也只不过是写来交付给歌者去演唱的一首相思怨别的思妇之词而已,但王国维在其《人间词话》中,却曾赞美其词之"菡萏香销"两句,以为"大有'众芳芜秽,美人迟暮'之感"③,夫"众芳芜秽"与"美人迟暮"之句,固原出于屈子之《离骚》。至于《离骚》之作,则太史公以为:"《离骚》者,犹离忧也……以刺世事……其文约,其辞微……其称文小而其指极大,举类迩而见义远。"则其隐有感慨世事之意,固是明白可见的。而且中主之词,表面所写虽只是相思怨别之歌曲,但据马令《南唐书·诙谐传》所载歌者王感化之事迹,曾有以下一段记叙,云:"元宗嗣位,宴乐击鞠不辍,尝乘醉命感化奏水调词,感化唯歌'南朝天子爱风流'一句,如是者数四。元宗辄悟,覆杯叹曰:'使孙、陈二主得此一句,不当有衔璧之辱也。'"④ 由此看来则南唐君臣在歌宴享乐之余,实在也常怀有对世变的忧危之惧,然则中主此词之有世变之阴影隐现其中,当然乃是极有可能的。从以上的叙述来看,

---

① 张尔田:《曼陀罗寱词序》,《彊村遗书·沧海遗音集》,第8册,页1,1932年刻本。
② 饶宗颐:《人间词话平议·附说》,《文辙——文学史论集》册下,页44,台北:台湾学生书局,1991。
③ 唐圭璋编:《词话丛编》,第2册,页1630;第5册,页4242,北京:中华书局,1986。
④ 马令:《南唐书·诙谐传》,《丛书集成初编》,第3852册,页167,商务印书馆,1935。

可见南唐之词与西蜀之词原来确实有一种共同的美感特质,那就是其词作之佳者,往往在其表面所写的相思怨别之情以外,还同时蕴涵有大时代之世变的一种忧惧与哀伤之感,这一点是我们在探讨早期歌辞之词的美感特质时,所应具有的一点最重要的认识。

至于南唐词之后一阶段的作者,则自应以后主李煜为代表。在此一阶段中,其写作的相关情境,已发生了很大变化。当后主继位之初,南唐虽已奉赵宋之正朔,但其偏安之情形则尚可苟安一时,而李煜的个性则是一个任性纵情耽于逸乐之人,并不像正中或中主李璟之有一种反思的忧畏,故其早期之作并不常见到世变的阴影。及至南唐灭亡,李煜被虏北上以后,这种及身切肤之痛乃影响其词作之内容与风格有了很大的改变,遂使得词这种文学体式,在作为当筵侑酒之歌辞以外,更展现出了另一种可以淋漓尽致地抒发自己之血泪悲情的作用,所以王国维在其《人间词话》中,乃特别称美后主之词,谓其"遂变伶工之词而为士大夫之词",又云:"后主之词,真所谓以血书者也。"[①]早在1988年,我曾写过一篇题名为《对传统词学与王国维词论在西方理论之观照中的反思》的文稿,在该文中我曾尝试将词之演进划分为"歌辞之词""诗化之词"及"赋化之词"三种不同的阶段与类型。早期唐五代的歌辞之词的美感特质,其以幽微要眇富含言外之意蕴为美,固已如前文所述。这种美感特质之形成,当然与歌辞之形式的错落参差及内容之多写女子之情思有着密切之关系。但当这些一惯习于写作歌辞的士大夫们一旦果真遭遇到及身切肤之变故时,则他们自然便也会以这种歌辞之性质的文学载体,写作出自我抒情言志的属于诗歌之性质的作品来。王国维谓李煜的后期之作"遂变伶工之词而为士大夫之词",其所指者当然正是这种从歌辞之词到诗化之词的一种演变。其实像这种因

---

① 唐圭璋编:《词话丛编》,第5册,页4242—4243,北京:中华书局,1986。

为国家覆亡之巨大的世变而影响及于歌辞之美感特质之转变的例证，原来并不仅南唐之后主李煜为然，我们在前文所曾叙及的西蜀之作者鹿虔扆之以《临江仙》词写前蜀亡国之痛，就是又一个极好的例证。从以上的叙述，我们足以见到词之美感特质之形成和转变与世变有着何等密切的关系了，不仅大多数歌辞之词中所蕴涵的幽微要眇悱恻凄哀的美感特质，与世变之阴影有着密切的关系；至于五代时少数诗化之词的出现，其直抒哀感的变歌辞之词为士大夫之词的美感特质之转变，则更是与破国亡家之巨大的世变有着密切的关系。

以上对于晚唐五代时期的词之美感特质的形成及演化与世变之关系既已作了简单的叙述，下面就将对两宋时期的词之美感特质之演化与世变之关系，也作一探讨。一般而言，五代时虽然已有诗化之词的出现，但这种内容与风格，在北宋初期却并未被广大的词人们所接受和继承。那是因为北宋统一天下后，提倡偃武修文，歌舞宴乐之风又复盛极一时，因而当时的一般士大夫们所习惯写作的也依然是当筵侑酒的歌辞之词。北宋初期晏、欧诸人所写作的大多仍是此类作品，其要眇幽微之美感特质，与早期的五代之令词相比并无明显之改变，只不过减少了世变之阴影，却增添了作者个人的一些学问修养而已。而真正使北宋词坛发生变化的，则是柳永与苏轼二位作者的出现。柳永的贡献是在形式方面的拓展，写作了大量的长调慢词；苏轼的贡献则是在内容方面的拓展，使得词突破了小道末技之艳歌的局限，而成为了可以抒怀写志的新体诗篇。这两方面的突破，主要是由于柳永个人在音乐方面所具有的特殊才能，与苏轼在创作方面所具有的过人禀赋，所以他们的成就可以说乃是颇为个人的一件事，与世变并无必然之关系。不过值得注意的则是他们所开拓出来的路子，在词之美感特质方面却曾引起了后人的不少争议，即如走柳永之途径者，有时乃不免被讥为鄙俗淫靡；而追随苏轼的作者，则有时又不免流入于浮夸叫嚣，这种现象曾在词学中引起不少争议和困惑。其实这种现象与长调慢词之形式的特色原有着密切的关系,早在1994年,当笔者撰写《谈浙西词派创始人朱彝尊之词与词论及其影响》一文时,对此已曾有所论及。(见《清词丛论》)盖以诗之形式整齐,且多为单式之音节顿挫,因此即使在长篇的平直之铺叙中,也可以表现有一种富于直接感发的诗之特美。但词之形式既不整齐,且往往有双式句之音节顿挫,因此在长篇的散漫之叙写中,并不能形成直接感发的诗之特美;而其平铺直叙的写法也不能表现词之幽微要眇的特美。这正是使得柳词一派之长调易流于浅俗,苏词一派之长调易流于浮夸的主要原因。而使得柳、苏二家之开拓又重新获致了词之特美者,则仍是由于在当时政坛上所发生的几次重大的世变。首先是北宋之世所发生的新旧党争,不仅苏轼的几篇佳作,如其《水龙吟·咏杨花》及《八声甘州·寄参寥子》等,其天风海涛之曲中有幽咽怨断之音的一些作品,是由于其中蕴涵有党争的世变之悲慨的缘故;就是由柳永一派所衍生出来的周邦彦的一些佳作,如其《兰陵王》(柳阴直)及《渡江云》(晴岚低楚甸)等作品,其低徊曲折令人寻味之处,也正因其中隐含有一种党争世变之悲慨的缘故。我在《唐宋词名家论稿》一书中,对苏轼和周邦彦的这些词曾有较详之论述,读者可以参看。总之,在长调的慢词中,无论是直接抒情写志的诗化之词,或是直接铺陈描述的赋化之词,若欲求其不流于浮薄空疏,都必须在其感情的本质中蕴涵有一种耐人寻味的深致方为佳作。而世变的挫伤则正是造成此种深致的一个主要的原因,只不过在苏轼与周邦彦的词中,这种诗化之词与赋化之词的美感的特殊品质,还不过只是一个发端而已,而真正使得诗化之词与赋化之词的美感特质发挥到极致的,则是宋代所经历的两次更大的世变。首先是靖康之难——北宋的沦亡,在诗化之词中成就了一个由北入南的英雄豪杰的词人辛弃疾,其盘旋郁结之气把抒情写志的诗化之词的深致的美感,推向了一个高峰。其次则是德祐景炎之变——南宋的覆亡,更在赋化之词中成就了由宋入元身历亡国之痛的王沂孙等一批咏物的词人,其吞吐呜咽之中的微言暗喻,则把铺陈勾勒的赋化之词的深致的美感,又推向了另一个高峰。关于这两类词之美感特质,笔者在多年前所撰写的《论辛弃疾词》及《论王沂孙词》诸文中,也已有详细之论述,收入在《唐宋词名家论稿》一书内,读者可以参看。

总之,词之美感特质自唐五代的歌辞之词开始,历经北宋在形式与内容两方面之拓展,随着诗化之词与赋化之词的形成及演进,终于在南宋之世都先后各自完成了其所独具的美感特质。其后,元、明、清诸代,虽然也各有不同的风格和成就,但究其美感之特质,则鲜能有超出以上所叙及的歌辞之词、诗化之词及赋化之词三类以外之开创。不过,尽管词之演进到南宋末期,就已在创作方面完成了以上所论及的三种不同的美感特质,但后世评词的词学家们却对之一直未曾有清楚明白的反思和认知。直到明代的作者,大多仍只把词体当做一种艳歌俗曲来看待,并未能体悟到词中之佳作主要乃在其具含有一种幽微要眇富含言外之感发的特美,当然更未能思辨出这种幽微要眇的美感特质之形成和演化,会与世变有什么微妙的关系。直到清代的词学家们方才对于此种特美有了逐步深入的体认,而促成他们对此有所体认的,则正是缘于由明入清在历史上所发生的又一次重大的世变。下面我们便将对这方面也略加论述。

词学家们对词之美感特质的体认,虽然早期论词的人曾经对词之为体的意义与价值产生过不少困惑,然而精光所在,终不可掩,所以早自北宋之时代,也就已经有人体会出了歌辞之词的一种深蕴的美感。即如李之仪在其《跋吴思道小词》一文中,就曾提出:"长短句于遣词中,最为难工,自有一种风格。……语尽而意不尽,意尽而情不尽,岂平平可得仿佛哉。"①张耒在其《东山词序》一文中,亦曾称美贺铸之词,谓其"幽深如屈宋,悲壮如苏李"②。及至南宋之刘克庄,则更在其《跋刘叔安感秋八词》一文中,公然提出了喻托之说,谓:"叔安刘君落笔妙天下……借花卉以发骚人墨客之豪,托闺怨以寓放臣逐子之感。"③凡此种种,当然可以说都是对于词之幽微要眇富含言外之意蕴之美感特质的一种体认。不过值得注意的乃是,这些说法都只是他们为友人之词作所撰写的一些题跋和序言,其中自不免令人感到或有一些过誉之称美,而并非由思辨而得的客观论述。因之这些说法在过去并未曾获得词学家的普遍重视。所以直到明代末年一些作者仍只是以写作艳歌的游戏心情来写作小词。就连在《近三百年名家词选》中,被龙沐勋称为"开三百年来词学中兴之盛"④的云间派词人之领袖陈子龙,其早期所写的与同里好友李雯、宋徵舆等人唱和的小词,也大抵都不过只是诗酒流连中的风情浪漫之作。直到发生了悲惨的甲申国变,才使得他们的词风有了彻底的转变。而且由于国变后他们三人的遭际有了很大的不同,他们的词作之内容与风格也表现出很大的差异。陈子龙起兵失败,殉节死义;李雯陷身京师,忍辱含悲;宋徵舆改事新朝,而不免暗怀愧疚。不过,其遭际与心情虽各不相同,但国变的挫伤却使他们每人的内心都蕴涵了一种深重难言的痛苦。正是这种深重难言的痛苦,才使得他们在后期词作中都表现出了属于词之美感的一种要眇幽微的深致。关于这三位词人的遭际和作品,我于1996年在"中研院"文哲所举行的一次讲演中,已对之作过相当深入细致的讨论,其后且曾经人整理为

---

① 金启华、张惠民、王恒展等:《唐宋词集序跋汇编》,页36,台北:台湾商务印书馆,1993。

② 同上书,页59。

③ 张钧衡:《适园丛书》,卷一,第33册,页14a,民国乌程张氏刊本(未标年月)。

④ 龙榆生:《近三百年名家词选》,页4,北京:中华书局,1962。

一篇文稿,题为《从云间派词风之转变谈清词的中兴》,收入《清词名家论集》一书中,读者可以参看。总之,明清的易代之变,乃是使得词之为体,无论就作者而言,或就评者而言,都开始逐渐摆脱了将之只视为艳歌的拘狭之见,而注意到了词之可以反映时代世变之功能的一个转折点。前文所叙及的云间派词人,只不过是当时较早引起人注意的一个小地区的少数作者而已。而事实上则家国破亡之悲慨,乃是普遍存在于当时广大作者之中的。因为明清的易代之悲,乃是异族入主中原,其衣冠制度典章文物之巨变,与一朝一姓之更迭有着很大的不同,因此在士大夫间自不免引起了强烈的震荡和痛楚。所以叶恭绰在《广箧中词序》中就曾特别提出:"丧乱之余,家国文物之感,笑啼非假"[1],所以才使得清初的词人,各以其不同之遭际,不同之心情,而写出了"分途奔放,各极所长"的、从各个不同角度来反映历史世变的作品。国亡不仕的一批作者如金堡、王夫之等人,自然在词作中充满了遗民志士的悲慨;至于被迫而一度入仕的作者如吴伟业者流,其作品中同样充满了一种抑塞难平之气;甚至于连以神韵相标榜,不愿因文字而影响仕途的诗人王士禛,在其《浣溪沙》的红桥之咏中,也难免有一种历史兴亡之感的流露。于是以英才霸气而著称一时的词人陈维崧,遂在其《今词苑序》中,公然提出了"穴幽出险,以厉其思;海涵地负,以博其气;穷神知化,以观其变;竭才渺虑,以会其通,为经为史,曰诗曰词,闭门造车,谅无异辙也"的词论,竟然不仅把词与诗等同视之,更俨然把长短句的词与经史也列在了等同的地位,遂使得诗化一类的词,继苏辛以后,在词之复兴的清代,又掀起了另一个高峰。不过这一类诗化之词,在长调的直白的叙写中,有时或者不免也流入浅率叫嚣,关于此点,我们在前文论诗化之词时,已曾论及。陈氏之作,固亦难免此病。于是朱彝尊在给

---

[1] 叶恭绰:《广箧中词》,页11a,1935年铅印本。

陈维崧之弟陈维岳的《红盐词》所写的序文中,遂又提出了词之写作的另一种手法与另一种作用,说:"词虽小技,昔之通儒巨公往往为之,盖有诗所难言者,委曲倚之于声。其辞愈微,而其旨益远。善言词者,假闺房儿女子之言,通之于《离骚》变雅之义,此尤不得志于时者所宜寄情焉耳。"这一段话可以说正与前文所曾引述的李之仪、张耒及刘克庄诸人序跋友人之词作时的一些说法遥相呼应。只不过朱氏在《红盐词序》中还曾叙及陈氏之兄陈维崧,而且还曾将自己与陈氏兄弟并举,说过"三人者坎坷略相似"的话。朱氏此篇序文写于康熙十年(1671)左右,当时距离明代之覆亡,不过二十余年。而朱氏与陈氏兄弟自明亡后以迄于朱氏写此序文之时,不仅都未曾出仕,且在词作中都还曾写过不少感慨世变之作。所以朱氏之说虽然与宋人序跋有暗合之处,但其对词之可以委曲反映"不得志于时者"的所谓"变雅之义",则无疑乃是有一种较深之认知,而与宋人一般的称美之言,有着相当差别。如果说,前文所引的陈维崧之《今词苑序》中的一段话,代表了明清世变以后词人们对于诗化之词的美感特质之一种认知,那么朱氏在《红盐词序》中所说的这段话,可以说正代表了明清世变以后词人们对于歌辞之词之深致的美感之另一种认知。而更值得注意的,则是朱氏在另一些序文中还曾提出了他对于另外一类词的一种体认,那就是对于南宋后期的一些长调慢词的特别称美。即如其在《鱼计庄词序》中,就曾提出:"小令宜师北宋,慢词宜师南宋",又在《水村琴趣序》中说:"小令当法汴京以前,慢词则取诸南渡",更在《书东田词卷后》中说:"窃谓南唐北宋惟小令为工,若慢词至南宋始极其变。"关于朱氏特别称美南宋慢词的缘故,我在多年前所写的一篇题为《谈浙西词派创始人朱彝尊之词与词论及其影响》一文中,已曾有所论述。(见《清词丛论》)原来朱氏早年曾从其乡先辈曹溶"南游岭表,西北至云中,酒阑灯灺,往往以小令慢词更迭倡和",曹氏曾"搜辑南宋遗集",朱氏曾"表而出之",其后于康熙十七年,其友人汪森曾协助他将所辑词编印成《词综》三十卷。[①] 朱氏在《词综·发凡》中,曾经又一度郑重提出:"世人言词,必称北宋,然词至南宋始极其工,至宋季而始极其变。"[②]可见朱氏对南宋慢词之称美,是原有其多年来对南宋词之搜辑阅读和编辑中所获的一份深切之体会的。而更值得注意的,则是在此同时朱氏还曾自汪氏处获得了一卷抄本的南宋遗民的词集《乐府补题》,适值朱氏被召入京参加博学鸿儒的特考,遂将此一卷《补题》携来京师,而当时聚集在京师的文士们,大多是与朱氏一样曾经历过明清之世变,一度不肯参加清朝的科举考试,如今却都应召来京参加鸿儒之特试的人物。因此当他们见到了这一卷充满了遗民之血泪的词集时,都不免深为激赏,当时就有一位与陈维崧同乡的词人蒋景祁,立即将此一卷词集"镂版以传",一时引起了多人的唱和。朱彝尊曾为此一卷词集写过一篇序文,说:"集中作者……大率皆宋末隐君子也。诵其词,可以观志意所存。虽有山林友朋之娱,而身世之感,别有凄然言外者,其骚人《橘颂》之遗音乎!"本来我在前文论及两宋词之发展与世变之关系时,已曾提到过所谓赋化之词正是由于南宋覆亡之世变,才使得一些身历亡国之痛的遗民词人,以其吞吐呜咽之中的微言暗喻,把赋化之词的深致之美感,推向了一个高峰,朱氏后期词论之特别推重南宋慢词,当然与他对于此种美感之体悟,有着密切的关系。所以朱氏在其《词综·发凡》中就曾不仅标举"南宋",而更提出了"宋季"之说,可见,他所特别推重和称美的,正是这些因经历世变而把赋化之词的特美发挥到极致的南宋遗民的血泪之作。

通过以上一些论述,已足见清代词学之发展是与他们所遭遇的明

---

① 朱彝尊:《静惕堂词序》,《清名家词》,第1册,页1,香港:太平书局,1963。
② 朱彝尊:《词综》,第1册,页1,上海:上海古籍出版社,1978。

清世变那一段痛苦的经历有着密切之关系的。陈维崧在《今词苑序》中所提出的"为经为史,曰诗曰词"之说,自然是对明亡以后一些反映世变的诗化之词之多方面成就的体会和肯定;朱彝尊之《红盐词序》中所提出的"其辞愈微,而其旨益远"之说,自然是对明亡以后一些不得志于时者,假儿女子之言以表现《离骚》变雅之义的歌辞之词一类作品的深致之美感的体会和肯定;至于朱氏在《鱼计庄词序》《水村琴趣序》和《书东田词卷后》与《词综·发凡》诸文中所提出的,"慢词宜师南宋"和"南宋始极其变"与"南宋始极其工,至宋季而始极其变"诸说,则自然是对于一些曾经历由偏安终于走向覆亡的南宋词人,他们在作品中所表现的"吞吐呜咽""微言暗喻"的一些表现出赋化之词的深致之美感的认知和肯定。而使得朱氏能体会出此种深致之美感的,则应该正是由于他自己也曾经历过一次重大的明清之世变的缘故。所以我在前文才会提出词在创作方面所表现的三种不同的美感特质,乃是经由五代及两宋的几次世变而完成的。至于论词之人对此三种不同的美感特质之体会与认知,则是直到明清之际,他们经历了又一次重大的世变以后,才逐渐有所领悟的。不过尽管陈维崧与朱彝尊等词人,对于词的三种美感特质,都已经有所体悟,但清词在创作和理论方面,却都并没有从此就一帆风顺地发展下去,而是很快地,这三类词的美感特质就都发生了一种逐渐下滑的现象。至于造成这种下滑之现象的因素,则私意以为其实与当时的另一种世变,也正有着密切的关系。

所谓另一种世变,这是我个人所提出的一个说法,因为在一般人心目中之所谓世变,往往都是指时代之由治而乱或由盛而衰,特别是经历了战乱危亡后所发生的一种转变。但私意以为,由治而衰而终至乱亡固然是一种时世之变,但如果从反面来说,由衰而盛或由乱而治又何尝不是一种转变?文学之创作,本来一贯就与其相关情境有着密切之关系,而如果持此观点加以反思,则私意以为康熙十八年实在可以视为另一种世变的一个转捩点。这一年不仅召开了博学鸿儒的特科,造成了"一队夷齐下首阳"的局面,网罗了不少明代遗民中的学士才人,甚至于连坚拒征召不肯出山的一代名学者黄宗羲,也从这一年起改变了他自明亡后为文一向只以干支纪年的做法,而改用了康熙年号。于是这个由异族所建立的王朝,遂正式被人们所接受,而形成了一片盛世的气象。梁启超在其《中国近三百年学术史》一书中,曾附有一篇题为《明清之交中国思想界及其代表人物》的论文,其中论及康熙之世时,就曾说:"那时候的康熙帝,真算得不世出之英主……虽是满洲人,但他同化于中国最早。"又说:"他即位初年虽然有点兵乱,后头四十多年,却是历史上少见的太平时代。"而如我们在前文之所论述,词之美感特质的形成及演变,原来在在都与乱亡之世变有着密切的关系。但如今的新朝既已步入太平盛世,这些前代遗民也已经应试出山对新朝表示了接受和认同,在这种情势和心态之下,于是早期由于明清易代之世变所形成的那些词中的美感特质,遂逐渐失去了其所借以支持的立足之点。在此种情形下,于是所谓歌辞之词遂只剩下了"闺房儿女子之言",而失去了其"不得志于时者"的"变雅之义";诗化之词遂亦流于浮薄浅率,而失去了其"穴幽出险"和"海涵地负"的悲慨和志意;而赋化之词遂只剩下了铺陈勾勒之工巧,而失去了其"吞吐呜咽""微言暗喻"的深致的悲情。在此种情形下,于是清代之词学遂又有了另一重要词派的兴起,那就是由张惠言所倡始,而由周济所发扬光大的所谓常州词派。

关于常州派张惠言之词论,我过去曾写过多篇对之加以论述的文稿。约言之,则张氏之论点实在仅见于他为《词选》所写的一篇序文,而据其弟张琦于道光十年(1830)所写的《重刻〈词选〉序》之记述,则《词选》之编录盖在嘉庆二年(1797),当时张氏兄弟"同馆歙金氏,金氏诸生好填词,先兄以为词虽小道,失其传且数百年。……乃与余校录唐宋词四十四家,凡一百十六首,为二卷。以示金生,金生刊之"。张惠言在书前的序中,曾提出了他对词之特质的一些重要看法,说:"传曰'意内而言外谓之词',其缘情造端,兴于微言,以相感动,极命风谣里巷男女哀乐,以道贤人君子幽约怨悱不能自言之情,低徊要眇以喻其致。盖诗之比兴,变风之义,骚人之歌,则近之矣。"①我现在之所以要把这一段话完全抄录下来,主要是为了将这段话与前文所举引过的朱彝尊之《红盐词序》中的一段话作比较,相比之下,不难发现他们二人的说法实在极为相近,他们都是从"男女哀乐"的"儿女子之言"中,体悟出了一种"变风""变雅"和"骚人之歌"的言外之意蕴。而如果就时代先后而言,则朱氏之言较之张氏之说实在早了有一百六十年之久,但在当年朱氏提出此种说法之时,却似乎丝毫未曾引起人们的注意,而张氏提出此一说法之后,则在其追随者的发扬光大之下,几乎影响了嘉、道以后以迄清末的整个词坛之写作评论的风气。直至民国时代龙沐勋撰写《论常州词派》一文时,还曾提出:"常州派继浙派而兴,倡导于武进张皋文(惠言)、翰风(琦)兄弟,发扬于荆溪周止庵(济,字保绪)氏,而极其致于清季临桂王半塘(鹏运,字幼霞)、归安朱彊村(孝臧,原名祖谋,字古微),流风余沫,今尚未全衰歇。"②龙氏在文中所提出的曾对常州词派加以"发扬"的"荆溪周止庵",正是我们在本文开端所举引过的曾提出了"诗有史,词亦有史"之说,把词之写作与历史世变密切结合的具有卓见之词学家周济。因此,一般论及常州词派者,往往都会以为常州词派之所以能在词学界中造成深远之影响,乃是由于其后继得人之故,这种说法自然不错,即使我们仅从前文所引龙氏之短短的几句

---

① 张惠言:《词选》,页1、5—6,台北:艺文出版社,1959。
② 龙榆生:《论常州词派》,《龙榆生词学论文集》,页387,上海:上海古籍出版社,1997。

话来看,固已可见其后继影响之一斑了。不过,我们如果能对之再作一番更深层的思考和观察,就会发现常州词派之后继及其影响之深远,并非是一些偶然的机缘,而是与清中叶以后以至晚清之世变,有着密切之关系。就以朱彝尊在《红盐词序》中所提出的说法与张惠言在《词选序》中所提出的说法而言,两者虽然极为相近,他们对于词之可以蕴涵一种"变风"和"变雅"的"不得志于时者"的"幽约怨悱"之情思,虽然有共同的体认,但朱氏提出此一说法时,已逐渐进入康熙之盛世,所以朱氏后期之词作与词论不仅对于此类歌辞之词的儿女子之言之可以蕴涵有变雅之义的说法不再提起,就连对于他所写亲自携至京师的那一卷由遗民之血泪所写成的赋化之词《乐府补题》,他虽然知其"身世之感,别有凄然言外者",但当他为《乐府补题》写作序文时,却也有意地对遗民之悲慨作了淡化处理,而仅称之为"隐君子"。而且当《乐府补题》被蒋景祁所刊刻,引起京师之震动,一时词人群起唱和之时,朱氏之和作也仅只着力于铺陈勾勒之艺术手法,却避免了原作所蕴涵的托喻的主题。盖以当时之朱氏既已在鸿博之特试中,蒙康熙帝亲自拔置一等,又已经入官翰林,而且俨然成了浙派词人之盟主,在此种情势之下,其所倡导的浙派之词遂日渐忘其托喻之深意,而仅剩下了琢饰之工巧,而常州派之兴起,其所倡导者则正是"言外"之"意"。所以当《词选》付诸刊刻之时,张氏的弟子金应珪就曾写了一篇《后序》,指出了此书之编选,其所针对者固正是"近世为词"之"三弊"。关于此"三弊",早在20世纪60年代后期当我撰写《常州词派比兴寄托之说的新检讨》一文时,已曾指出其所针对者正为"阳羡末流"与"浙西末流"之失。而现在则更进一步了解到,阳羡与浙西二派之所以走向末流,正是由于当时已发生了如我们在前文所提出的"另一种世变",因而使得后继之词人逐渐失去了清朝初期由于明清易代之世变的冲击而形成的那种深层的词之美感特质的缘故。至于张惠言之所以看到了"言外之意"的重要性，而且得到了有力之后继者为之发扬光大，更进而影响了嘉、道以后以迄清末民初的整个词坛，使中国之词学无论在理论方面或创作方面都表现出了过人的成就，这种成就当然绝非张惠言的个人之力，而是有整个时代的世变之背景为其基础的。

关于清代的学术思想与政治之关系，其所牵涉之方面至多且广，此既非本文所讨论之主题，而且也非本文之篇幅及本人之能力所能详述，现在仅就其与世变及词学之关系略加说明。首先我们所论述的自然乃是张惠言之所以重视"言外之意"及"比兴寄托"的一些思想及心理方面的因素。张惠言之为经学家，且精研虞氏《易》学，此为一般人所共知，我在20世纪60年代所写的《常州词派比兴寄托之说的新检讨》及在90年代所写的《说张惠言〈水调歌头〉五首——兼谈传统士人之文化修养与词之美学特质》两篇文稿中，对张氏之治学背景与其词论之关系，曾作过讨论，自不需在此重述。我现在所要谈的，则是张氏治学之趋向与清代之学术思想及世变之关系。清代学术思想之发展，一般而言，大略可分为以下几个阶段，清朝初年自顺治入关以迄康熙中叶，其间学术之重镇，可以说主要乃是属于明朝遗老之天下，其间重要之学者如黄宗羲、顾炎武和王夫之诸人，都是终身不肯仕清以遗老自居的人物。虽然有人将黄氏归为陆王学派，将顾氏归为程朱学派，将王氏归为关洛闽学派，[①]但无论他们所着重传述的为史学、经学或性理之学，却都有一个共同的基点，那就是对于世变都有着普遍的关怀。这种关怀当然与他们亲身经历了亡国之痛以及明清易代之巨大世变，有着密切的关系，这种感情和关怀，自然与清代早期词人在作品中所表现的"丧乱之余，家国文物之感，蕴发无端，笑啼非假"的深致之美感，乃是互为表里的。其后至于雍乾之世，则一方面如本文所言，一般士人既已经历

---

① 参见蒋维乔编述《中国近三百年哲学史》，页5、23、47，上海：中华书局，1934。

了康熙盛世的"另一种世变",因而在基本观念上,可以说是已经承认了此一政府的统治,但另一方面,他们对于当时统治者之文网,则又感受到了强大的压力。在此情形下,他们既失去了对于世变的悲慨,也失去了关怀世变的勇气,于是在学术方面遂纷纷走向了不涉现实的考据之途。而此期的词人之作,遂亦表现出了如金应珪在《词选后序》所指说的"三弊"之现象。至于嘉、道以后,则此一时期之士人对于清之朝廷,已不仅是如前一时期的仅在观念上承认了其统治之地位而已,而是在感情上对此一政府及朝廷,已经真正产生了一种关怀和认同的感情,而当士人们开始真正关怀起此一国家朝廷时,清政府却已经开始走向了由安而危的日渐衰亡的下坡之路。在此种情况之下,当时之学术界遂又有了注重经世致用的公羊学与史学之兴起。而常州词派之倡导者张惠言,及其后继之发扬者周济则正是在此种风气下的学者及词人。张氏之时代较早,他在《文稿自序》中,曾自叙其为学之经历,云:"余少时学为时文……其后好文选辞赋……已而思古之以文传者,虽于圣人有合有否,要就其所得,莫不足以立身行义施天下,致一切之治……无其道而有其文者,则未有也。故乃退而考之于经,求天地阴阳消息于《易》虞氏,求古先圣王礼乐制度于《礼》郑氏。"从这些叙述可见,张氏之研求《易》《礼》,其实皆以学道致用为本,我在20世纪90年代所写的《说张惠言〈水调歌头〉五首——兼谈传统士人之文化修养与词之美学特质》一文中,对张氏之家世与为学也曾有所论述,读者可以参看,而且张氏之乡先辈庄存与就是一位重视经世之用的公羊学家。张氏的《茗柯文编》中,收有一篇《答庄卿珊书》,庄卿珊,正是庄存与的孙子庄绥甲。《文编》中还收有一篇《庄先生遗文后序》,直称"先君子既与先生交,有可又辱与予善",有可正是庄存与之族曾孙,可见张氏与庄氏家族应原有世交之谊,如此则张氏在学术方面之曾受有其乡先辈庄存与之影响,自然乃是极为可能的。① 至于张氏词学之后继发扬者周济,则曾在其所自撰之《词辨序》中,详叙其学词之经历,云:"余年十六学为词,甲子始识武进董晋卿。"当时的周氏已有二十三岁,因见董氏之词"缠绵往复,穷高极深,异乎平时所仿效,心向慕不能已"②,遂受法于董氏。而董氏乃张惠言之甥,其为词"师其舅氏",然则周济之词学自然曾受张氏极大影响,不过周济之时代既较张惠言之时代为晚,其性格为人及治学途径,也与张氏有很多不同之处,张氏仍只不过是一位颇有学道致用之理念的经生与儒士,而周氏则是一位更有豪气壮志,且颇具观览古今成败之志意的史学家。在沈铭石为周氏所写的本传中,即曾称其为"卓荦自命,好读史,尤好观古将帅兵略,暇则兼习骑射击刺,艺绝精,隐然负用世意"的人物。当时淮水两岸,盐枭充斥,周氏曾协助当地官府缉私,"以兵法部勒检击,防抚毕当"。时周氏眼见清政府之衰象日呈,弊端百出,其才略志意未能尽展,遂寄意于史学,编有《晋略》一书,周氏尝自言"此书一生精力所聚,实亦一生志略所聚也,不及施诸世,思托之言"③。以周氏之才略志意,生于清室已日趋衰腐之时代,则时世之巨变纵然一时尚未发生,但世变之来,却已经可以预见,所以周氏在论词之时,乃提出了"诗有史,词亦有史"之说,以为词之佳者,正由于其有一种忧危念乱之关怀。而如果从本文在前面所述及的词之美感特质之形成及发展与世变的密切关系而言,则周氏之说实在可以说是对词之特质的一种深有体会之言。至于周氏词论与张氏词说之关系,及其发扬与拓展,则早在四年前我已写过一篇《对常州词派张惠言与周济二家词学的现代反思》的文稿,读者可以参看。总之,清代

---

① 以上参见张惠言《茗柯文编》,页117、118、72、21,上海:上海古籍出版社,1984。
② 周济:《词辨序》,《词话丛编》第2册,页1637,北京:中华书局,1986。
③ 周济:《求志堂存稿》,页1、2b,光绪十九年(1893)荆溪周氏家刊本。

词学之发展确乎与世变有着密切的关系。而更值得注意的则是周济的"诗有史,词亦有史"的说法提出不久,清室果然就面临了巨大的世变,鸦片战争、英法联军、甲午战争、戊戌变法、庚子国变等事件相继发生。赔款割地、丧权辱国之变层出不穷,于是遂形成了晚清史词的一代成就,虽然昔人论诗早有"国家不幸诗家幸,赋到沧桑句便工"之言,但词之为体,则较之于诗似乎更宜于表达世变之中的一种挫辱屈抑难以具言的哀思。在《词选续词选校读》一书之前,附有李次九写于"九·一八国难第三次纪念日"的一篇《自序》,曾有一段话说:"因念词兴于晚唐,成于五代,盛于两宋,此三时代者,皆我历史上民族衰败之时代,而词不幸为此时代之产物。"可见,词之发展及词学之反思,确乎与世变有密切之关系。除去以上所论及的这些发展及反思之历史的因缘外,词较之于诗更适于表现世变之哀感则实在与词之美感特质更有着密切的关系。如本文在开端论及《花间》词之美感特质之所言,词之为体,本属于一种女性化之文体,使用女性化之语言,叙写女性之形象与女性之情思,其形式之特色与情思之特色本是互为表里的,西方女性主义文论中,曾将社会政治地位以性别化为区分,以为男性化是属于统治者(dominate)的层面与地位,而女性化则是属于附属者(subordinate)的层面与地位,女性本是弱者,是被压抑与被屈辱的,即使是英雄豪杰的词人如辛弃疾,他在词中所表现的意境情思,也同样是一种屈抑的情思。不过屈抑之情思之所以美,还不只是单纯的屈抑而已,还有一种坚持和担荷的力量,所以我在20世纪90年代初所写的《从艳词发展之历史看朱彝尊爱情词之美学特质》一文中,就曾对词之美感特质提出过一种"弱德之美"的说法,其后于90年代后期,当我为一位已在"文革"中逝世的生物学家石声汉之《荔尾词存》写作序文时,曾经对我所提出的词之"弱德之美"又曾有所发挥,而现在我更将在此为本文作一结论,那就是词之美感特质之所以每逢遭遇世变,便能提高和加强其深致的美感,而词学家也是要在经历世变以后,方能对词之深致的美感作出反思,这一切的根本原因,皆在于歌辞之为体本是一种女性化之文体,而其美感特质则正是宜于表现一种幽约怨悱的弱德之美的缘故。

2002 年 12 月